Literalmente AMIGAS

LAURA CONRADO ♥ MARINA CARVALHO

Literalmente AMIGAS

1ª edição

BERTRAND BRASIL

Rio de Janeiro | 2018

Copyright © 2018 by Laura Conrado e Marina Carvalho

Design de capa e projeto gráfico de miolo: Renata Vidal
Ilustrações de capa: vectorpocket / Freepik (disco voador); makyzz / Freepik (celular); Freepik (livro); Make Media Co. (chave); Ulrike Rausch / Liebe Fonts (ornamentos)
Ilustração de ornamento de miolo: Lisa Glanz

Texto revisado segundo o novo Acordo Ortográfico da Língua Portuguesa

2018
Impresso no Brasil
Printed in Brazil

CIP-BRASIL. CATALOGAÇÃO NA PUBLICAÇÃO
SINDICATO NACIONAL DOS EDITORES DE LIVROS, RJ

C764L

    Conrado, Laura
        Literalmente amigas / Laura Conrado, Marina Carvalho. — 1ª ed. — Rio de Janeiro: Bertrand Brasil, 2018.

    ISBN 978-85-286-2312-3

    1. Ficção brasileira. I. Carvalho, Marina. II. Título.

18-48098   CDD: 869.3
                                                CDU: 821.134.3(81)-3

Meri Gleice Rodrigues de Souza - Bibliotecária CRB-7/6439

Todos os direitos reservados.
Não é permitida a reprodução total ou parcial desta obra, por quaisquer meios, sem a prévia autorização por escrito da Editora.

Direitos exclusivos de publicação adquiridos pela:
EDITORA BERTRAND BRASIL LTDA.
Rua Argentina, 171 — 2º andar — São Cristóvão
20921-380 — Rio de Janeiro — RJ
Tel.: (0xx21) 2585-2000 — Fax: (0xx21) 2585-2084

Atendimento e venda direta ao leitor:
mdireto@record.com.br ou (0xx21) 2585-2002

ÀS AMIZADES
QUE NASCEM DO AMOR
PELOS LIVROS.

CAPÍTULO 1

Gabi

Subo as escadas do prédio segurando o riso para que os vizinhos não me achem a louca que gargalha sozinha. Okay, depois daquela semana que saí pedindo caixas de remédio vazias a todo mundo que eu conhecia — e não conhecia —, eles tiveram certeza de que não regulo muito bem das ideias, mesmo eu tendo explicado o nobre motivo da saga pelas caixinhas: uma exposição maravilhosa na qual usei as embalagens de medicamentos como livros, com poesias saindo de dentro delas, numa verdadeira "livroterapia". Há remédio mais eficaz do que as palavras certas? Lotei meu Instagram de fotos da intervenção, que foi meu trabalho final numa disciplina do mestrado em Belas-Artes, na Universidade Federal de Minas Gerais, e de quebra fiz um post com fotos arrebatadoras para o blog Literalmente Amigas, que mantenho com minha amiga Lívia.

Ah, a Lívia e os memes que ela me manda durante o dia! É por causa disso que estou rindo sozinha, mesmo segurando quatro livros, uma bolsa pesada e os envelopes das contas que acabei de pegar na portaria.

Conheci minha BFF — para nós, *Book Friend Forever* — numa rede social já extinta, quando ainda estávamos no Ensino Médio. Nossa paixão pelos livros nos levou a um fórum onde se debatia Literatura. Num certo dia, totalmente por acaso, nos unimos contra um grupo de pessoas para defender romances cujas protagonistas eram mulheres, o que foi descaradamente desdenhado por uns marmanjos ridículos que afirmaram que as narrativas vividas por personagens masculinos eram as mais relevantes na história da Literatura. Depois de citarmos Macabéa de Clarice Lispector, Gabriela de Jorge Amado, Anna Karenina de Tolstói, Tereza de Milan Kundera, e diversas outras protagonistas, fomos banidas do fórum por um moderador machista e retrógrado. Tá, talvez a gente tenha perdido um pouco a linha, mas eu tenho certeza de que só comecei a escrever xingamentos de baixo calão e amaldiçoar até a quinta geração dos interlocutores depois de uma tentativa frustrada de um debate intelectual sobre a participação da mulher na Literatura. Piorou depois que citei uma resposta genial de Lygia Fagundes Telles a um jornalista, que ironizou o fato dos textos de autoria feminina serem muitos ambientados em cozinhas. A diva respondeu que isso se deve ao fato de as mulheres terem passado anos e anos com o umbigo na beira do fogão, mexendo o tacho. Claro, numa sociedade onde vivíamos para os afazeres domésticos, na qual as mulheres mal aprendiam a ler, o que nos restava? Escrever cenas ambientadas na cozinha, ora, para logo seguirmos conquistando outros espaços — e é o que estamos fazendo.

Bem, voltando à briga, depois que citei esse episódio, um trouxa, possivelmente inseguro diante de duas garotas que sabiam muito de Literatura, soltou no chat "voltem para a cozinha, então". Mais instantâneo que miojo, Lívia e eu fomos ladeira abaixo. Dissemos poucas e boas antes de sermos banidas da comunidade — que era péssima e não nos acrescentava nada. Depois disso, nos adicionamos e passamos a conversar com frequência, quando descobrimos inúmeras coincidências. Temos a mesma idade, moramos em Belo Horizonte, amamos livros e achamos que a Capitu não traiu o Bentinho! Era tudo paranoia que o próprio Machado de Assis projetou na personagem — nos perdoe, deuso da literatura nacional, mas aqui nós cutucamos as feridas com rigor de terapeutas literárias, visto que somos constantemente curadas pelos livros que lemos. Talvez essa seja a razão do nosso blog receber tantos acessos.

— Amiga, estou chegando em casa agora — respondo ao telefone, que toca assim que entro no meu pequeno apartamento.

— Ah, que bom que já revisou a resenha... Pois é, o livro desandou no final, ficou apressado para resolver tudo e resultou em vários buracos na história... Ah, mas que antagonista cativante, há tempos não lia um vilão tão bem construído!... Pois é, dei quatro estrelas por isso... Então tá. Te mando mensagem. Beijos.

Lívia e eu nos falamos todos os dias desde o começo da nossa amizade, nem que seja só uma carinha no WhatsApp ou um tuíte com o link de um lançamento. Assim que nos encontramos pessoalmente numa livraria supercharmosa de BH, a gente virou BFF de imediato! Prestamos Enem na mesma época, ela para Letras, e eu para Comunicação, começamos juntas a estudar na UFMG e criamos um blog para dividir o que achávamos dos livros que líamos e que sempre trocávamos uma com a outra. Nesse meio-tempo, claro, choramos amores frustrados, estágios perdidos, dores de cotovelo, problemas familiares, falta de dinheiro e as demais coisas que a gente vai perdendo ou deixando de ganhar ao longo da vida. O único assunto que entre nós não há consolo é futebol: sou atleticana apaixonada, e Lívia é cruzeirense roxa, ou melhor, azul. Ela até já me chamou para assistir aos jogos de vôlei do seu time, tentando tirar o foco do futebol, mas Gabriela Uematsu, bisneta de japoneses de mente treinada, não cede fácil.

De repente, o telefone toca de novo.

— Ai, amiga, sério que ele postou foto com outra?! — digo sem esconder meu susto — Não é só amiga?... Ai, mão na cintura e hashtag "com ela" é o fim! Sinto muito... Mas também, esse cara é um trouxa que não sabe o que quer, não suportaria nunca uma mulher tão inteligente como você! Banana de pijama!... Sei... Isso mesmo... Ó, Lívia, bola pra frente! Já tem umas semanas que ele havia sumido mesmo, você estava até bem... Ah, é, a foto assusta mesmo. Agora para de seguir o perfil desse enrolado. Uma hora vai dar certo, amiga. Sei que a espera é muita, mas é sinal de que a emoção será maior... Eu sinto isso!

Digo mais algumas coisas para tentar animar seu ânimo e acabamos voltando aos assuntos do blog. Aproveito para ligar o notebook e dar uma conferida nas correções. Lívia consegue fazer poesia em forma de resenha: com ela, as palavras simplesmente encontram as vírgulas, em profundo respeito às concordâncias nominais e verbais, não deixando passar um paralelismo sintático. Uma verdadeira ode à Língua Portuguesa — já com o novo acordo ortográfico vigente. E mais do que isso, Lívia é refinada, culta, educada. É daquele tipo de pessoa que sobe a rua da Bahia todinha a pé, do Centro à Praça da Liberdade, e não sua uma gota, chegando sempre arrumadinha aos lugares. Nosso blog se mantém impecável na qualidade por causa dela. Dividimos as resenhas e a atualização das mídias sociais, enquanto cuido do layout, das imagens e do contato com as editoras e autores, e ela, das correções e moderação de comentários.

Desligo o telefone e coloco a nova resenha no ar. Contudo, não deixo de pensar na Lívia. O último cara que ela conheceu parecia ser legal, mas acabou se mostrando um embuste qualquer. Espero que ela tenha um pouco mais de sorte na próxima. Uma história de amor é como a história de um livro: a gente pode ficar fascinado pela capa e pela sinopse, mas só o desenrolar dos capítulos vai mostrar se a trama pegará ou não seu coração de jeito. O meu foi fisgado logo na primeira página. Há dois anos, quando fazia uma disciplina isolada já pleiteando ingressar no mestrado, dei de cara com um sujeito que falava absurdamente bem num simpósio. Aquela eloquência me ganhou. Um rapaz alto, esguio, de óculos de armação grossa e de barba cheia apresentava um ensaio sobre a construção narrativa das obras de Ariano Suassuna como meio de reconhecimento do território cultural de parte do nosso país, fazendo arte a partir da própria arte de uma região. Não é um tema lindo? Eu já era fã do Suassuna, chegando a chorar ao reler *O santo e a porca* depois de sua morte, além de rever, claro, *O auto da compadecida*, umas das melhores adaptações do cinema nacional, mas depois de ouvir o Leonardo... Por meio dele, eu consigo ver poesia onde há só um amontoado de letras. Ele dá sentido às palavras, numa conexão semântica perfeita. Por algum alinhamento cósmico, ele também gostou da japinha aqui, e estamos juntos desde então, passando pelos meus terríveis momentos de insegurança durante as provas do mestrado, até a euforia da aprovação. Agora, Léo está no doutorado e dá aulas em escolas, embora o que ele queira é lecionar no ensino superior e seguir na vida acadêmica.

Pronto. Texto novo postado e já divulgado nas mídias do blog Literalmente Amigas.

Percebo, então, uma movimentação na porta do apartamento. Viro meu corpo e vejo um papel no chão, que certamente acabou de ser jogado por debaixo da porta. Respiro fundo e me levanto para pegar o bilhete já sabendo o que é. Não acertei o condomínio no mês passado, não por maldade, mas porque estou muito, mas muito dura. O síndico, seu Gilberto, é um sujeito muito legal e discreto e manda bilhetes sem me expor, mas sei que uma hora será inevitável que isso ocorra. E tudo indica que este mês terei dinheiro apenas para quitar o valor em aberto, mas não o condomínio do próprio mês. Sinto que estou descendo a toda velocidade dentro de uma bola de neve.

Viver de uma bolsa acadêmica e de trabalhos esporádicos de designer e jornalista aos 25 anos não estava nos meus planos! Moro sozinha num pequeno apartamento, arco com todas as minhas contas e também preciso viver além de sobreviver. Quem não gosta de comer bem, frequentar bons lugares e realizar sonhos? Ainda bem que o blog me permite ganhar vários livros, porque, do contrário, eu seria a leitora mais endividada do país.

Sento no sofá e esfrego meus olhos. Como não tenho jeito de resolver nada agora, trago o notebook para perto e continuo a mexer no Literalmente Amigas, uma das coisas que mais me alegra. Não adianta espernear ou chorar, tenho que me manter calma e otimista. Vai que surge um job que me tire do vermelho este mês?

Confiro a caixa de e-mails do blog e acesso a mensagem da Espaçonave Editora, um sonho de editora com publicações maravilhosas e selos que atendem ao público clássico, jovem e infantil. Sempre que chega mensagens ou caixas de lá, eu já estremeço. São os melhores títulos, as melhores edições, os melhores autores, os melhores brindes e as melhores campanhas de marketing. Fora os ingressos de filmes adaptados que Lívia e eu costumamos ganhar.

✉ De: direcao@espaçonave.com.br
Para: contato@literalmenteamigas.com.br
Assunto: Oportunidade

Olá, astronautas da leitura!

Temos um lugar aberto na nossa nave-mãe! Vamos contratar uma nova ou um novo editor para o selo jovem da Espaçonave Editora. Se você ama livros, entende de histórias e de construção de narrativas e conhece os processos de editoração de um livro, participe do nosso processo de seleção! Queremos alguém antenado às novidades, com ideias frescas e muito entusiasmo para compor a nossa tripulação nessa viagem incrível ao espaço literário.

Acesse o link abaixo, saiba mais informações e preencha seus dados.

Eu esfrego meus olhos para ver se não é uma alucinação. Imagine ganhar para trabalhar na maior editora do país, que possui até seu próprio parque gráfico? Não acredito que recebi essa oportunidade agora, exatamente agora que estou clamando ao universo por uma solução na minha vida financeira!

— Me chama de ET e me coloca logo nessa nave! — brado sozinha.

Poxa, eu não faço corpo mole, eu adoro trabalhar, sou motivada, dou o meu melhor e amo com todas as minhas forças os livros. Sou ideal para o cargo.

Mesmo sabendo que irei me atrasar para me encontrar com o Léo na apresentação da banda de uns amigos nossos, fico diante da tela do notebook respondendo ao questionário como se estivesse preenchendo um bilhete de loteria. Pode ser o ingresso que me levará ainda mais adentro do mundo encantado — e remunerado — da Literatura.

Lívia

Não estou no clima para confraternizar, nem mesmo com a Gabi.

Aparentemente vai tudo bem na minha vida: tenho 25 anos, sou mestre em Literatura com diploma da prestigiada Unicamp, tenho um cargo de assistente editorial na Sociedade dos Livros, uma editora ainda pequena, focada na publicação de histórias que caíram em domínio público e na projeção de novos autores nacionais, moro num apartamento que consegui comprar com meu próprio dinheiro, graças a anos de trabalho — dando aulas particulares, estagiando e depois efetivamente empregada — e à herança que recebi da minha madrinha, uma tia da minha mãe, solteirona, que morreu há quase cinco anos. Além disso, meus planos para meu futuro profissional estão bem delineados.

No entanto, no campo pessoal, ou melhor, em minha vida amorosa, não saio do lugar desde... sempre. Como uma pessoa tão bem-resolvida em certos aspectos pode dar esse tremendo azar em se tratando de relacionamentos? Foram traições, sumiços, homens folgados, enfim, nenhum deles é digno sequer de ser lembrado.

Até que eu conheci o André. Ele surgiu de mansinho, com seu jeito tímido, porém charmoso, citando Pessoa e seus heterônimos, reforçando a importância da Geração de 30 do Modernismo para a consolidação do regionalismo na literatura nacional, enfim, me fazendo cair direitinho na equação gato + leitor = homem perfeito. Nós nos conhecemos durante o Workshop de Criação para Roteiro Audiovisual, no ano passado, e começamos a sair em seguida, primeiro como dois apaixonados pelas palavras, ambos com diversas experiências para compartilhar. E logo vimos o relacionamento evoluir para um namoro, do tipo sossegado, sem corações palpitantes e sudorese nas mãos, mas que não permitia que morrêssemos de tédio por falta de assunto.

Acontece que aquela tranquilidade era dirigida apenas à minha pessoa. E não é que dias atrás André me aparece, a expressão meio sem graça, meio Primo Basílio, dizendo que queria terminar tudo porque se apaixonou perdidamente por uma colega de trabalho — isso depois de passar semanas sumido, alegando excesso de serviço? Acho que não mencionei que ele é assistente de direção numa produtora de filmes independentes. A colega em questão? A diretora.

Enfim, mais um relacionamento que vai por água abaixo antes mesmo de engrenar. E meu orgulho, até então ferido, agora se encontra sobrevivendo parcamente com a ajuda de aparelhos.

Por isso, quando a Gabi me convidou para sair com ela e o Léo, não pensei duas vezes antes de recusar. Hoje — e há vários dias — eu sou uma péssima companhia, sem ânimo para jogar conversa fora, segurar vela e entrar na onda da apresentação da tal banda alternativa de que minha amiga e o namorado dela tanto gostam.

Deixo minha bolsa sobre a cama, onde me estiro, soltando um suspiro profundo e cansado. Sem querer, encosto no livro que estou prestes a terminar de ler. Puxo-o para mim, sem conseguir tirar os olhos da belíssima capa, que funde elementos gráficos abstratos com a silhueta de uma mulher representada por um vetor sofisticado. Essa editora tem arrasado no design.

Ah, Espaçonave... Seria um sonho trabalhar lá.

Devaneio por alguns minutos, até ser sacudida pela pressão imposta pelo tempo. Preciso finalizar a leitura e atualizar o blog, o Literalmente Amigas, cria minha e da Gabi, nosso cantinho de impressões literárias, do qual tenho o maior orgulho.

Ele não é, nem de longe, uma dessas páginas bombadas, com milhares de seguidores ávidos por uma palavrinha das duas resenhistas. Pelo contrário. O LA é o reduto de diversos leitores apaixonados que esperam ler uma crítica crível e justa — além de bem-escrita, sem falsa modéstia — a respeito das histórias que costumamos ler.

E pensar que tudo começou há quase cinco anos... Graças à descolada da Gabi, aquela *sansei* destrambelhada, de coração da largura de todos os volumes de *Guerra e paz* unidos em uma pilha, o blog nasceu e perdura até hoje. Não fosse a insistência dela e seu fantástico — e, às vezes, irritante — poder de persuasão, minha válvula de escape não existiria.

Decido preencher minha noite com muito trabalho para não pensar mais no último fora que levei. Tomo um banho rápido e me enfio num conjunto de moletom velho e furado, sem me preocupar com a roupa de baixo, uma vez que ninguém virá aqui fazer uma inspeção nos meus trajes — ou na ausência dele.

Começo moderando os comentários do blog, respondendo às questões levantadas, sendo gentil com os seguidores. Mas não me demoro nisso, porque meus olhos se voltam para o link que ocupa a parte superior do meu navegador de internet, salvo como um dos meus sites favoritos. Eu me perder nesse endereço chega a ser um vício maior do que checar as notificações em minhas redes sociais.

Como de costume, caio direto na página principal. Num dia normal, eu me demoraria um pouco nela, apreciando as lindezas que a Espaçonave Editora publica diariamente, mas logo clicaria no ícone "Nossa equipe" apenas para repetir, de cor e salteado, o texto de apresentação daquele time do qual eu sempre sonhei em fazer parte.

Mas hoje um conteúdo recém-postado me rouba completamente a atenção:

Olá, astronautas da leitura!

Temos um lugar aberto na nossa nave-mãe! Vamos contratar uma nova ou um novo editor para o selo jovem da Espaçonave Editora. Se você ama livros, entende de histórias e de construção de narrativas, e conhece os processos de editoração de um livro, participe do nosso processo de seleção! Queremos alguém antenado às novidades, com ideias frescas e muito entusiasmo para compor a nossa tripulação nessa viagem incrível ao espaço literário.

Acesse o link abaixo, saiba mais informações e preencha seus dados.

— Puta merda! — solto o palavrão numa altura relativamente elevada, porque estou fora de mim. — Deus ouviu minhas preces, Deus ouviu minhas preces!

Meu entusiasmo é tamanho que é possível que eu caia dura no chão e nem chegue a preencher o formulário. Respiro fundo, esperando conter a emoção, mas trata-se de uma tarefa difícil. Afinal, mereço um desconto: é o sonho de uma vida se materializando bem diante de mim.

Esqueço o blog e todos os seguidores ávidos por um retorno nosso e me dedico à tarefa de parecer perfeita para a Espaçonave. Já me vejo circulando por aqueles corredores, numa postura segura, confiante, carregando minha pasta de grife — comprada recentemente com meu novo salário de editora —, rumo à minha sala maravilhosa.

Assim que termino de responder ao questionário, faço o sinal da cruz, aperto a medalhinha de Nossa Senhora Aparecida presa ao meu pescoço por uma correntinha de ouro que meus pais me deram quando me mudei do interior para Belo Horizonte e fecho o notebook; a adrenalina corre a mil por hora dentro de mim.

Se eu for pré-selecionada, logo receberei um e-mail com informações sobre as próximas etapas do processo. Não vejo a hora!

Ando pelo apartamento, eufórica demais para voltar à minha leitura, até que o sinal de alerta de mensagem do WhatsApp me traz de volta à realidade.

> Tá em casa, gata?

Ah, é o Fred, meu vizinho e grande amigo, companhia para cafés, filmes, porres e dores de cotovelo. Engraçado que nossa amizade começou quando me mudei para o prédio, há três anos. Ou seja, é recente, mas muito sincera.

> Tô. Mas não estou cabendo em mim.

> Já te falei pra desencanar daquele salafrário. Não vale a pena. E ele nem era tão bonito assim.

Puxa, eu nem me lembro mais do André, não depois de toda a novidade sobre a vaga na Espaçonave.

> Fred, a agitação é por outro motivo.

Desisto de digitar e gravo um áudio, explicando tim-tim por tim-tim.

> Uau! Isso é incrível, mulher! Merece uma comemoração. Cadê a Gabi e por que não estão tomando umas por aí?

> Ela saiu com o Léo e eu não estava no clima. A coisa toda aconteceu agorinha mesmo. Você é a primeira pessoa a saber.

> Fico lisonjeado.

> Então vem pra cá. Frito quibe enquanto dividimos uma cerveja.

> Que tentador! Mas não estou em BH. Era sobre isso que queria falar com você quando te chamei aqui. Decidi cometer aquela loucura.

Preciso de aproximadamente três segundos para interpretar a declaração de Fred. Quando acontece, abro um sorriso maior que meu rosto. Como torci para que meu amigo tomasse essa decisão.

> Antes tarde! Mas por que agora? Andou tão relutante...

> Porque a vida é uma só, Lívia, e eu não quero me arrepender depois. Foi tudo de supetão, pra eu não dar pra trás. Já estou no aeroporto com o grupo.

> Nossa! Isso é que é um homem de atitude!

Por um momento, eu o invejo. Fred vai fazer o Caminho de Santiago de Compostela, realizando um sonho antigo. Até hoje seu maior impedimento era o trabalho, que nunca lhe dera trégua alguma. Meu vizinho é clínico-geral. Dedica-se a atendimentos de urgência e emergência pelo SUS, além de ser médico de família. Morro de orgulho dos rumos que ele resolveu dar à profissão, abrindo mão de um consultório moderno e planos de saúde para prestar socorro àqueles que não têm vez.

> Peguei uma licença no hospital e pedi a um colega que me substituísse nas consultas residenciais. Ah, Lili, eu ouvi uma espécie de chamado. Chegou a hora de eu encarar essa viagem.

> Own... Que tudo, amigo! Isso mesmo. Você merece.

> Não sei por que não liguei para contar tudo isso, mas agora é tarde. Estão chamando para o voo.

> Vai lá!

> Só mais uma coisa: um amigo meu vai chegar para tomar conta do apartamento. Ele precisava de um lugar pra ficar por um tempo, então propus essa troca de favores. Depois dá uma passada lá e veja se tá tudo ok?

> Amigo, é? Sei.

> Amigo, Lili, só amigo. Agora preciso ir. Fique bem, gata. E dou notícias, na medida do possível.

> Vá com Deus e conte comigo. Pode deixar que dou umas conferidas nas suas coisas de vez em quando.

Fico feliz por Fred. Será difícil não encontrar com ele diariamente. Temos um acordo implícito de sempre falar alô um para o outro, mesmo nos dias mais agitados.

Com tantas novidades boas nesse fim de noite, deixo de lado meu desânimo com mais um término de relacionamento e me aconchego na cama, pronta para dormir. Postergo consciente a leitura do livro cuja resenha preciso soltar amanhã e me entrego a um sono mais que bem-vindo, enquanto projeto minha vida nova, como editora do selo jovem da Espaçonave Editora.

Confiro meu visual no espelho de corpo inteiro preso na parte interna de uma das portas do meu armário. Gosto do estilo de hoje — despojado chique —, então não perco nem mais um segundo me arrumando para o trabalho. Penduro minha bolsa enorme no ombro e saio de casa. Assim que passo a chave na porta, ouço o barulho do elevador estacionando no meu andar. Saio correndo para não perdê-lo.

— Segura pra mim! — peço sem saber a quem, já que apenas escuto os passos de uma pessoa.

Viro a esquina do corredor e me deparo com um desconhecido fazendo justamente o que pedi. Graças a Deus!

— Ah, obrigada! Esse elevador demora uma eternidade para chegar — agradeço. — Se ele tivesse descido eu ficaria...

Paro a explicação no meio, como uma dessas mocinhas de romances de época, cheias de timidez, ao ficar cara a cara com o sujeito. Gente! Quem é esse? Sr. Darcy milagrosamente personificado? Uau!

Ele ergue uma sobrancelha para mim e dá um sorriso torto, antes de responder:

— Não tem de quê. Já tive o prazer de constatar a lerdeza desse bicho quando cheguei hoje de madrugada.

— Uma lesma — digo, ainda muito impressionada com a aparência do homem. Ao vivo, nunca vi ninguém igual. — Nós, moradores, evitamos sair de casa em cima da hora para um compromisso, senão corremos o risco de chegar atrasados.

— Vou me lembrar disso. — Que voz! Que sorriso tortuoso! Se eu fosse escritora, imortalizaria essa criatura em uma história bem romântica.

Mas, espera... Ele disse o quê?

— Está de mudança para cá? — pergunto, já sentindo a emoção de poder trombar com esse ser esporadicamente.

— Mais ou menos. Ficarei por uns tempos, no apartamento de um amigo enquanto ele viaja.

— Não me diga que o amigo é o Fred — arrisco, evitando não demonstrar meu desapontamento.

— Ele mesmo! Conhece? Ah, claro! — Ele bate na testa, com cara de quem sacou tudo. — Você deve ser a Lívia! O Fred fala muito sobre a vizinha. Muito prazer. Sou o Santiago.

Olho para a mão estendida e a aperto, aceitando os fatos. Esse homem lindo, capa de revista, é gay.

Lívia, Lívia, acorde! As coisas não são como nos contos de fadas, ainda mais se a protagonista da história for... eu.

CAPÍTULO 2

Gabi

Encosto meu rosto no travesseiro para aproveitar até a última molécula do perfume do Léo. Quando finalmente aspiro todo aquele cheirinho para dentro de mim, abro um sorriso bobo me lembrando que ele está na minha pequena cozinha preparando algo para comermos. Eu poderia sentir mais do seu delicioso cheiro daqui a pouquinho.

— Bombom, fala alguma coisa — berro ainda enrolada ao lençol.

— O quê? — Sua voz vem de longe. — Repete, não escutei o que falou.

— Não falei nada sério, só queria te ouvir mesmo — suspiro. — Sabia que eu me apaixonei pela sua voz antes mesmo de reparar em você? Depois que essa voz encheu meus ouvidos, eu comecei a prestar atenção no trabalho que estava apresentando.

— E depois disso você não resistiu ao charme dessa barba aqui. — Ele surge sorrindo no quarto segurando uma xícara grande e um prato. — A gema do ovo ficou do jeito que você gosta, bombom...

Sinto meu corpo derreter quando ele diz bombom, apelido que o chamo desde sempre e que gerou muita brincadeira depois que me referi a ele assim na frente dos amigos. Hoje em dia, nos comentários das nossas fotos, todos os caras que andam com o Léo o chamam de bombom. Ele já nem liga, e eu, lá no fundo do meu coração, sei que ele adora. Afinal, quem resiste a um bombom?

— Que ótimo começar o dia assim... Tenho tanta coisa para fazer e acordar cedinho com você vai me deixar no pique — digo, enquanto dou a primeira garfada no ovo que está sobre uma fatia de pão australiano.

— Gabi, você tem que acertar o condomínio... — Ele muda o tom para entrar no assunto.

— Acha que eu não sei? Penso nisso a cada minuto! Hoje mesmo eu vou mandar umas mensagens para arrumar um job como designer. Será que você não consegue me ajudar a encontrar um lugar para eu dar aulas? Já estou terminando o mestrado, sou didática e acho que consigo controlar uma turma.

— Vai controlá-los ficando ao lado deles na zoeira, isso sim. — Ele ri. — Você tem mais perfil de projetos de capacitação em arte do que de uma professora regular. Ou melhor, assuma logo que é artista e faça seus quadros, esculturas e tudo mais. Suas intervenções são demais, tinha que se arriscar, expor mais, fazer contatos, ir atrás de editais...

— Nem me fale em editais, eu me mato de tanto trabalhar ao escrever cada um deles. Tentei pela quarta vez aquele de uma fundação de um bilionário excêntrico que quer incentivar a arte. Vamos ver quando sai o resultado. A bolsa é para um semestre em uma das cidades onde a fundação tem galeria. Seria um sonho passar uma temporada em Paris com tudo pago para viver de arte. Ou em Lisboa, Amsterdam, Nova York...

— Sonhos costumam se realizar. — Ele se aproxima e me acerta um beijo estalado no queixo. — Não feche a cara para o que irei dizer, mas eu posso te ajudar neste mês.

— Talvez eu tenha que aceitar sua ajuda. — Suspiro. — Embora eu saiba que depois do problema do seu pai, as coisas estejam bem apertadas para você. Mas eu posso pegar o valor que falta para completar o aluguel e devolver bem rápido, sei que alguma coisa vai surgir...

— Sempre daremos um jeito de nos ajudar. Fique tranquila, vamos sair dessa. Mas, vem cá... A grana que conseguiu nos trabalhos do ano passado já acabou?

— Meu saldo é um número de emergência! Tenho um e noventa na conta. — Solto uma gargalhada.
— Maluquinha... Torrou tudo no Japão, naquelas milhares de lojas de bugigangas.
— Não, senhor! — Eu levanto meu corpo e imponho a voz.
— Eu fui visitar os meus ancestrais...
— Que já estão quase todos mortos.
— Minha herança genética é maravilhosa! Precisava ver minha tia-avó e os demais membros da família Uematsu que moram em Nagoya, todos com carinha de novinhos, com a pele lisinha. Aceita que meu destino é ser jovem. — Dou de ombros, fazendo um charme. — Além disso, eu aprendi tanta coisa, bombom! Estudei Haikai, conheci mais autores japoneses e ainda fiz meu curso de Kintsugi. Ou Kintsukuroi, depende da tradução...
— Ficaria legal usar essa técnica de consertar vasos com ouro na exposição de conclusão do semestre. Sua dissertação já está mesmo adiantada, pode incrementar no trabalho de fim de disciplina.
— Estou meio sem ideia, sabe? Quer dizer... Tenho várias, mas não tenho... — explico, procurando as palavras.
— Mas não tem um rumo, né? Ainda não sabe o que fazer com essa mente criativa, né, bombom? Precisa descobrir um jeito de fazer dinheiro com seu conhecimento.

Uma lágrima corre pelo meu rosto. A gentileza com a qual meu namorado fala sobre minha angústia chega a ser constrangedora, pois na maioria das vezes estou culpando a mim mesma por não ter minha vida profissional e financeira resolvida ou nem a caminho disso.

Léo me abraça, diz que tudo ficará bem e que logo encontrarei minha estrada. Neste momento, enquanto ainda estou perdida, resta a mim me permitir aproveitar o aconchego de umas das melhores coisas que *já* encontrei na vida: um companheiro.

O dia escureceu cedo. Ventos fortes anunciam uma tempestade para mais tarde. Léo já está longe, dando suas aulas e cuidando do doutorado, enquanto eu passo o dia tentando conseguir um trabalho.

Corro contra o tempo para terminar as flores de origami que faço nas cores rosa, lilás e branco. Nesse modelo, é possível abrir as pétalas das flores e descobrir pequenas mensagens escondidas em cada uma delas. Bolei rapidamente, assim que conversei com Lívia e combinamos de nos ver hoje.

Calculei o tempo exato para produzir as dobraduras e ainda me arrumar para encontrá-la, mas acabei me perdendo em tanto papel colorido! Fiz um origami lindo de um Pikachu que ficou absurdamente fofo, sobretudo depois que fiz os olhinhos grandes e colori suas bochechinhas rosadas. Será que dou de presente para alguém ou deixo na minha estante? Aliás, daqui a pouco minhas prateleiras estarão no chão de tanto origami, escultura, peça e quadro. Eu deveria ter um ateliê para pintar sem me importar de sujar as paredes do imóvel. Ai, eu deveria tanta coisa! Mas o gasto de um ateliê e a pressão de ter um — porque aí não teria desculpa para não produzir — logo me fazem crer que é melhor deixar tudo como está.

Volto a me concentrar quando noto que as horas passam rapidamente. Logo a Lívia passará aqui e eu ainda não acabei meu presentinho. Ela não se encontrou comigo e com o Léo ontem, mesmo eu tendo mandado vários áudios do show dos meninos para tentar animá-la. Numa certa hora, percebi que não funcionaria e que é muito chato ter alguém tentando lhe convencer a fazer algo que não quer.

Enquanto modelo as pétalas de papel, pensando nas flores de verdade, lembro-me de que, antes de desabrochar e exalar o perfume, as sementes cumprem um tempo debaixo da terra. O ciclo da vida é o da natureza: uma hora estamos hibernados nas nossas questões para depois nos abrirmos com força e rompermos o solo. Foi a noite da Lívia ficar com ela mesma, assim como já houve várias noites em que fiquei sozinha, curtindo as vitórias e as derrotas da minha existência.

Corto os pedaços do poema *Desejo*, do poeta Victor Hugo. Como Lívia também lê em francês, deixei alguns versos do texto na língua do autor — nós duas achamos que nada supera a versão do dono da ideia, quem se inspirou e se sentou para escrever. Há traduções fiéis e maravilhosas, mas o original vem repleto da energia e da intenção do autor. Seja lá para quem o poeta tenha feito os versos, eu me aproprio deles para transmitir meus votos de que *exista amor para recomeçar*, como canta o Frejat na música inspirada no poema.

Aliás, a hora é boa para colocar essa música. Abro o Spotify e seleciono *Amor para recomeçar*, uma canção daquelas que eu gosto de cantar de olhinhos fechados.

Tuc. Tuc. Tuc.

Não tinha reparado nesse som peculiar da música. Que estranho, parece fora de sintonia! Aumento o volume e percebo que o barulho para.

Tóin. Tóin. Tóin.

Levanto meu corpo como um cachorro que tenta apurar de onde vem o novo som. Pauso a música e o barulho persiste.

Tuc. Tóin. Tuc. Tóin. Tuc. Tóin.

O barulho se acentua e fica cada vez mais rápido até cessar por completo, de uma hora para outra. Parece ser a batida de algo na parede e de uma mola sendo comprimida...

— Ah, seria a mola de uma cama sendo comprimida e uma cabeceira acertando a parede? Em ritmos tão sincronizados...
— Mordo os lábios.

Parece que tem algum vizinho se dando bem hoje. Até que me ocorre que são apenas dois apartamentos por andar, sendo que o de cima, de onde veio o barulho, está desocupado há alguns meses. Será que alugaram e algum casal está estreando o quarto? Ou a sala, o corredor, a cozinha, o banheiro? Ou será que o corretor anda tendo encontros às escondidas no apartamento vago? Céus, será que estão ocultando algum corpo lá? Este prédio pequeno, antigo e de fachada simples é um cenário perfeito para um crime ou um caso de amor proibido.

— Ai, por que você quer sempre estar dentro de um livro, Gabriela? Por que é sempre tão doida das ideias? Para! Para! — digo a mim mesma. — Evoque seus ascendentes e mantenha o foco!

Respiro fundo e termino de pregar as últimas partes do poema nas flores de papel. Pronto. Acabei o presente que quero dar a Lívia, que já deve estar para chegar. Passei tanto tempo fazendo origami que nem me arrumei direito para recebê-la.

Então, ouço um barulho de passos na escada, como se alguém saísse do apartamento. Ah, só uma bisbilhotada não fará mal! Vou até a porta na ponta do pé e me aproximo do olho mágico. Só dá tempo de ver uma sombra passando rapidamente pela minha porta. Não consigo ver se é homem ou mulher, mas noto que não é muito alto. Tive a impressão de que a pessoa se locomovia com certa dificuldade. Também, pudera, depois de tanta intensidade no *tuc-tóin*... Mas, vem cá, essa pessoa está sozinha? Fez todo aquele *tuc-tóin* por conta própria?

Deve ter alguém no apartamento de cima ainda, só pode. Quem desceu só veio visitar... E fazer *tuc-tóin*, claro.

A janela da área de serviço dá para o vão do prédio. Qualquer som que sai dali é totalmente difundido para outros moradores, razão pela qual sempre deixo o basculante fechado. Talvez seja uma boa hora de abrir e conferir alguma movimentação.

Corro para a pequena área e subo na máquina de lavar roupa, que não está muito firme por ter perdido um pé que foi prontamente substituído por folhas de jornal. Tempos atrás, acabei fazendo uma pequena gambiarra improvisando um varal no teto com uma corda que sobrou de uma exposição. Amarrei o fio com nó de marinheiro no bastão para abrir e fechar a pequena janela do cômodo. Tudo o que tenho que fazer é abrir com calma para não arrebentar meu varal. A janela só está um pouco emperrada devido ao tempo que não a utilizo. Eu me equilibro sobre a máquina e aplico um pouco mais de força para abri-la e nada. Então, respiro fundo e...

— Rááááá!! — grito e aplico um golpe de karatê na janela, que rapidamente cede à minha força.

Um vento inesperado invade meu apartamento pelo espaço agora aberto, balançando as peças que estão no varal. As roupas mais leves se agitam, e eu mal consigo me manter em cima da máquina para segurá-las. Logo percebo que pregadores têm utilidade além de prender trabalhos de educação artística infantil. As calcinhas que lavei à mão voam como se tivessem vida própria. Consigo recolher a rosa, que flutuava livremente na direção da janela junto com outras peças. Rapidamente, fecho o basculante e o vento cessa.

Meu varal e as roupas voltam para o lugar.

Desço da máquina com calma e acredito que o vento tenha me dado uma lição por querer xeretar a vida alheia.

Volto para meu quarto e penso no que vestir. Talvez Lívia e eu saiamos um pouco, mesmo com o risco de uma chuva torrencial. Aliás, que mal fará um banho de chuva? É só usar máscara à prova d'água nos cílios.

Escuto ao fundo meu celular tocar. Confiro no visor o nome já tão conhecido. Atendo e escuto uma voz calma falar:

— Amiga, tem uma calcinha verde-limão com o desenho da Hello Kitty na porta do seu prédio. Não tenho dúvida de que é sua, mas fiquei curiosa para saber o que ela está fazendo aqui...

É Lívia ao telefone — e minha calcinha voadora.

— Ela fugiu... — Suspiro. — Sobe que eu te explico tudo. Ah, pode trazê-la para mim? Está limpinha, eu juro.

Os olhinhos de Lívia estão brilhando. Era justamente isso que eu queria! Ela já agradeceu mil vezes os origamis e o poema, já nos abraçamos e ouvimos juntas a música do Frejat.

Lívia é incrível. Está linda como sempre, me dizendo boas palavras e me acalmando quando falo das minhas dificuldades financeiras.

— Léo tem razão, você precisa aprender a fazer dinheiro com sua arte — diz ela. — Devia fazer um curso de empreendedorismo para pessoas criativas, já te marquei em uns cursos assim.

— É, eu já vi. Mas não me acho tão criativa assim para fazer esse curso.

— Tá brincando? Suas exposições são feitas em tempo recorde e com o material que dispõe! Você, com mais noção de gerenciamento e de dinheiro, será uma potência! Vai ser uma Patricia Piccinini da vida, ou qualquer outra artista plástica famosa.

— Você faz tudo parecer mais simples, amiga! Você sempre acha uma saída para tudo, mantém a serenidade diante dos momentos difíceis e já tem a vida tão organizada! É uma inspiração para mim...

— Nossa, ser a inspiração de uma artista como você... Parabéns para mim. — Ela bate palmas, entrando na brincadeira.

— Estou falando sério! Se a gente fosse daquele desenho dos ratinhos que queriam dominar o mundo, eu seria o Pinky, e você, o Cérebro. Nem as minhas calcinhas são normais, elas fogem!

As risadas se estendem por mais um tempo, enquanto tomamos um cappuccino. Nosso plano é ir ao restaurante de massas aqui perto, que até dá para ir a pé, visto que a chuva não caiu.

A gente fala sobre livros, finanças, livros, trabalho, livros, amores felizes e frustrados, livros, amigos em comum... E mais um bocadinho sobre livros.

Recolho nossas xícaras e as deixo na pia. Então, me lembro que a Espaçonave Editora abriu uma vaga para editor e eu me cadastrei. Será legal comentar com Lívia sobre essa possível oportunidade. Certamente ela vai me apoiar e ser mais uma a torcer por mim.

— Você sabia que...

— Para tudo! Não acredito no que estou lendo! — Lívia surge na cozinha como um relâmpago e com o celular na mão. — Alerta máximo de treta na internet. E adivinha com quem?

Aproximo-me da tela do celular e quase não posso segurar meu queixo, que fica solto no ar.

Lívia

Ainda estou um pouco tonta com a aparência daquele que será meu vizinho por algumas semanas. Descemos juntos de elevador, sem que eu fosse capaz de esconder minha ligeira decepção. Obviamente a pessoa ser ou não gay não faz a menor diferença para mim. Fato é que cheguei a criar uma espécie de fantasia, ainda que relâmpago, com o tal Santiago. Isso prova o quão patética sou em se tratando de relacionamentos.

Agora já cheguei ao trabalho e me vejo diante de um original bem interessante. Minha chefe, a editora Maria Cláudia, pediu que eu analisasse o manuscrito de uma escritora nacional de grande visibilidade na internet. Admito que ainda não tinha lido nada escrito por ela, mas estou bastante envolvida com esse enredo. Que instigante!

A manhã transcorre de modo suave, quase monótona, não fosse minha mente se apegando de tempos em tempos ao processo seletivo da Espaçonave Editora. Meus dedos coçam de vontade de acessar meu e-mail particular, mas me contenho. Essa atitude não seria nem um pouco profissional, assim como também não é visto com bons olhos eu receber mensagens de WhatsApp da Gabi bem agora. Ainda bem que deixei o celular no silencioso.

Perscruto o ambiente com discrição, armo um sorriso amarelo, mas dou um jeito de verificar o recado. A curiosidade não permite que eu espere até a hora do almoço.

Que tal um happy hour mais tarde? Saudade de vc.

Sim. Onde?

Tenho que ser sucinta. Não quero ser pega em flagrante morcegagem.

Em qualquer lugar onde poderemos botar as fofocas em dia. Que tal aqui em casa?

Ok. Apareço lá pelas oito então.

Volto para o manuscrito diante de mim, obrigando-me a não pensar mais no processo seletivo da Espaçonave. Sou uma pessoa equilibrada e normalmente lido bem com situações estressantes. Como não cabe a mim acelerar a execução das etapas, o remédio é acalmar os nervos e viver no presente.

Eu me apego às descrições feitas pela autora sobre seu protagonista. Percebo um quê de exagero no modo como ela enxerga seu herói. Então levanto alguns questionamentos básicos:

- A que público se destina o livro?
- Em que categoria de escritor a moça se encaixa? Existencialista? Não. Cômica? É, talvez. Fantástica? Bingo!

Afinal, só numa literatura bem inverossímil um homem teria todos os atributos que ela destinou ao mocinho.

Bom, também não é assim. Sou obrigada a rever meu conceito ao me recordar do mais novo morador do meu prédio. Se eu fosse escritora, como será que eu o descreveria?

Puxo meu bloco de anotações, saco uma das inúmeras canetas que enchem minha caneca com a estampa de uma das capas de *Senhora*, do meu amado Alencar — presente da Gabi, que sabe o quanto amo essa história — e rabisco rapidamente os detalhes da aparência do meu vizinho — e que ninguém duvide da minha capacidade de observação, ainda que em tempo recorde:

Santiago poderia ser um ator daqueles programas de pegadinha. Colocam um cara absurdamente belo dentro de um elevador, sozinho com

> uma desavisada, e esperam pela gafe, que
> fatalmente vai ocorrer. Porque não é possível
> ficar indiferente a quase dois metros de pura
> gostosura: corpo torneado, demarcado pelo jeans
> ajustado à perfeição e pela camisa cuja gola meio
> esgarçada deixa entrever um tórax esculpido
> ao estilo de Rodin. Os cabelos, presos num coque
> cheio de atitude, são do tom que as areias da
> praia adquirem quando banhadas pelo mar. Mas
> o verdadeiro poder daquele homem emana de seu
> olhar, azul límpido feito céu de primavera.

Termino a descrição antes que fique ainda mais ridícula. Ainda bem que não sou escritora. Deixo o ofício para quem sabe usá-lo com responsabilidade.

Sorrindo do meu ataque de bobeira, destaco a folha com o intuito de jogá-la no lixo. Mas deixo para fazer isso quando chegar em casa. É mais seguro. Então dobro o papel e o enfio na minha agenda. Devaneio encerrado!

Faz algum tempo que cheguei à casa da Gabi, e desde então muitas das minhas inquietações foram deixadas de lado. Também ser recebida com um presente lindo na forma de poesia e origami, ao som da estonteante voz de barítono do Frejat, e depois enveredar por um papo gostoso com a melhor amiga amenizam qualquer tipo de estresse. Já me sinto bem mais leve.

Nossa amizade é assim: raramente entramos no campo minado das cobranças, dos ciúmes que sugerem total insegurança e imaturidade; somos duas adultas que prezam a companhia uma da outra e valorizam a sorte que deram ao se conhecerem. Eu, então, me considero duplamente abençoada, afinal tenho o Fred também.

Refletindo a respeito disso, me dou conta de que ainda não contei para a Gabi sobre minha inscrição no processo seletivo da Espaçonave. Embora trabalhar na mais legal das editoras brasileiras seja um sonho antigo, nunca cheguei a dividir essa meta com ninguém por considerá-la utópica demais. Mas agora que existe uma mínima chance de realizá-la, minha amiga precisa ser a primeira a saber.

Ela está na cozinha, fazendo não sei o quê. Estou prestes a ir até lá, quando recebo uma notificação no celular, um alerta de nova postagem no maior site de notícias literárias do país. Esqueço todas as intenções anteriores, tão rapidamente que nem o cérebro hiperativo de Dom Quixote seria capaz de me acompanhar, e passo o olho sobre o texto.

Adquiri a técnica de leitura dinâmica ainda na adolescência, habilidade muito útil na minha vida profissional hoje, por isso não perco mais que três minutos para me inteirar do assunto — e me arrepiar todinha em consequência do que leio.

— Gente... — murmuro perplexa e saio em disparada para mostrar o babado à Gabi. — Amiga, para tudo! Não acredito no que estou lendo! Alerta máximo de treta na internet. E adivinha com quem?

Tão curiosa quanto eu, Gabriela toma o celular da minha mão, sem esperar que eu conte a ela o que acabei de saber, e lê em voz alta a manchete:

— *Roberta Tavares é acusada de plágio*. Rá! E a máscara finalmente cai. A nós ela nunca enganou.

— Continue lendo, Gabi. A treta é forte.

— Autora best-seller brasileira, com títulos publicados em outros seis países, tem sua idoneidade contestada por antiga editora.

Minha amiga descendente de japoneses faz algo que considero raro em seu dia a dia: arregala os olhos, ato que representa o ápice de sua perplexidade.

— A editora denunciou a bandida! Gente, o negócio então é feio mesmo!

— Que a Roberta não é flor que se cheire, já sabíamos — ressalto, enquanto prendo meus cabelos num rabo de cavalo frouxo. — Mas daí a plagiar? E foi justo o maior best-seller dela. Que cara de pau!

— Aqui diz que ela copiou a história de uma escritora boliviana, publicada apenas no site da menina. Vaca! Achou que ninguém descobriria.

Vou até a geladeira e retiro a garrafa de água, a cabeça a mil. Roberta Tavares provavelmente é hoje a autora mais badalada entre os jovens leitores brasileiros. Com apenas 28 anos, seus índices de venda dão inveja a muitos dinossauros da literatura. Ela é carismática, comunica-se bem com seu público e, na contramão do que é típico no país, a imprensa a adora. Em síntese: a moça é pop, quase uma Meg Cabot em verde e amarelo.

Apesar de tantas qualidades, isso não foi suficiente para que a Gabi e eu entrássemos para o time de fãs da Roberta. Lemos alguns de seus livros e escrevemos as críticas condizentes com o que depreendemos das leituras. Sendo assim, publicamos no Literalmente Amigas artigos que, digamos, não desceram bem pela garganta da autora. Vale destacar que procuramos ser bastante profissionais em nossas resenhas. Por mais que não gostemos de algumas histórias, nunca atacamos o autor nem fazemos juízo de valor simplesmente para "causar" e gerar polêmicas. Nosso blog é, antes de tudo, sério.

Mas a Roberta não vê as coisas dessa forma e se declarou inimiga mortal do LA, inclusive insuflando seus fãs fiéis contra o nosso trabalho. Na época, poucos meses atrás, foi uma dor de cabeça cansativa e desnecessária.

— Quero ver como vai se explicar — comento, já prevendo um furdunço no mercado literário. — Quero nem acessar minhas redes sociais hoje. Você sabe, eu detesto os desdobramentos desses barracos.

— Pois eu adoro! — Gabi bate palmas e larga meu celular antes de sair à caça do próprio telefone.

Pelo visto, a noite calma entre amigas já era. Até porque de repente uma enxurrada de mensagens para nós duas começa a pipocar, vindas dos leitores do blog e, no meu caso, do pessoal da editora, todo mundo interessado em discutir o caso, como se fôssemos a autora em questão.

E quando dou por mim, já é tarde.

— Gabi, vou andando — anuncio, pendurando minha bolsa no ombro. — Não gosto de dirigir a essa hora pela cidade.

— Não quer dormir aqui? — oferece ela, sem tirar os olhos da tela do celular.

— De jeito nenhum! Você ronca e eu amo o meu cantinho — brinco, abaixando-me para abraçar minha amiga, que me acerta com uma almofada.

— Ronco nada! — Gabi se faz de ofendida, mas está rindo. — Quando chegar em casa, avisa, tá?

— Sim, mamãe. Quanto a você, pense no que falei sobre expor sua arte. É tão talentosa! O Léo está certo, e eu também. Somos dois contra uma.

Não espero que Gabi responda. O descrédito dela em si mesma renderia a noite inteira de debate. Deixo-a com suas dúvidas, porque minha amiga é movida por provocações, e parto sentindo-me como se tivesse esquecido alguma coisa.

Estranho...

Meu apartamento é meu paraíso. Considero-me uma pessoa caseira, do tipo que troca baladas com tequila por livros e café sem nem titubear. Tanto a Gabi quanto o Fred acreditam que esse seja o motivo pelo qual não consigo ter uma vida amorosa de verdade.

Quem não é visto não é lembrado, Lili! É como meu amigo vive me alertando.

Não tenho cachorro, nem gato, sequer um peixinho dourado. Mas quando entro em casa, o silêncio e a escuridão me recebem num abraço afetuoso, felizes com meu retorno ao lar.

Vou arrancando as peças de roupa sem o menor pudor e chego ao quarto somente de lingerie, preocupada apenas com a carga de serviços que preciso liquidar, entre as resenhas do blog e os originais enviados à editora.

O babado com a Roberta Tavares chegou num nível de discussão pelas redes sociais que não me interessa mais. O fato é chocante? Sim. Plagiar é uma tremenda sacanagem, além de crime? Óbvio. Mas não sou eu a juíza do caso. Então, fim.

Antes de correr para baixo do chuveiro, resolvo checar meus e-mails, uma mania antiga. Mesmo na era das mensagens instantâneas, tenho a sensação de que o que chega através do meu endereço eletrônico é mais empolgante, além de confiável.

Sim, caso você já tenha reparado, sou cheia de manias, como essa, além de fazer perguntas a mim mesma e respondê-las em seguida.

Passei o dia envolvida com tantas questões que quase caio para trás ao me deparar com a correspondência da Espaçonave Editora. Entre tantas outras mensagens, só tenho olhos para esta, a qual abro com estardalhaço:

> Prezada Lívia Saraiva Monteiro,
>
> Estamos felizes em anunciar que você foi aprovada para a segunda fase do nosso processo seletivo, cujo escolhido na etapa final terá a oportunidade de embarcar em nossa nave e viajar conosco pelo universo de histórias sensacionais.
>
> Sendo assim, temos um encontro marcado para amanhã, às 19h, no endereço abaixo. Esperamos você.

Surto total. Primeiro por ter conseguido avançar na seleção, mas também porque a próxima etapa já é amanhã! Como assim?!

Minha mente hiperorganizada já começa a criar um milhão de conjecturas. Será que estou preparada? Não é muito cedo para dar esse passo? Como devo me vestir? Meu inglês continua bonito? Por que não terminei o curso de espanhol? Será que eles exigem fluência em espanhol?!

Tantos questionamentos elevam a tensão que de repente me atingiu. Preciso respirar.

Puxando o ar com força para dentro do peito, carrego o notebook para a sala, abro uma playlist no Spotify e permito que a música tome o lugar das preocupações invasoras de mente. Mexo o corpo ao som de "I Feel It Coming", do The Weeknd, ao mesmo tempo comemorando a convocação da Espaçonave para a etapa seguinte do processo e também procurando relaxar.

Continuo só de calcinha e sutiã, dançando feito minhoca na areia quente, os cabelos numa bagunça de fios e suor. A janela da sala está aberta, a luz acesa, mas eu nem ligo. A única pessoa que poderia me flagrar nestas condições não está em casa — nem mesmo no Brasil! E ainda que estivesse, Fred não ficaria horrorizado ao me ver agora.

Ai, que saudade do meu amigo!

Ergo os braços para o ar e giro em torno de mim mesma, enquanto entoo o refrão sugestivo da música. E é nesse instante que descubro um par de olhos azuis e sorridentes assistindo de camarote ao meu espetáculo. Não é o Fred, ainda que seja meu vizinho também — e tão gay quanto ele.

Nossos olhares se encontram, e minha reação imediata é me encolher e fugir. Que mico! Porém, pensando melhor, eu não tenho motivos para impressionar o cara. Ele é lindo? Um gato! Mas não é para o meu bico.

Eu me dependuro na janela, metade do corpo para fora, sem sentir um pingo de vergonha por estar com meu sutiã cinza sem graça.

— Oi! — digo, movimentando os dedos para reforçar o cumprimento. — Se o Fred não avisou que a vizinha aqui é dada a surtos vez ou outra, agora você já sabe.

Noto que Santiago hesita por poucos segundos antes de articular sua resposta.

— Sim, ele me disse que você é... peculiar.

Solto uma gargalhada. Esse é um adjetivo típico do Fred. Como os olhos do bonitão ficam vagando entre meu rosto e meus peitos, resolvo esclarecer:

— Numa situação normal, juro que teria fugido feito um gato acuado se um cara me surpreendesse assim. — Aponto para a peça íntima.

— Eu sou um cara — esclarece Santiago, com uma expressão bastante divertida. Como é lindo esse ser!

— Oh, é claro que sim. Mas é diferente. — Suspiro, sentindo-me a mais descolada das criaturas. — Né? Você, o Fred... Fico feliz por ter você como vizinho enquanto meu amigo não volta. Eu me sinto mais... tranquila. Posso andar assim pelo apartamento que nem vai ligar, né?

O olhar de Santiago suaviza e ele me encara com certa doçura.

— Não mesmo.

— Viu? Se fosse outro tipo de pessoa, eu teria que me policiar, justo dentro da minha casa, meu lugar favorito no mundo.

— Por mim, tem todo o direito de ser você mesma, Lívia — afirma ele, apoiando os braços fortes no peitoril da janela.

— Fico feliz. E por ser tão legal, está convidado a aparecer por aqui quando quiser, pra bater papo, tomar um café, assumir o lugar do Fred na minha vida. — Não resisto à brincadeira, na qual Santiago entra sem pestanejar.

— Combinado! Desde que não se obrigue a vestir uma roupa. Sou a favor de que fique bem à vontade.

Caio na risada, uma gargalhada solta e bem-vinda.

— Engraçadinho. Como se tivesse gostado do que viu.

Despeço-me com um aceno e sigo leve para o banheiro. Banho e cama, isso é tudo o que eu quero. Mentira. O vizinho gay ali do lado também me cairia bem.

CAPÍTULO 3

Gabi

Atraso a leitura de um importante texto para o seminário apenas para ler mais um pouco dos comentários acerca do caso Roberta Falcatrua Tavares. Antes que paire sobre mim uma culpa tão pesada quanto a edição de capa dura do livro *Moby Dick*, me convenço de que não é uma atitude frívola acompanhar a repercussão do caso — que já ganhou espaço nos principais portais de notícias, depois do que Lívia e eu passamos. Só quem suportou um ataque *hater* na internet sabe do que estamos falando. Tivemos que suspender nossas mídias sociais por um tempo até sair do radar de ofensores cruéis que espalharam raiva em mensagens que foram desde "quem éramos nós para falar de livro" até "barangas mal-amadas e invejosas que não têm o que fazer". Choramos entre um tuíte e outro, confesso, diante do ódio que experimentamos de pessoas que nem nos conheciam. O pior foi ver a autora trapaceira se vangloriando da situação, replicando os comentários que nos detonavam, fomentando um ciclo no seu *fandom* ávido por um pouco de atenção.

Não sabemos por que cargas-d'água ela conseguiu vender duzentos mil exemplares em um mês com um livrinho daqueles, mas não dissemos isso na resenha. Nós simplesmente emitimos uma opinião muito bem-fundamentada em nosso blog, onde nunca ofendemos ninguém ou adentramos esferas pessoais. Além do mais, sempre damos um tom de incentivo, buscando destacar algo positivo na narrativa, mesmo que para isso tenhamos que recorrer à candura de *Pollyanna*, em seu eterno jogo do contente.

Desde quando essa Roberta 171 Tavares surgiu, eu me recordo, sua escrita nos soou truncada, como se o texto não tivesse uma cadência natural, um ritmo fluido entre as frases. Agora, compreendemos que é porque ela não escreveu um romance — ela adaptou uma tradução malfeita na internet. A verdadeira autora da história, uma estudante boliviana, está processando a plagiadora por danos morais e materiais, e parece que a situação é bem favorável a ela.

A palavra processo chega a me dar arrepios: a falsificadora, na época, insinuou que nos processaria por difamação. Não há argumento legal ou inteligente para isso, visto que tal atitude inibe a liberdade de expressão, e nossa resenha é tão profissional como a de um articulista que escreve em veículos maiores. Mas imagine sermos notificadas, irmos a julgamento e termos de explicar isso a um juiz! Imagine o desgaste emocional e o quanto nosso blog poderia ser prejudicado caso ela cumprisse a ameaça? Censora ridícula! Se está na chuva, é para se molhar! Todo mundo que trabalha com certa exposição tem que entender que as críticas fazem parte. Aliás, ninguém é tão bom que não possa melhorar. Escritores que montam uma maldita listinha de blogueiros e de leitores só porque não recebeu as estrelinhas que imaginava deixam claro o quão imaturos são; certamente, um ego grande esconde uma autoestima furada.

— E como será que anda sua autoestima, Gabi, para ter tanto medo de expor sua arte? — pergunto a mim mesma, num tom de voz tão baixo que fica evidente como é dolorido para mim falar sobre isso.

Lívia e Léo estão certos, assim como meus outros amigos e familiares.

O que eu produzo é tão verdadeiro, emana de um lugar interior tão sagrado para mim, que a ideia de sofrer uma rejeição dói como as traições expostas por Nelson Rodrigues. Tenho tanto medo de que todos digam que eu não sirvo para arte que eu prefiro nem me arriscar. Melhor deixar meu mundo dos sonhos preservado.

Puxo o ar como quem está com dificuldade para respirar.

O que eu tenho agora é a realidade, com um condomínio vencido e um seminário valendo ponto para eu passar nessa disciplina e marcar logo a data da defesa da dissertação. Isso pode me dar um futuro mais estável.

Fecho o notebook e pego o livro cujo capítulo três está marcado. Deixo a falsificação literária de lado e me concentro em autores que estudam quem faz arte de verdade.

Logo cedo, no dia seguinte, troco algumas mensagens com Lívia acerca do novo livro da Sophie Kinsella que a editora nos enviou. Ela, que sabe que eu sou fã das histórias para lá de divertidas da autora, aceita numa boa que eu o leia primeiro para resenhar. Uma leitura fluida e que me faça rir é tudo de que eu preciso no momento. A gente acaba comentando uma coisinha ou outra sobre o caso Roberta Fraudulenta Tavares, claro, visto que o assunto é como um doce irresistível, mas logo tratamos de seguir com a rotina.

Lívia é muito cobrada na editora onde trabalha, assumindo mais de uma função. Assim como ela torce para que minha vida profissional deslanche, eu torço para que ela cresça como editora e atue com os maiores nomes da nossa Literatura. Ou melhor, que ela revele aqueles que serão os maiores do mercado literário! Sério, eu não conheço outra profissional como ela quando se trata de novos autores. Mesmo diante daqueles originais que, de cara, não aparentam ser promissores, ela lê tudinho, faz inúmeras anotações e devolve as ponderações ao escritor — que na maioria das vezes ainda não tem nome na praça. Isso não é parte do trabalho dela, já que a maioria das editoras apenas envia um e-mail dispensando a obra por não se encaixar no catálogo, mas Lívia, querendo o melhor para as pessoas e mais qualidade literária, faz assim. Ela deveria cobrar muito caro para fazer leituras críticas ou abrir uma agência literária e vender autores mundo afora. Ou pode ser que ela monte uma editora só para ela; estou certa de que minha amiga tem capacidade para isso. Ah, já a vejo com um vestido bem-cortado, em tons neutros e com joias douradas, um cabelo bem-escovado e uma maquiagem discreta, com um olho de gatinho bem-delineado na capa de uma grande revista. "A menina que faz livros — a trajetória de sucesso da maior profissional do mercado editorial", seria a manchete da capa. Na matéria, claro, ela citaria o nosso blog, e, quem sabe, como nossa amizade foi importante para que ela achasse seu lugar no mundo dos livros e seguisse seu sonho. Eu, claro, emolduraria as páginas da reportagem.

— Aterrissa, Gabi, aterrissa! — ordeno ao meu cérebro.

Estou atrasada para um encontro com algumas amigas da Grupa, um coletivo de mulheres que torcem para o Atlético Mineiro e que militam contra machismo, racismo, homofobia e quaisquer outros preconceitos nos estádios — e fora dele. A gente se reúne para assistir aos jogos juntas, fazendo companhia àquelas que também querem torcer, mas não se sentem seguras nas arquibancadas. Que mulher nunca teve medo de levar uma passada de mão ou de ficar no ponto de ônibus sozinha? Embora nossa motivação seja justa, a gente recebe cada tuíte do mal... A maioria vinda de pessoas obtusas, que, numa total falta de empatia, acham que nossas demandas são frescuras de mulheres que não conseguem arrumar namorado. Essas mesmas pessoas, claro, são absurdamente corajosas na internet e vivem de disseminar intolerância escondidas em suas arrobas. Mas isso não importa: as meninas são maravilhosas, somos todas amigas e nos ajudamos na luta. Torcemos como loucas na arquibancada, soltamos alguns palavrões, claro, mas nunca usamos termos homofóbicos — como o terrível "bicha" que as torcidas gritam quando o goleiro vai bater o tiro de meta. Quem disse que ser gay é demérito e serve de xingamento? E por que usar nomes femininos para rebaixar o rival, ou dizer "jogue como homem" para incentivar? Acaso garra e sucesso dependem de gênero? Esse comportamento ao qual todos fomos condicionados é tão vergonhoso quanto juiz roubar e jogador simular falta.

O Léo, que também vai ao estádio conosco, assim como os companheiros de outras meninas, nos apoia muito e, o que eu acho mais lindo, nos escuta. Inúmeros outros homens também defendem a igualdade de gêneros, sem reduzir nossa capacidade. Nosso trabalho é maravilhoso e já atraímos a simpatia de pessoas que até torcem para outros times, como a Lívia, que é toda cruzeirense, mas acha o máximo as nossas iniciativas e até nos segue no Twitter — mas nos silencia durante os jogos, quando narramos a partida. Claro, eu faria a mesma coisa! Todos os que desejam tolerância são bem-vindos.

Nossa próxima ação é criar um estandarte para nos tornarmos visíveis no estádio, que funcionaria como um ponto de encontro. Assim, as mulheres sem companhia para os jogos se aproximariam, e nós nos acharíamos com mais facilidade na multidão — inclusive na habitual cervejinha antes dos jogos, pois somos uma Grupa festiva.

Passo o tempo que tenho antes da aula com três amigas Grupas que também estudam na UFMG. Mesmo que duas delas nunca tenham feito nada parecido, elas me ajudam a customizar o estandarte alvinegro que leva nossa logomarca. Finalmente, nosso trabalho conjunto acaba e, quando levantamos o mastro, me sinto uma rainha de escola de samba. O que fizemos ficou maravilhoso, e até sinto um ventinho de autoconfiança me acarinhar. Eu consegui planejar, dividir tarefas e executar. Talvez eu seja mesmo boa nisso.

Saio da aula como um guerreiro das narrativas homéricas depois de um seminário que levou todo meu repertório de Teoria de Estética da Arte na Modernidade. Recupero meu tônus vital quando vejo, ainda de longe, a barba aparada de um sujeito alto que vem na minha direção. Um riso feliz se alarga em meu rosto, e, após alguns passos, estou em seus braços.

— Como foi seu dia, bombom? — pergunta-me ele. — Arrasou no seminário?

— Eu não sabia que eu podia tanto! Argumentei muito bem, sinto até que estou pronta para defender minha dissertação.

— Uau, Gabi! — Ele mordisca minha orelha. — Isso é incrível! Ver você assim tão cheia de energia me anima, sabia? — Ele me puxa contra seu corpo.

— Mais uma raspadinha dessa sua barba em meu rosto e não me responsabilizo! E o senhor tem aula hoje à noite, comporte-se!

— Brinco. — Também terminamos o estandarte, olha. — Mostro a foto que está no meu celular. — Já postei no nosso grupo e todas as meninas amaram.

— Porra, mandaram bem pacas... — Ele pega o celular e faz mais alguns elogios. Continuamos a andar de mãos dadas pelo campus enquanto a noite cai. Como de costume, Léo espera o ônibus comigo e depois segue para a escola onde trabalha na educação de adultos.

— Está cansado, né, bombom?

— Essa jornada tripla mais a escrita da tese não está fácil, mas... Vamos lá, é o melhor que dá para fazer agora. — Seus olhos me mostram um pouco de tristeza. Também, pudera! A vida de sua família sofreu uma reviravolta digna de novela mexicana. O pai era fiador da irmã no instituto de beleza mais famoso do bairro onde moram. O salão era lindo, bem-decorado e ficava numa casa enorme que abrigava um jardim muito bem-tratado, onde várias noivas tiravam fotos depois de arrumadas. Meu sogro só não contava que, depois de tanto tempo no mercado e de ter construído uma clientela, a própria irmã sumisse no mundo deixando um rombo monstruoso de aluguéis atrasados e pacotes de serviços já vendidos a dezenas de noivas, madrinhas e formandas. Como várias clientes, fornecedores e o proprietário do espaço acionaram a Justiça, coube ao responsável legal, o pai do Léo, arcar com grande parte das dívidas.

— Pelo menos seu pai não está mais tão deprimido quanto estava assim que soube do golpe. Que coisa, ser traído pela própria irmã e para piorar ter de conviver com a ira dos vizinhos lesados. Sei que ainda está difícil, mas o pior já passou.

— Pelo menos agora ele consegue dormir. Estávamos todos temendo pela saúde dele. Meu velho trabalhou a vida inteira, cuidou da família e, na hora de aproveitar um pouco, acontece isso.

Diante da situação, não tenho o que dizer. Aperto firmemente a mão dele e me recordo da pressa com que tiveram que vender o carro e o terreno que o pai quitou com custo para construir o tão sonhado sítio da família. Sem as economias e com o orçamento comprometido, eles se uniram ainda mais para saírem dessa. Assim, Léo pegou aulas noturnas, além das que ele já leciona em duas escolas. Fora isso, tem tido dificuldades no doutorado: seu sonho sempre fora conseguir o programa de bolsa para cumprir um tempo de estudo no exterior, o doutorado sanduíche. Embora ele seja excelente aluno e muito benquisto, a situação emperrou. Ele tem feito o que pode para adiantar a tese e cumprir as disciplinas obrigatórias aqui, mas se sente frustrado com a situação.

Estamos parados no ponto de ônibus que tem em frente ao prédio da Fafich. Aproveito os degraus para ficar da altura dele. Roço meus dedos em sua barba e estremeço com a cosquinha que os pelos dele me fazem. Diante de mim, está o homem que extrai meu melhor sem fazer força. Eu naturalmente quero ser a versão mais aprimorada de mim mesma apenas para retribuir a sorte de ser amada por alguém como ele. Ah, Léo, como eu te quero bem! Quero ordenar às estrelas que se alinhem a seu favor, desfazendo esses emaranhados da vida. Contudo, como sou uma reles mortal, eu o abraço forte, esperando que meu amor passe por minha pele e o inunde de boas sensações.

— Uma hora, tudo isso que estamos atravessando será apenas um capítulo já lido. Estamos pegando forças para as surpresas da próxima parte da história, quando teremos condições de escrever o que quisermos nas páginas em branco — digo.

Seus olhos se abrem por baixo da lente de seus óculos e eu me vejo refletida. Recebo um beijo daqueles, como os que imagino que são entre Dexter e Emma no livro *Um dia*, do David Nicholls.

— Queria te ver mais tarde... Mas sei que chegará cansado e precisa dar aula amanhã às sete — falo, enquanto nos afastamos um pouco depois do beijo e pego meu celular para conferir as mensagens. — Eu também vou correr atrás de umas coisas. Hoje, mais cedo, enviei dezenas de e-mails a amigos procurando um job para levantar uma grana e conseguir acertar o condomínio.

— Se não pintar nada, daremos um jeito, bombom. Eu posso te emprestar por um tempo.

— Eu sei, mas não quero ser mais uma preocupação... Aaah! — solto um berro assim que o visor do celular carrega a mensagem. — Olha isso! — Eu praticamente esfrego o celular na cara dele.

Prezada Gabriela Uematsu,

Estamos felizes em anunciar que você foi aprovada para a segunda fase do nosso processo seletivo, cujo escolhido na etapa final terá a oportunidade de embarcar em nossa nave e viajar conosco pelo universo de histórias sensacionais.

Sendo assim, temos um encontro marcado para amanhã, às 19h, no endereço abaixo. Esperamos você.

— Ótima notícia, parabéns! Vai que é sua! — diz Léo.
— É minha mesmo! Chegou a minha hora — brado.
— E seu ônibus também, me dá notícias quando chegar em casa?
A gente se despede rapidamente e subo no ônibus que me deixará na porta da minha casa. Consigo um lugar perto da roleta e visto meu moletom, já que o tempo continua frio.

Meu Deus, amanhã? Tão rápido? Será que sairei de lá empregada? Continuo verificando as mensagens e encontro uma da Marília, minha colega da faculdade de Jornalismo que trabalha num grande escritório de assessoria de comunicação. Mas só pode ser o ponto de virada da minha história! Ela me oferece um *freelancer* na área de designer, desses "quente pelando", para entregar num prazo curtíssimo. Talvez eu tenha que virar a noite para dar conta de tanta coisa. Mas... e o valor? Ah, o valor é o que eu preciso para ficar em dia com o condomínio.

Dormir depois da meia-noite e acordar às seis para terminar de diagramar uma revista inteira tem preço: um mês de paz para transitar livremente no prédio, sem o constrangimento de me encontrar com o síndico. Eu dormi pouco, não respondi mensagens e não me alimentei direito, mas dou pulos de alegria ao entrar no banho depois de receber de Marília: "O arquivo foi aprovado, está tudo ok. Amanhã de manhã transferimos o pagamento."

Agora só tenho que me concentrar na entrevista para a editora mais intergaláctica do momento. Será que darão uns exemplares de cortesia? Faltam dois para eu completar a série maravilhosa da menina que atravessou um portal multidimensional e foi parar no Egito antigo. Aliás, quando eu for a editora do selo, irei sugerir à própria autora que faça um volume com uma visitinha ao Japão. Milênios de história e uma cultura tão vasta devem ser contemplados numa série tão fantástica como aquela. Ainda tenho a meu favor o fato de a autora ser do Canadá, onde falam francês e inglês. Eu não falo mais do que o verbo *to be*, desafiando todos os dezoito professores de inglês que tive na vida. Meu cérebro simplesmente não vai, me obrigando a cantar apenas transcrições fonéticas das músicas da Ariana Grande e do Ed Sheeran. Quando criança, fui alfabetizada também em japonês pelos meus avós; na escola, me apaixonei pelo espanhol, que ficou como opção principal para a vida acadêmica. Na universidade, foi fácil aprender francês com as aulas que consegui puxar na Faculdade de Letras. O mesmo não aconteceu com a língua inglesa — só me resta tentar hipnose ou algum outro método nada convencional. Enfim, já resolvi: me comunicarei com a autora da série em francês e imagino os e-mails que trocaremos. Talvez eu consiga trazê-la para alguma bienal no Brasil quando ela lançar o livro ambientado no Japão.

— Ai, Gabi, por que você é assim? Está perdendo tempo debaixo do chuveiro com suas ideias malucas!

Desligo a água e me enrolo na tolha.

Visto um macacão preto de corte reto e bem elegante, jogo uma peça de tricô vermelha por cima, estilo cardigã, cujo comprimento quase alcança a altura dos joelhos, e calço um *scarpin* preto. Acho que fica moderno e chique. Pego minha bolsa e chamo um carro para ir à entrevista de emprego que mudará a minha vida.

Chego ao local em cima da hora. Passo pela recepção e logo estou numa sala pequena com algumas cadeiras que formam um círculo. Deve haver umas dez pessoas ocupando as cadeiras, que estão de costas para a entrada. Há apenas um lugar vazio, à minha esquerda. Caminho com um sorriso no rosto, deixando evidente a minha simpatia aos demais, e me acomodo no assento. Corro o olhar pelos colegas que também concorrem à vaga numa tentativa de dizer um "boa-noite".

Por todas as veredas do grande sertão do Guimarães Rosa, não-pode-ser! Bem na minha frente, está uma pessoa muito bem-qualificada para o cargo: minha melhor amiga Lívia. Claro, somos amigas. Muito! Mas, então, por que estou sem jeito de me levantar e cumprimentá-la, dissimulando meu incômodo com um duro aceno de mão?

Lívia

Desde que a bomba com a Roberta Tavares estourou, não se fala em outra coisa no mercado literário — quiçá fora dele. Especula-se de tudo em publicações especializadas, mas principalmente no terreno das redes sociais, onde todo mundo se enxerga como profundo conhecedor de assuntos diversos, donos e proprietários da verdade. Que preguiça me dá!

Acordei decidida a abstrair não apenas a enxurrada de novidades sobre o caso — a maioria fofoca forjada com muita maldade —, mas também minha própria opinião a respeito do assunto, formada a partir da indisposição que a Gabi e eu tivemos com a escritora usurpadora de histórias alheias.

Se estivéssemos juntas agora, minha amiga usaria um termo mais enfático para expor os efeitos da passagem da Roberta Tavares em nossas vidas. Indisposição é fichinha, eu bem sei. Mas, por ora, serve.

Espanto esses pensamentos à força para me dedicar a algo bem mais urgente e importante. Preciso escolher o figurino que usarei logo mais no processo seletivo da Espaçonave. Não que eu seja uma mulher movida por futilidades, mas considero que nossas roupas dizem muito sobre nós mesmos. Além disso, quando aprovo um visual, sinto-me mais segura, como se estivesse protegida por uma armadura das mais resistentes. Esta sou eu, enfim, aquela cuja aparência não permite transparecer um receio enorme de falhar.

Eu me decido por uma saia lápis lilás de cós alto e uma camisa de seda branca, cheia de borboletas coloridas, o que gera um aspecto menos sério ao conjunto. Estico as peças sobre a cama, de modo que esperem minha volta do trabalho sem que sofram danos.

— Ah!

Já estou no corredor do meu andar quando me lembro do meu amuleto da sorte. Retorno correndo até meu quarto, sabendo exatamente onde encontrá-lo.

— Não podia esquecer, né? — resmungo, enquanto acaricio o objeto com reverência. Ele sempre esteve presente em minhas conquistas, desde a época do vestibular. — Fique aqui. Mais tarde venho pegar você.

Dou um beijinho nele e sigo para o trabalho. Minha mesa está repleta de serviço esperando por mim, como o original de um escritor que nunca divulgou seu trabalho em parte alguma, a não ser pequenos trechos em seu blog pessoal. Vale ressaltar que ele tem pouco mais de mil seguidores, sendo, portanto, um completo desconhecido. Eu adoro manuscritos de escritores ainda não lançados. Eles me revelam uma verdade crua e despretensiosa, um pedaço esperançoso de quem não experimentou os holofotes.

A história retrata a vida de um vendedor de picolé que encontrou um envelope de dinheiro no banco do calçadão de Copacabana. Pobre, pai de uma criança com restrições físicas causadas por paralisia cerebral, ele se vê diante de um dilema: usar a quantia para fornecer um tratamento mais eficaz à filha ou sair à procura do dono dos 18 mil reais em espécie.

Pela sinopse já constatei que haverá reviravoltas surpreendentes no enredo, o que promete levar o leitor a uma viagem alucinante com o protagonista. Além disso, a escrita do autor é bem envolvente, do tipo que prende sem fazer esforço.

Por mais que minha estação de trabalho fique ao lado de todas as outras do escritório, quando me concentro na leitura de um original, nada ao redor tem o poder de me distrair. É por conta dessa minha característica que não percebo a aproximação de Maria Cláudia, a editora. Só dou pela chegada dela quando ouço uma tosse forçada, própria para chamar atenção.

— Ah, oi, Ana! Desculpa, não vi você chegar. — Retiro os óculos do rosto e limpo as lentes com a barra da minha blusa.

— Notei sua concentração. Isso significa que a história aí é das boas? — indaga ela, com um sorrisinho torto.

— Muito promissora. O autor tem potencial.

Entrego as páginas impressas e encadernadas a Maria Cláudia — mania antiga, pois no papel sinto melhor o texto. Ela folheia o livro, demorando-se nas marcações que fiz com post-its coloridos. Essa avaliação dura alguns minutos, o que me deixa totalmente tensa.

— Interessante. Mas será que lançar um autor, na atual conjuntura, não seria meio arriscado para a editora?

Não respondo, pois sei que ela está questionando a si mesma, como de costume. Toda vez que o olhar de Maria se perde no infinito quer dizer que ela está refletindo. É prudente da minha parte esperar que o debate mental termine.

— O que você me diz, Lívia?

Agora sim seu foco sou eu.

— Difícil prever se um escritor desconhecido chegará ao sucesso. Mas investir em novos talentos, por mais arriscado que seja, abre a possibilidade de um incremento ao mercado, saturado de certas receitas prontas.

— Será mesmo que o público está saturado das modinhas? — Maria Cláudia bate a unha do indicador no queixo, pensativa. — Não tenho tanta certeza assim.

— Como leitora e blogueira, vejo que algumas tendências estão por um fio, enquanto outras desapareceram até.

— Por exemplo...

— Bom, histórias sobre vampiros, anjos e afins, distopias...

— Tem razão. E é porque você tem uma visão muito lúcida do mundo literário atual que eu vim te convidar para a reunião do editorial. Penso que seja uma ótima oportunidade para que amplie seus conhecimentos.

Meu coração dispara com o convite inesperado. Embora minhas responsabilidades na empresa cresçam cada dia mais, nunca participei de uma reunião de cúpula, nunquinha!

— Puxa, nem sei o que dizer. — Dou uma engasgada, sem conseguir conter a euforia. — Você tem certeza?

Os olhos cor de chocolate de Maria Cláudia se estreitam num sorriso afetuoso.

— Claro que sim! Você é perspicaz, inteligente e antenada. Até mesmo a diretoria já percebeu essa sua eficiência.

Nossa mãe, que alegria! Estou me sentindo como um aluno meio apagado que acabou de receber um elogio gigantesco, diante de toda a turma, da professora mais querida.

— Esteja lá às dez — avisa ela, e sai do meu foco enquanto eu me pergunto se estou preparada para encarar essa novidade.

Todas as pessoas em volta da grande mesa de reuniões são muito menos intimidadoras do que meus temores me levaram a imaginar. Mesmo conhecendo todas por trabalharmos na mesma editora, foram poucas as oportunidades que tive de trocar mais que algumas palavras com a maioria delas. Em certas situações eu reassumo minha carapuça de menina tímida do interior.

Vários assuntos já foram tratados, entre eles o fiasco de um autor superbadalado, promessa de altas vendas, mas que não recuperou nem mesmo o valor do adiantamento feito pela editora quando assinaram o contrato. E como era de se esperar, Roberta Tavares também virou pauta, instigando até o mais discreto dos editores a demonstrar seu ponto de vista com uma ênfase leonina.

Quanto a mim, permaneço muda, pois não me sinto à vontade para revelar qualquer opinião que formulei a esse respeito — e olha que tenho aos montes, inclusive por ter sido, junto com a Gabi, alvo do mau-caratismo da autora best-seller.

Imaginei que viveria um momento de epifania, à Clarice Lispector, mas tudo o que consigo aproveitar dessa reunião que mais parece o samba do crioulo doido é o lanchinho delicioso fornecido pela confeitaria da esquina. Um a zero para realidade versus imaginação.

Como de costume, faço anotações, registrando tudo que considero aproveitável, até que escuto meu nome. Levo uns dois segundos para processar que a Lívia em questão sou eu mesma, a própria.

— Sendo uma blogueira literária de expressivo sucesso, o que você considera fundamental para que uma capa de chick-lit caia nas graças do público? — O diretor de marketing, um sujeito muito descolado, mas um tanto arrogante, dirige a pergunta a mim, com a sobrancelha direita erguida em sinal de expectativa.

Umberto Eco que perdoe a analogia, mas em nome de todas as rosas, essa gente quer saber a minha humilde opinião de leitora?! Tudo bem, especialista em design eu não sou, mas sei mesmo reconhecer uma imagem promissora.

— Bem, depende do contexto, mas a combinação entre imagens e fontes tem que ser bem equilibrada. Nem importa muito se são fotos ou vetores, desde que os itens se harmonizem. — Penso em todas as capas que ocupam o lugar de favoritas em minha estante e acrescento: — Pessoas. Leitores vorazes adoram ver pessoas nas capas de seus livros. Falo por mim mesma.

Percebo uma troca de olhares geral, uma comunicação silenciosa que me sugere uma certa dúvida quanto ao meu argumento.

— Podemos testar a tese da Lívia no livro novo da Daniela Figueiredo — sugere Maria Cláudia. — A história é bem alegre e romântica. Dá pra brincar bastante com os elementos.

Eu me armo com uma coragem sobre-humana, movida pela luz que de repente iluminou minha mente.

— Se querem algo diferente, sem fugir da pegada que o público gosta, sugiro uma artista muito talentosa para criar alguns modelos. O nome dela é Gabriela Uematsu.

— Ela tem portfólio? — questionam, e esse interesse, ainda que sutil, me empolga.
— Tem sim. — Que nada! A Gabi é uma talentosa desacreditada em si mesma. Mas eu me virarei em mil para descolar uma apresentação do trabalho dela. — Posso enviar por e-mail até amanhã.
— Ótimo, Lívia. Enquanto isso, avisarei à Dani que logo teremos sugestões para apresentar.
Deixo a reunião toda empolgada com a possibilidade de conseguir um job para Gabi. Ela merece sair do perrengue e se sobressair com seu brilhantismo artístico.

Cumprimento o porteiro do meu prédio com os mesmos dedos que seguram as sacolas do supermercado. Na outra mão, meu celular me conecta à mamãe, que neste exato momento encontra-se em seu ateliê para noivas, na nossa cidade natal, Juiz de Fora.
Ironicamente, ela é uma profissional do ramo de casamentos. Mamãe contribui com a realização dos sonhos de inúmeras mulheres, enquanto eu vivo nesse limbo, nessa zona morta dos relacionamentos fracassados.
— Quer dizer então que está tudo bem por aí? — Essa pergunta está sendo feita pela terceira vez desde que a ligação começou. Mas não me importo. Adoro o carinho compartilhado entre mim e meus pais. Somos muito unidos.
— Sim, tudo certo. Ando numa correria sem fim, o que não chega a ser um problema, você sabe.
— Pra você, Lilizinha, não mesmo. Como gosta de um serviço pra chamar de seu.
Rimos juntas. Por algum motivo que ainda não consigo identificar, não quero contar a ela que estou participando do processo seletivo para editora da Espaçonave. Tenho medo de que minha família crie expectativas e depois acabe se decepcionando. Primeiro quero ver como me saio na etapa de logo mais.

E por me lembrar dela, um friozinho na barriga faz meus pelos se arrepiarem. Ai, que ansiedade!

— Quando pretende dar um pulinho aqui em Juiz de Fora? Todo mundo tem sentido sua falta, querida.

— Também estou com saudade. Prometo aparecer logo, logo.

— Assim que minha vida tumultuada permitir.

Passo toda a viagem de elevador batendo papo com mamãe, até chegar ao hall do meu apartamento e me deparar com Santiago com o dedo enterrado em minha campainha. Ele está vestido de um jeito formal, como se tivesse acabado de chegar do trabalho. Mesmo que esteja de costas para mim, sei que essa é só mais uma versão de sua beleza rústica.

— Mãe, cheguei em casa. Vou desligar, tá? Ligo depois. Amo todo mundo. Beijo!

Ao ouvir minha voz e os saltos de meus sapatos ecoando pelo corredor, Santiago se vira e me recebe com o mais simpático dos sorrisos. Meu coração bobo desacelera, como se conservasse esperanças de uma ligação especial com o bonitão do meu novo vizinho.

— Oi, vizinha! Quer ajuda aí? — Ele aponta para as sacolas e não espera que eu responda, tomando-as de mim. — Eu estava esperando você.

— Ah, eu notei. — Rio descontraidamente, passando por Santiago para abrir a porta do apartamento. Faço um gesto convidativo, e ele então me segue.

— Quer tomar um café comigo? Preciso conhecer direito essa amiga de quem o Fred tanto fala.

Ah, que fofo! Se eu já não estivesse meio caída por esse homem, agora seria uma boa hora para tombar de vez.

— Verdade. Ainda não tivemos a chance de conversar melhor. Mas tenho um compromisso daqui a pouco. Vou voar pra ficar pronta a tempo. Estou tão nervosa! — confesso, fazendo uma bagunça doida nos meus cabelos.

— Encontro amoroso? — Santiago arma uma expressão safada.

— Que nada! Profissional mesmo. Vou participar de um processo para uma vaga que sempre quis e isso está me deixando doida.

— Gostaria de saber tudo, mas acho que vou acabar te atrapalhando, já que seu tempo é curto. — Ele faz menção de sair.

— Ah, não precisa ir embora. Até que essa conversa-fiada está me fazendo dar uma acalmada. Podemos tomar o café enquanto me apronto. E depois você me diz se o figurino que escolhi não ficou *over*.

— Meu Deus, você é uma figura! Mas acho que já disse isso. — Santiago está rindo abertamente às minhas custas.

— Disse? — Dou de ombros.

Nós dois vamos até a cozinha. Nunca me senti tão à vontade na presença de um homem que não fosse da minha família ou o Fred. Com os antigos namorados, eu vivia tentando ser uma pessoa perfeita, o que afetava consideravelmente minha autoestima, já que eu nunca alcançava esse objetivo. Quem consegue, afinal? Ninguém, não é mesmo?

Passo o café do jeito tradicional, usando coador de pano. O aroma logo toma conta do ambiente e nós dois suspiramos de contentamento. Não dá tempo de conversarmos muito. O relógio sobre a geladeira indica o tempo que me resta antes de eu sair para o compromisso que pode mudar os rumos da minha vida.

Peço licença a Santiago e insisto que fique no meu apartamento até que eu esteja pronta.

— Pode ligar a TV, mexer na minha estante de livros, fuxicar a geladeira. Só não vá embora ainda, por favor.

— Fico, com uma condição. — Ele pisca aquela pálpebra contornada por cílios que devem fazer inveja em muitas mulheres. Sei que eu estou. — Se me deixar fuçar suas gavetas de calcinhas.

— Rárárá! — Solto uma gargalhada com vontade. Que gato cheio de humor. — Combinado. Só não vale experimentá-las, certo?

Santiago reproduz minha gargalhada, e é com esse som que sumo dentro do meu banheiro, onde tomo um banho corrido, mal dando tempo de lavar os cabelos. Eu me apronto mais rápido que de costume e, quando me olho no espelho pela última vez, chamo meu vizinho para que ele possa dar seu veredito.

— Uau! — exclama ele logo depois de soltar um assovio longo e afinado. — Se minha opinião vale alguma coisa, acho que você está de tirar o fôlego, vizinha.

— Jura? A saia não está justa demais não? — Fico de costas para Santiago e demonstro meu ponto de vista apalpando meu bumbum. Entorto o pescoço para consultar sua sinceridade.

— Acho que... — Ele tosse. Em seguida estreita os lindos olhos azuis.

Ah, Sr. Darcy, você perdeu o posto de meu crush número um.

— Está perfeita.

— Own...

Corro até ele e tasco um beijo em seu rosto de barba por fazer.

— Que bom que nosso Fred mandou você pra cá!

— Eu que o diga, Lívia.

Detesto me atrasar para qualquer compromisso que assumo, desde uma consulta ao dentista até um casamento ou outro tipo de celebração. Que dirá algo tão grandioso como esse processo para o qual fui convocada. Portanto chego à sede da editora mais estrelar do universo com certa tranquilidade. Ainda faltam quinze minutos para o começo das seletivas. Haja coração!

Uma recepcionista simpática encaminha a mim e alguns outros candidatos a uma sala preparada para o que me parece uma provável dinâmica de grupo, algo que particularmente eu abomino. Porém, quanto a isso, nada posso fazer.

Sorrio para meus concorrentes e dou um jeito de ocupar uma das cadeiras disposta em círculo. Pela quantidade delas, seremos muitos. Desanimador, Lívia? Um pouco. Mas bola pra frente!

Os minutos passam e o espaço vai ficando cheio de olhares que variam entre assustados, confiantes, arrogantes e blasé. O meu deve estar entre os do primeiro ou do quarto grupo.

Estou de costas para a porta da sala, uma decisão racional. Assim não fico de olho na entrada das pessoas e posso me concentrar melhor. Por isso não vejo, apenas sinto quando o último candidato aparece, bem em cima da hora. A única cadeira livre está bem na minha frente. Pelo barulho que seus sapatos fazem, imagino que seja uma mulher. Espero que ela se ajeite em seu lugar antes de erguer os olhos e conferir sua aparência, tentando captar sinais por meio da expressão facial dela.

Mas tudo muda de foco quando me dou conta de que estou diante de uma concorrente de peso, tão qualificada para a função que chego a ofegar. Não pela capacidade intelectual dela, da qual sempre tive orgulho. Afinal estou encarando minha melhor amiga, que jamais mencionou ter interesse em trabalhar tão diretamente na área editorial e que sequer teve a coragem de me contar que se inscreveu para esse processo. Bom, eu também não disse nada.

Com um misto de embaraço e mágoa, levanto a mão direita e simulo um aceno, tão entusiasmado quanto um bicho-preguiça ao acordar. Inacreditável!

CAPÍTULO 4

Gabi

Quem sou eu, o que faço da vida, como se deu meu interesse por livros e por que desejo atuar numa editora são algumas das perguntas que nortearam o bate-papo entre os concorrentes à vaga. Tenho flashes confusos sobre o que respondi e o que meus colegas disseram; até perdi uma piada que fizeram, mas, quando percebi que todos riam, tratei logo de abrir minha boca e emitir sonoras gargalhadas para não fazer papel de sonsa.

Meu pensamento ferveu por todo tempo tentando responder à periclitante dúvida: "Por que Lívia não me falou absolutamente nada sobre a seleção da Espaçonave?" Em um monólogo incessante dentro da minha cabeça, justifiquei a mim mesma que meu questionamento era legítimo, uma vez que eu a-pe-nas me esqueci de dizer sobre a vaga em função das várias coisas que aconteceram nos últimos dias, como o caso Roberta Mentirosa Tavares e meu freelancer-salvador-das-contas-do-mês que me sugou por completo.

Contudo, uma vozinha lá dentro da minha mente disse que eu poderia, sim, ter feito um esforço e mandado um WhatsApp para Lívia. Mas logo penso que ela também poderia ter me contado, então estamos quites.

Antes que o martelo batesse no tribunal inquisidor armado dentro da minha cabeça, escuto o anúncio de um coffee break de trinta minutos. Depois voltaríamos para a melhor explicação das atribuições da vaga e as considerações finais desta etapa da seleção.

E aqui estou eu, grudada na mesa que ostenta deliciosos biscoitinhos de nata que evitam com que eu tenha que circular e dar de cara com...

— Líííívia! — Nossos olhares se cruzam, e é impossível nos evitarmos. — Estou morrendo de fome — digo com a boca cheia para atestar minha desculpa e não render assunto.

— E o café está ótimo, não consigo parar de tomar — responde ela, como se estivesse animadíssima. — Tenho que ir ao banheiro antes de voltar. — Minha amiga me dá um tchauzinho e abre um sorriso como se tudo estivesse perfeito.

Assim, ela sai do meu campo de visão, e a onda de ansiedade que enrijecia meu corpo perde força. Talvez eu deva tocar logo no assunto com Lívia e resolver depressa esse mal-estar. Aliás, parece estar constrangedor só para mim, já que ela me acenou e deixou um sorriso. Ela vai me entender, lógico, quando eu disser que mal tive tempo de comer nas últimas horas, quanto mais de comentar sobre um processo seletivo. E talvez ela também tenha se esquecido de me contar sobre a seleção, essas coisas acontecem.

Céus, é só uma vaga aberta, para que tanto drama? E há outras pessoas muito competentes disputando o emprego, inclusive um sujeito que já trabalhou numa grande editora da Inglaterra e entende todos os trâmites do mercado literário internacional. A vaga possivelmente ficará com ele ou com aquela mulher que fez doutorado na Sorbonne.

Bebo um copo enorme d'água para tirar o gosto exagerado de doce que ficou na minha boca e caminho até o banheiro a fim de encontrar Lívia para romper de vez com esse imbróglio. Mas no meio do caminho... Ah, no meio do caminho, como dizia Drummond, havia uma pedra... Não no sentido literal, mas uma cena facilmente comparada a um enorme bloqueio. Na porta do banheiro, estão Lívia e Bete Limoeiro, diretora-executiva da Espaçonave, mulher admiradíssima no mercado literário, que elevou sua editora à posição de uma das mais relevantes do país.

Lívia conversa com ela a sós com o entusiasmo de uma criança que aprendeu várias palavras novas. Suas mãos se abrem em gestos que acompanham o ritmo frenético de seus lábios. Ela parece feliz e muito interessada na presença da mandachuva da editora. Então, fica claro como a página final de um livro como Lívia deseja essa vaga. Ela já é editora e, como qualquer pessoa, quer subir na carreira. Migrar para uma empresa maior e que publica títulos que rapidamente ficam famosos é razão suficiente para ela não dividir a possibilidade de emprego.

Não vejo problema em querer progredir. Mas por que ela não me contaria seus planos? Será que não somos tão amigas como acredito?

Dou as costas e volto para a mesa dos biscoitinhos de nata para afogar as desconfianças no açúcar.

Sabe de uma coisa? Talvez Capitu tenha traído Bentinho.

Viajar cerca de três vezes por ano para feiras internacionais, sem contar as viagens nacionais, ter horário flexível, um bom plano de saúde e de carreira, participação nos lucros e, de quebra, um salário polpudo todo mês é altamente convidativo — o oposto do que eu experimento na minha vida como autônoma. A lista de benefícios do cargo de editor só melhora quando penso que grande parte do serviço é ler! Tá, não é só ler, é descobrir talentos, burilar texto, planejar publicação, traçar estratégias de publicidade, adquirir bons títulos e tudo mais que envolve a vida de um livro. Sem falar na pressão de apostar nos títulos certos, o que requer um bocado de sorte para investir e ter retorno nas vendas. Não é um trabalho simples, mas eu sinto que serei útil ao cargo e que poderei ser feliz nele.

Lívia, certamente, também pensa assim. Desde a reunião na noite passada, nós não nos falamos. Como a segunda etapa da seleção acabou por volta das dez e meia da noite, com a desculpa de levantarmos cedo no dia seguinte, não rendemos assunto. Apenas nos despedimos e cada uma seguiu seu rumo.

Agora, cá estou na universidade tentando distrair minha cabeça enquanto caminho até o gabinete da minha orientadora, Berná de Paula, professora-doutora referência em Modernismo Brasileiro, para mais uma conversa desses quase dois anos em que sou aluna do mestrado da Belas-Artes. Não faço ideia do que ela quer falar, mas senti urgência no e-mail. Já cumpri as disciplinas obrigatórias, tenho créditos, criei ótimas intervenções no campus, apresentei artigos em simpósios e já escrevi boa parte da minha dissertação, cabendo ainda uma boa revisão.

Enquanto repasso mentalmente os pontos já cumpridos tentando descobrir o motivo da pequena reunião, adentro a salinha onde encontro a professora. Sento-me numa cadeira feita com materiais reciclados, muitíssimo bem-decorada e pintada, bem ao estilo da minha professora. Mal terminamos de nos cumprimentar, quando ela ergue seus olhos por cima de seus óculos de armação espessa, preta e quadrada, que sempre me lembram a Chiquinha do eterno seriado *Chaves*.

— Mandei um e-mail para a coordenação para agendar sua defesa, logo irão enviar a data. Temos uns trinta dias pela frente.

— Mas o semestre nem acabou, estou inscrita numa disciplina...

— Gente, mas as defesas são durante o semestre letivo! Nas férias de julho, só a Tarsila do Amaral, em sua forma de luz, poderá vir compor a banca. — Ela se benze e abre um sorriso demonstrando intimidade com o ser citado. — Quer defender sua dissertação para encarnados ou desencarnados?

— Por tudo que é mais sagrado, muda logo o rumo dessa prosa. É claro que quero falar para os vivos!

— Ótimo. Revise o texto e prepare sua apresentação.

— Mas eu queria estudar um pouco mais, Berná, fazer uma outra disciplina no outro semestre... Podemos deixar isso para o fim do ano.

— Então faça uma disciplina isolada pleiteando o doutorado! Ou vá criar uma disciplina como professora, montar sua própria exposição, como já recomendei antes. Mas, você, Gabriela, curiosamente, está criando raízes aqui.

— Talvez eu goste de ter raízes...

— Então nunca vai descobrir suas asas!

Ui! O que eu posso responder depois disso?

— Você é uma ótima aluna, Gabriela, não terá problemas em seguir a vida acadêmica — continua Berná. — Mas seu prazo está encerrando e não vejo razão para prorrogá-lo. Há outros alunos precisando de um orientador. Acredito que, para esse estudo que se propôs a fazer, eu sou completamente dispensável. E outra...

— Ela tira da gaveta um papel e me entrega. — É a cópia do e-mail que enviei um mês atrás. Aquele que você ignorou, suponho. Imprimi para desencargo de consciência.

Eu pego o papel já sabendo do que se trata. Dobro-o, me levanto da cadeira e me despeço de Berná sem render mais nenhum assunto. Saio de sua sala querendo pegar uma gripe que me deixe de molho o resto do semestre. Contudo, uma hora, eu sei, terei que encarar o que tento jogar para baixo do tapete. Estou muito segura da minha pesquisa e não tenho problema em defendê-la a um bando de pós-doutores sabichões. Meu problema é o que fazer no dia seguinte. Hoje eu sou uma mestranda, mas e depois disso, o que serei? O que farei com o conhecimento acumulado e com mais um título?

Será que terei de estar à beira do precipício para descobrir que tenho forças nas asas e, finalmente, emplacar um voo? Hoje me sinto demasiadamente fraca para tentar sair do ninho, que dirá arriscar um impulso.

Minha crise existencial não poderia ser em pior momento. Léo está em sala de aula, a essa altura com a 2.002, turma do segundo ano famosa em nossas conversas pelos alunos que desafiam sua paciência. Não há a menor chance de ele me responder. Completando meu ciclo de solidão, meus pais não entendem nada sobre crise por não terem tido nenhuma na vida, ou sequer espaço para isso. Conheceram-se cedo na escola, namoraram, casaram-se e tiveram filhos. Ambos são servidores públicos do Estado e conseguiram uma transferência para o interior depois que eu e minha irmã crescemos. Eles não suportam o caos do trânsito de BH, o risco iminente de assalto e o ar poluído da cidade. Minha irmã mais nova, Sofia, é bailarina de uma respeitada companhia de balé e vive viajando para lugares maravilhosos que rendem fotos bombadíssimas no Instagram. Desde muito nova, ela se esforça para isso, assumindo os ônus e os bônus de sua escolha. Vez ou outra, eu a ouvia reclamar da disciplinada vida de bailarina, mas, de alguma forma, seus murmúrios não tinham valor: ela sabia que teria que pagar um preço pelo seu sonho, um sonho que valeria a pena. Então, ela colocava um Tchaikovsky e rodopiava pela sala de novo. Agora, ela gira pelos palcos mundo afora e eu dou piruetas desequilibradas no meu vazio.

Lívia seria a pessoa com quem eu naturalmente desabafaria, sobretudo porque já concluiu o mestrado e encontrou seu caminho, mas, bem... Não sei o que pensar sobre nossa amizade depois de ontem.

Uma lágrima faz meu puxadinho olho esquerdo arder. Então me dou conta do quão me sinto só. E talvez seja ilusória a sensação de completude. Tenho bons familiares e amigos, mas ninguém pode dar passos por mim num caminho que eu mesma tenho que abrir. Muitas pessoas podem incentivar e aplaudir seu voo, mas o esforço em abrir as asas é particular.

Respiro fundo e aperto as alças da minha mochila.

Darei um jeito, eu sei! E talvez as coisas se resolvam sozinhas: posso ter a sorte de receber um presente, como sair desse mestrado já empregada numa editora sideral e que paga bem.

A noite começa a cair quando entro em meu apartamento. Graças ao dinheiro já depositado e a todos os pagamentos on-line já realizados, posso transitar tranquilamente pelo meu prédio.

Jogo minha mochila no sofá e retiro o livro que leio para resenhar. Dou de cara com aquele papel entregue pela professora Berná, cujas letras impressas me encheram de gás por alguns segundos, mas logo me esvaziei e recobrei a razão. Contudo, decido não descartar o papel ou a ideia; pego a folha com calma e a coloco em cima da mesa.

Ainda cansada em função do job que assumi com a Marília e de tanto pensar no que fazer no futuro, além de como pagar as contas no mês vindouro, preparo-me para um banho daqueles. Traço o plano de sair do banheiro, assar uma pizza congelada e assistir aos novos episódios de *Orange is the new black*. Também estou louca para terminar a temporada de *Outlander*, contudo, é uma das séries a que assisto com o Léo, e temos o pacto inviolável de não vermos nenhum segundinho sem o outro. Como ficarei sozinha até dez da noite, quando Léo sairá da última aula do dia e virá para minha casa, terei tempo de fazer um negocinho... Bem, uma coisinha que eu amo fazer quando estou sozinha. Um lance particular que me deixa numa onda tão boa que até apago as luzes para dar um climinha de... medo! Eu amo assistir a documentários de alienígenas, com entrevistas de fontes governamentais ultrassecretas dizendo que há, sim, evidências de vida extraterrestre.

Outro dia, assisti a um de óvnis tão assustador que passei duas semanas sem olhar para o céu à noite e ainda fechando as janelas do apartamento com um cadeado, só para me certificar de que não seria abduzida. Léo reclamou horrores do calor, mas como eu poderia dormir com o risco do meu bombom ser raptado por ETs? Aqui não, marciana, esse gatinho é meu em qualquer lugar desse Sistema Solar! Jogue seu charme para os boys de Plutão e vá morar com eles nos anéis de Saturno.

Enquanto deixo minha mente viajar pela Via Láctea, confiro rapidamente meus e-mails pelo celular. Assim que noto um nome bem conhecido por mim na caixa de entrada, abro rapidamente a mensagem.

✉ De: lmonteiro@sociedadedoslivros.com.br
Para: falecomagabi@gabiuematsu.com.br

Olá, Gabriela, tudo bem?

Começamos um novo projeto editorial que tem a cara das capas que você produz. Segue, em anexo, o resumo do livro e a proposta. Depois me diga o que achou.

Por favor, organize seu portfólio e o envie para mim. Preciso mostrar à diretoria, ok?

Abraços,
Lívia Saraiva Monteiro
Assistente editorial Sociedade dos Livros

 Não foram como os habituais e-mails que trocamos, mas entendi o tom uma vez que veio do endereço profissional dela. Lívia foi como qualquer editora que contrata capistas, mas deixou abraços no final. Além disso, foi mais do que gentil ela me recomendar a um trabalho que pode me abrir portas no mercado editorial.
 É, talvez Capitu não tenha traído Bentinho.

Lívia

— Mas que droga, onde está a porcaria da chave?! Eu praticamente me enfio dentro da bolsa que carrego, em busca do objeto mais necessário do meu mundo no momento. O problema é que são tantas coisas enfiadas na minha linda Michael Kors branca que talvez eu leve uma vida para encontrar o que procuro.

— Ai, logo hoje! Fala sério, universo!

Praguejo sem parar, enquanto reviro todos os itens, instalando o caos nas profundezas daquela que representa uma das maiores compulsões consumistas desde que passei a ganhar meu próprio dinheiro.

São quase onze da noite, minha cabeça lateja como se fosse o tambor de um percussionista empolgado, estou estressada, cismada, e a porcaria da chave de casa resolveu sumir de repente.

— Inferno! — grito, virando a bolsa de cabeça para baixo e espalhando tudo no chão.

Os objetos parecem ganhar vida, uma vez que assumem direções diversas. Vejo o porta-níqueis se perder debaixo do vaso onde uma mirrada palmeirinha luta pela sobrevivência há séculos; meu batom novinho voa até o final do corredor, chocando-se contra a porta do vizinho, que não é o Fred, mas sim o mal-humorado de um solteirão que costuma reclamar do toc-toc dos meus sapatos quando saio para o trabalho de manhã cedo.

Estarrecida com o nível da bagunça causada por mim — e nem sinal da chave —, bato as costas na parede e escorrego até cair sentada. Ignorando o fato de que uso uma saia relativamente justa, abraço meus joelhos, entregue a todos os sentimentos negativos que me atingiram desde que descobri que a Gabi e eu estamos disputando a mesma vaga na Espaçonave.

O mal-estar nem é pela concorrência em si. Com isso eu conseguiria lidar numa boa. O problema é a constatação de que minha melhor amiga não compartilhou comigo sua decisão de se inscrever para o processo. Pensei que falássemos tudo uma para a outra...

Aperto os olhos e escondo a cabeça entre minhas pernas, lutando para ignorar a voz que insiste em me alertar: "Você também não se abriu com a Gabi."

Tenho uma justificativa para isso, e é nela que me apoio: não agi de má-fé nem tentei esconder coisa alguma da minha amiga; só perdi o *timing*, a oportunidade quando fui distraída pela bomba sobre a horrenda Roberta Tavares. É isso, muito simples. Mas qual será a desculpa da Gabi? Aí que está, eu não sei, porque ela se esquivou de mim feito passarinho assustado.

Entre esses questionamentos, que não saem da minha cabeça, penso em voltar até a garagem e procurar a chave do apartamento dentro do carro. A mania de deixar a bolsa aberta haveria de me cobrar um preço uma hora dessas.

— Mas justo agora? — choramingo, tomando coragem para fazer o caminho de volta. — Droga de vida!

Antes de me levantar, tiro os sapatos, quando o que eu mais desejo mesmo é entrar na minha aconchegante casinha e arrancar todo o figurino escolhido a dedo para a famigerada segunda etapa da seleção.

— Merda! — Outro xingamento, esse em homenagem à tarefa de ficar de pé quando se está embrulhada numa roupa que limita quase todos os seus movimentos; um trabalho para Hércules.

Enquanto me ponho de quatro para melhorar minha vergonhosa performance, escuto o barulho de uma porta se abrindo. Tentem acompanhar meus movimentos a partir daqui:

• Recapitulando: estou de quatro.

• Para saber quem está prestes a me flagrar neste momento de pura falta de dignidade, abaixo a cabeça e olho por entre minhas pernas.

A imagem está invertida, mas é perfeitamente claro — além de um alívio — que é Santiago, e não o vizinho ranzinza, que vem ao meu encontro. O desgraçado tem um sorriso de puro deboche armado naquele rosto de dar inveja a qualquer CEO fodão dos romances eróticos da moda.

Giro o corpo e volto a me sentar no chão.

— Olhando pra você, eu diria que não, mas diante desse cenário um tanto... inusitado, sou obrigado a perguntar: você está bêbada?

Quase choro, tamanho o buraco em meu estado emocional.

— Não. Só preciso ficar de pé, achar a minha chave, tomar um banho e tentar digerir algo que não caiu bem.

Santiago estende a mão para mim, enquanto me analisa com um olhar bastante inquisidor — e empático.

— Não deu certo lá na entrevista de emprego?

Suspiro alto.

— Confesso que não sei responder a essa questão, não sem antes resolver o problema maior.

Aponto para a porta do meu apartamento. Como algo tão insignificante como uma chave subitamente se tornou minha maior fonte de preocupação?

— Tem alguma ideia de onde pode ter deixado?

— Talvez tenha caído no meu carro. Estava tentando voltar para a garagem quando você apareceu e me viu daquele jeito. — Dou de ombros.

Santiago sorri de um modo muito safado e revira tudo o que reside dentro de mim.

— Lívia, de lingerie ou de quatro, não consigo escolher qual das duas versões de você é a melhor — brinca ele.

— A mais constrangedora, melhor dizendo — conserto.

Agradeço a Deus o fato de não haver um clima de paquera entre mim e Santiago. Caso contrário, minhas mancadas já teriam dado um jeito de aniquilar qualquer possibilidade de avanço.

— Pode deixar que procuro a chave pra você — oferece Santiago, todo fofo. — Aproveite para catar essa bagunça toda enquanto isso.

Mostro a língua no meio de um sorriso de agradecimento. Por um instante, consigo esquecer as apreensões que me consomem. Pena que esse momento tenha passado rápido demais.

Nada como uma ducha quentinha batendo forte nas costas e nos ombros depois de um dia cheio que terminou sob um clima chato de tensão. Fiz questão de conferir no relógio a hora em que finalmente consegui essa proeza: quase meia-noite. Serei grata a Santiago pelo resto da vida, que pescou a chave do meu apê nas profundezas do meu carro.

Agora me enfio num pijama de frio — estamos no outono, mas a temperatura já é ideal para o aconchego de um conjunto de calça e mangas compridas —, ajeito meu cabelo num rabo de cavalo todo espanado para o alto e vou ao encontro de Santiago, que espera por mim no apartamento do Fred com a promessa de um café quentinho e pão de queijo.

Só eu mesma para confiar em um estranho. Porém, para minha defesa, ele é amigo do meu grande amigo. Pela lógica, isso o torna meu amigo também — péssima escolha de palavras, algo condenável nos escritores com poucos recursos vocabulares.

Sou recebida bem do jeito que precisava: xícara na mão e um abraço apertado. A única peça fora do contexto é que isso é feito por um desconhecido. Essa constatação me mostra, mais uma vez, o quão patética eu sou. Por fora, uma profissional séria, confiante;

de resto, uma pessoa incompetente no campo dos relacionamentos e insegura. Nem para me consolar consigo alguém que me ame. Talvez esteja na hora de fazer uma visita aos meus pais.

— Quem é Lívia, essa vizinha cheia de surpresas que o Fred arranjou pra mim? — É com essa pergunta retórica que Santiago introduz a conversa. — Por mais que ele tenha dado umas pistas, ainda não consegui interpretá-la.

Aconchegada sob e sobre as almofadas do sofá que têm o cheirinho de Frederico, sopro o vapor do café e suspiro.

— Sou meio que um desastre social, mas nada de mais.

Sinto o olhar de Santiago me analisando atentamente, algo um tanto íntimo, o que não me incomoda nem um pouco, vindo de quem vem.

— Não me parece. A impressão que tenho sobre você é outra. Posso falar? — pede Santiago, como se eu fosse impedi-lo de fazer isso. Claro que quero saber o que acha de mim!

— Deve.

Ele ri, acentuando a covinha que tem do lado esquerdo do rosto.

— Ainda que carregue o peso da insegurança em cima dos ombros, você, Lívia, passa fácil a imagem de mulher confiante. Quem te vê vestida para trabalhar enxerga uma profissional bem-sucedida. E nem é pelas roupas estilosas e bem-combinadas. Estou falando da sua postura. Você tem atitude.

Meu rosto esquenta com o elogio. Fico sem graça, então me escondo por trás da xícara.

— Está vendo? — Do outro lado da sala, sentado na poltrona preferida de Fred, Santiago aponta um dedo acusatório na minha direção. — Fez isso de novo. Sem sua armadura de trabalho, é fácil ver os medos que habitam aí dentro. Só não entendo uma coisa.

Ergo as sobrancelhas, incentivando-o a continuar. Acaba de me ocorrer que o boy magia sentado a dez passos de distância de mim, analisando-me como se eu fosse sua paciente, pode ser um psicólogo. Faz todo sentido.

— Você saiu de casa mais cedo toda empolgada com a entrevista de emprego. A cara da autoconfiança.

— Processo seletivo — corrijo.

— Que seja. E volta num baixo-astral terrível. Não deu certo?

Eu não quero reviver a situação de novo. Sei que vai ser tão desconfortável quanto quando ocorreu. Por outro lado, Santiago está me oferecendo sua solidariedade. Diante da repentina escassez de ombros amigos em minha vida, resolvo aceitar. Então conto toda a história, desde o começo, mas de modo editado para não cansar a beleza dele.

Assim que chego na parte da dinâmica de grupo, dou uma travada. Revisitar as memórias e encontrar Gabi no meio delas é ainda muito confuso, além de decepcionante.

— Eu fico me questionando desde então se estou exagerando nos sentimentos, Santiago. É natural eu estar sentindo essa mágoa da Gabi só porque ela não me contou que se inscreveu para o processo da Espaçonave? Se por um lado acho que devo desencanar, afinal eu mesma não compartilhei minha participação na seleção, por outro, algo me diz que ela não queria que eu soubesse.

Coloco a xícara agora vazia sobre a mesa de centro, tomando cuidado para não manchar a preciosa madeira de demolição, sobra de um casarão de nem sei qual século, o xodó de Frederico.

— Vocês precisam conversar. Se são tão amigas, não podem permitir que uma pulga atrás da orelha atrapalhe o vínculo que têm.

— Eu sei, mas não estou muito predisposta a isso agora não. A Gabi se esquivou de mim que nem barata correndo de chinelo. E quando cismo com alguma coisa, costumo ficar meio reflexiva.

Santiago achou graça da comparação. Com uma perna dobrada sobre a outra, ele leva alguns segundos me encarando. Psicólogo, com certeza.

— Então você é editora de livros. Que trabalho interessante!

— Assistente editorial, na verdade — corrijo-o. — Espero um dia chegar ao cargo de editora. É tudo o que sempre quis.

Outra cena da noite passa por minha cabeça. Durante o intervalo para o coffee break, troquei algumas palavras com Bete Limoeiro, a diretora-executiva da Espaçonave. Tenho horror de gente que usa seus contatos para tentar se autopromover. Quem viu nós duas naquele momento pode ter pensado que eu estava lá puxando o saco da mulher em prol do meu sucesso no processo seletivo. Acontece que a gente se conheceu meses atrás, durante uma feira literária em Londres, e o encontro inesperado com a Bete só serviu para que conversássemos de modo superficial, sendo que minha tentativa de assumir o cargo oferecido pela Espaçonave nem sequer foi ventilada.

Além do mal-estar com a Gabi, esse fato também vem me incomodando. Não quero que os demais candidatos pensem que não tenho ética, até porque a maioria já trabalha no mercado literário de alguma forma, uma área restrita em que todo mundo conhece todo mundo.

— Terra chamando Lívia. — Santiago estala os dedos diante do meu rosto. — Tudo a ver essa frase com o nome da editora onde você quer viver sua maior experiência profissional, quase um orgasmo trabalhista.

— Credo! — Não consigo segurar a gargalhada que irrompe peito afora. — Você é tão bobo... É assim que age com seus pacientes?

— Que pacientes? — Ele enruga a testa. Seus olhos azuis liberam um brilho de pura curiosidade.

— Ai, Deus, você não é psicólogo — afirmo, reconhecendo meu erro de julgamento. — Que pena! Daria um ótimo analista.

— Não mesmo — retruca ele, agora um tanto taciturno.

— Então o que faz o Santiago? É modelo? Ator? Não, espera. —Ergo as mãos para cima, impedindo-o de responder. —Arquiteto.

— Modelo e ator... Acho que devo considerar que você me acha atraente.

— Eu e toda a torcida do Cruzeiro junto com a do, eca, Atlético.

Agora parece que eu desconcertei Santiago, já que ele fica meio corado e sorri como se eu fosse a mais engraçada das criaturas.

— Você é a maior das figuras que já conheci, Lívia. E para seu governo, eu sou museólogo.

Nossa, por essa eu não esperava!

— Eu me mudei pra BH porque fui chamado para administrar o Circuito Cultural Praça da Liberdade. Como adoro desafios, e o Fred não me deu sossego, achei que seria uma oportunidade muito boa para a minha carreira — explica ele. Dá para sentir o orgulho transbordando por suas palavras.

— E você veio de onde? Pelo sotaque, norte de Minas?

— Errou de novo. Sou baiano, de Itabuna.

— Oh! — Gente, Santiago se torna mais irresistível a cada minuto. Como sou azarada! — Você é da terra de Jorge Amado! Que fenomenal! Ele é um dos meus escritores favoritos. *Mar morto, Terras do sem-fim e Capitães da areia* são os livros dele que mais amo. Você é um sortudo.

— Reconheço, mas não por esse motivo.

Ah, para mim não poderia haver um motivo maior. Sou alucinada pelas histórias do Amado, especialmente as menos óbvias, que acabaram ganhando notoriedade pelas adaptações para TV e cinema. Também sou fã da esposa dele, a "anarquista, graças a Deus", Zélia Gattai.

— E como acabou conhecendo o Fred? — lanço a pergunta como quem não quer nada, doida para entrar no mérito da questão: eles são ou já foram mais do que amigos?

— Nós estudamos juntos no ensino médio, quando meu pai, que é gerente de banco, foi transferido para a cidade natal do Fred. Depois cada um tomou seu rumo. Ele veio fazer medicina aqui em BH, e eu me mudei para Salvador, onde estudei museologia. Mas nunca perdemos o contato.

Para alguém como eu, que curte uma explicação bem detalhada das coisas, achei a dele meio vaga. Porém não quero parecer enxerida e não vejo por que insistir nesse assunto. No fundo não muda nada, não é verdade?

— Você curte arte, certo? — Santiago muda o rumo da conversa. Respeito sua decisão.

— Claro, cada uma de suas inúmeras formas de se manifestar.

— Que tal passear comigo pelos museus de Belo Horizonte? — convida ele, e eu me apaixono (platonicamente) mais um pouquinho por esse deus da sensibilidade. — Vou ser seu guia particular.

— Nossa! Isso é que é ser chique. Claro que topo.

Santigo fica de pé e pega a xícara que deixei sobre a mesa. Enquanto caminha até a cozinha, observo suas costas largas e esculpidas. Juro que tentei não me importar com o fato de ele não estar usando uma camisa.

Assim que ele some do meu campo de visão, meus pensamentos se desviam de volta até a Gabi. Detesto essa sensação de que há algo atravancando nossa relação. Deito a cabeça no encosto do sofá e exalo forte. Eu adoro minha amiga, embora não saiba como lidar com esse incômodo que se instalou esta noite entre nós.

Puxa, nem meu amuleto fofo da sorte me livrou dessa chateação!

De qualquer forma, eu continuo querendo o bem dela acima de tudo e torço por seu sucesso, especialmente pela artista maravilhosa que é. Acabo me lembrando de que a indiquei para criar a capa do novo chick-lit da editora, mas ainda não falei com ela sobre isso.

— Santiago, preciso ir — grito ao alcançar a maçaneta da porta. — Obrigada pelo café e pela conversa. — *E a paisagem*, completo entre dentes. — Tenho que resolver uma coisinha antes de dormir. Beijo!

— Beijo. E não se esqueça de reservar um dia pra mim na sua agenda, hein.

Ah, querido, isso nunca.

Conforme combinado com a Maria Cláudia, chego em casa, abro meu e-mail de trabalho e escrevo para Gabi, de maneira profissional porque estou agindo como a assistente editorial Lívia Saraiva Monteiro, que a Sociedade dos Livros está interessada na arte dela.

Ao dar o dia por encerrado, já deitada embaixo do meu edredom com estampa de elefantinhos fofos — meu animal favorito —, concluo que exagerei ao reagir com desconfiança ao vê-la na Espaçonave. É direito dela batalhar por uma carreira estável, assim como também tenho meus motivos para almejar novos ares profissionais.

Adormeço certa de que preciso procurá-la a fim de esclarecermos essa besteira. Não imagino minha vida seguindo sem estar de braços dados com minha melhor amiga. #Lizzie&JaneForever

CAPÍTULO 5

Gabi

Tuc. Tuc. Tuc.
Movimento minhas pesadas pálpebras com o esforço de um atleta olímpico que quer bater seu próprio recorde. Vasculho vagarosamente o quarto em busca de uma justificativa para o pequeno ruído que me trouxe de volta do mundo dos desmaiados de sono. Puxo para cima a coberta para me proteger do friozinho da manhã. Ao meu lado, Léo dorme com a tranquilidade de quem está tendo um sonho bom. Como nem o despertador dele nem o meu tocaram, trato logo de fechar meus olhos e de me entregar ao que resta do meu sono.

Tóin. Tóin. Tóin.
A essa hora, sério? Que animação é essa que desafia a baixa temperatura que faz qualquer um ser um urso e hibernar?

Tóin. Tuc. Tóin. Tuc. Tóin.
O barulho acelera.

— Léo! Ei... Bombom, escuta. Meus vizinhos — digo com a voz rouca.

Ele permanece imóvel como uma estátua.

Viro meu corpo e pego o celular que está ao lado da cama: são 5h23. Para quem está apaixonado, ou com fogo na pessoa mesmo, qualquer hora é hora. A única coisa que me intriga é que o apartamento de cima está desocupado. Ou estava. Talvez já tenhamos novos vizinhos que estão se preparando para mudar. Ou talvez seja um casal com vários filhos pequenos e que vem aqui só para namorar com privacidade.

— Léo, acorda! Escuta! — Sacudo meu bombom. — Tem alguém no apartamento vazio.

— Me acorda só se eles entrarem aqui.

— Nããão, é sério! Já escutei esse barulho outra hora, mas nunca tão cedo.

— Volta a dormir, bombom — responde ele sem nem abrir os olhos. — Depois o nosso apê faz barulho.

— Não é sobre o som, é sobre o mistério! O apartamento de cima está para alugar.

O silêncio no qual Léo me deixa só faz com que os ruídos ganhem mais força. Subitamente, uma onda quente percorre meu corpo e me dá forças para ir contra o frio. Saio do edredom, visto o primeiro cardigã que encontro por cima do meu pijama de flanela e corro para a porta de casa. Movimento as chaves e, assim que abro a porta, uma mão forte detém a maçaneta.

— Vamos voltar pra cama, bombom. Aproveite o tempo que tem para dormir, não para xeretar os vizinhos.

— Nossa segurança pode estar em risco! Se for um bando de invasores que estão ocupando o imóvel à noite e saem escondidinho de manhã? Tenho que saber.

— Ai, essa Gabilândia... Seus ancestrais sabem que um deles saiu com a cabeça assim? Porra, Gabi! O que cada um faz dentro de sua casa não é da nossa conta! Ia querer que algum vizinho nos bisbilhotasse?

— Claro que não! — Respondo tão rápido quanto um leitor chega à fila de autógrafos do autor favorito. — Você tem razão! Não tem sentido algum o que estou fazendo. Mas é que meu faro para histórias apitou!

— Você sempre apita! Vem, vamos deitar. — Ele me puxa pela mão.

Logo voltamos para o quarto e nos forramos com as cobertas da cama. O barulho cessa e tudo retoma a paz das seis horas da manhã.

Léo e eu tomamos café tal como esquimós com nossos moletons de capuz. Embora sejam oito horas da manhã, não sentimos a menor faísca de calor solar. É um dia acinzentado de outono, que, embora seja pouco valorizado, é uma das estações de que mais gosto. Enquanto todos preferem as flores da primavera e o agito do verão, o bucolismo das folhas que caem me fascina. Somente quando uma árvore se despe, somos capazes de enxergar os galhos tortos. A euforia das pétalas não nos permite ver o quanto podemos estar ocos e velhos. Depois de nos observarmos, vem a frieza do inverno, quando nos voltamos para nós mesmos, para as podas tão necessárias da vida. Tempos depois, a nova seiva poderá correr por galhos novos e revigorados, gerando frutos ainda melhores.

Atravesso meu outono, eu sei. Saio da Gabilândia, meu mundo criativo onde tudo é possível e de onde tiro forças para meu trabalho, para me acertar com as raízes da Gabriela. O que tenho é um tronco por vezes bastante frágil, amedrontado; se eu continuar assim, não serei capaz de sustentar uma copa florida.

— Para que adiar o inadiável, né? Uma hora eu teria mesmo que defender, não dá para ficar no mestrado para sempre. Ainda mais depois de ter sido descoberta no meu plano inconsciente de me esconder ali — digo ao Léo sobre a decisão da professora Berná.

— Você vai arrasar, sabe disso. Sua pesquisa já está pronta, é só mandar bala. E depois a gente vê o que faz, no meio do caminho você vai descobrir sua onda.

Eu chego a abrir meus lábios para falar de um desejo, mas acabo guardando para mim, assim como fiz com o papel que a Berná me deu. A proposta que ela me sugeriu é maravilhosa, porém é um risco alto de se assumir. Não sei se consigo lidar com isso agora.

— O que vai fazer com a manhã livre? — pergunta Léo.

— Vou focar na dissertação. Logo terei que entregá-la na coordenação mesmo — suspiro. — A Lívia me indicou para um job da empresa dela, a capa de um livro que parece ser bem legal.

— Ah, não é que as cismas do mundo de Gabilândia estavam mesmo exageradas? Cara, vocês têm que resolver isso logo, Gabi! Se a amizade de vocês fosse um livro, os leitores passariam a usá--las como referência para amizades, tipo o filme *Thelma e Louise*. *Gabi e Lívia, as Literalmente Amigas.* — Ele está citando nosso blog como se fosse um slogan.

— O dia mal começou e já é a segunda vez que você tem razão.

— Terei que cobrar beijos para compensar minhas cotas de bom senso.

— Te espero no edredom — digo, largando minha xícara de café sobre a mesa. — *Tuc, tóin, tuc, tóin*, vou cobrar esse ritmo.

Sempre que a dona Mariângela volta de Poços de Caldas, cidade para onde meus pais se mudaram, eu passo uma semana com a geladeira abastecida. A amiga da família já está acostumada a fazer o trajeto Beagá-Poços e vice-versa com o carro cheio de encomendas que vão desde vestido de festa até metros de linguiça caseira congelada. Desta vez, Mamãe Uematsu mandou quilos de macarrão artesanal e diversos queijos do sul de Minas, além de outros petiscos e condimentos. De quebra, ainda recebi um edredom que veio com o aroma da casa dos meus pais, com um bilhetinho dizendo "para você dormir quentinha". Enxugo uma pequena lágrima de amor que faz meus olhos queimarem e ligo para minha mãe agradecendo o mimo. Depois de nos falarmos um pouco, e ouvir atentamente a recomendação de dividir as massas, produzidas por meio de uma técnica — oh, meu Deus! — tradicionalíssima e italianíssima, com a família do Léo, me ocorre a ideia de dar mais um destino ao macarrão e ao queijo.

Abro o notebook e respondo ao e-mail de Lívia, dizendo que será uma alegria trabalhar no projeto do livro, que parece realmente interessante. Gasto uns quarenta minutos organizando um portfólio, já que sempre deixo tudo para a última hora, e aproveito para atualizar meu site. Subo as imagens dos meus trabalhos mais recentes e, pasme, sinto um bocadinho de orgulho de mim. Eu sei misturar elementos, mesclar tendências e casar cores. Chego a estufar meu peito como a Mulher-Maravilha ao ver como meu trabalho é bem-feito.

Não posso negar: o e-mail de Lívia me fez bem. Primeiro porque ela me deixou na cara do gol de um job muito interessante, que certamente vai significar muito para minha carreira; depois porque representa as contas do próximo mês, razão pela qual eu me sinto tranquila para criar livremente, sem o estresse de fazer dinheiro. E o outro motivo, claro, é por ter sido a Lívia. Lá no fundo, eu sinto que o mal-estar da seleção passou e que nossa amizade seguirá firme como a saga Harry Potter, que perpassa gerações de leitores.

Pego meu celular e abro uma janela de conversa.

> Obrigada pela recomendação do job! Adorei! Acabei de enviar meu site atualizado com o portfólio e um orçamento. Veja se está compatível, quero muito pegar o trabalho.

Deixo o celular sobre a mesa e tento não conferir a cada minuto se ela já leu a mensagem.

— Pare de ser boba, Gabriela! Ela te passou um trabalho, é claro que estão bem! Vocês são amigas! Grandes amigas — enfatizo a mim mesma, em voz alta, como um exorcismo.

Até o visor do meu celular piscar.

> Abri agora! Acho que está tudo ótimo, contrataria você facilmente! Vou repassar à diretoria agora!

> Obrigada! Mesmo!

Antes que o silêncio desesperador nos afaste, emendo um assunto, colocando meu plano em execução.

> Mamãe Uematsu mandou toneladas de macarrão de massa artesanal, diz que é ótimo. Também estou com uns queijos maravilhosos, que já estou até comendo. Pensei em fazermos no sábado à noite aqui em casa, o que acha? Ou já tem programa?

Lívia está on-line e me responde rapidamente.

> Ah, minha vida social está muito cheia... Cheia de atividades como me movimentar do sofá para a cama para colocar a leitura em dia.
> Claro que topo! Levo um vinho branco encorpado, tipo um Chardonnay para combinar com o queijo, pode?

> Uhuhu
> Feshow! Vou falar com o Léo para fazer aquela sobremesa de pera com calda de chocolate.

> Nossa, naquele almoço que ele fez eu tive que abrir o botão da calça para voltar pra casa dirigindo, rsrsrs. Estou com um doce de leite com creme de coco aqui também, vou levar!

O festival gastronômico segue gulosamente planejado em trocas de mensagens. Acredito que esteja tudo normal entre nós. Cismo com o fato de o visor do WhatsApp sempre acusar "digitando", o que faz com que eu imagine que Lívia irá me enviar um parágrafo inteiro na conversa, mas depois vêm apenas frases curtas. Será que ela ensaia tocar no assunto da seleção?

> Está combinado no sábado, então!
> Estarei com um amigo do Fred, posso levá-lo?

> Claro! Amigo do Fred é sempre bem-vindo!

Como será que anda o Fred, com quem não falo há tempos por causa da viagem? Quando estamos na versão maximizada da nossa dupla, Léo e Fred sempre saem com a gente. Às vezes, um outro amigo ou amiga também são incluídos em nossos programas. Mas meu sonho de protagonista de romances é sair de casalzinho, sabe? Eu com meu bombom, e a Lívia com o boy dela. Espero que esse dia chegue logo! Por enquanto, vou aproveitar a companhia desse amigo que, decerto, deve ser algum *affair* de Fred — que é gato, inteligente e muito bom de papo.

Encerramos o assunto para voltarmos ao trabalho e combinamos de ir nos falando até sábado.

É, Bentinho, retire-se de Gabilândia com toda sua cisma.

Lívia

Meus óculos escorregam a cada cinco segundos do nariz que hoje mais parece um tobogã. Ainda não cheguei ao ponto de perder a paciência completamente porque estou muito concentrada na resenha que escrevo para o blog. Decidi fazer algo inusitado, comparando dois clássicos que adoro: *Senhora*, do Alencar, e *Orgulho e preconceito*, da Austen. O Literalmente Amigas é assim. Mescla gêneros, épocas, conteúdos, sem receio de levar aos seguidores críticas de tudo o quanto é estilo literário.

Digito:

> O que uma obra de José de Alencar e outra de Jane Austen podem ter em comum? Para mim, *Senhora* e *Orgulho e preconceito* têm tudo. Ambas são ambientadas no século XIX, descrevem a sociedade da época — burguesa, esnobe —, ainda que de locais bem diferentes: Rio de Janeiro e Inglaterra.

Releio o parágrafo antes de passar para o próximo. Fico contente com o tom que uso. Desejo que nossos leitores entendam de cara o tipo de análise que proponho com esse texto.

> O núcleo das tramas gira em torno de um casal que passa boa parte da história trocando farpas e se

odiando mutuamente. E o dinheiro — o excesso e a falta — acaba sendo o fio que, ao mesmo tempo, separa e une os personagens.

Jane Austen, por ser uma mulher à frente de seu tempo, emprestou à Lizzy Bennet um temperamento atípico para as moças daquele século. Ela é uma heroína ao avesso das mocinhas de outras histórias românticas, pois não vive a suspirar pelo príncipe encantado, não se preocupa com as aparências, é extremamente altruísta, sem falar da língua ferina, que não poupa ninguém, nem mesmo a insuportável, mas megarrespeitada, Lady Catherine.

Pondero sobre o uso do termo "megarrespeitada". Apesar de estar redigindo uma análise de dois clássicos da literatura, a resenha é atual e destinada a jovens seguidores. Decido que não tem problema incluir esse neologismo hiperbólico. Dá até um toque de humor à crítica, o que a deixa mais suave.

Já José de Alencar, apesar de ser homem, conseguiu criar uma Aurélia Camargo muito particular em suas características e deu voz a uma personagem feminina de uma maneira não muito comum para 1875.
Aurélia é teimosa — como Lizzy —, independente — idem —, voluntariosa — idem, idem (risos) —, e até inconsequente às vezes (mais idens).

Duas mulheres separadas por um oceano e duas culturas distintas, mas próximas nas atitudes e temperamentos.

Tenho uma característica enquanto blogueira literária: não consigo escrever resenhas que seguem padrões, como ensinam para a gente na escola. Quando fiz o Enem, passei o ano aprendendo a escrever textos dissertativos-argumentativos "de acordo com o esqueleto" próprio do tipo textual. Para fins como aquele, que é apresentar uma redação dentro dos padrões e não correr risco de perder muitos pontos, complicando a entrada na tão desejada universidade federal, tudo bem. Mas aqui no blog quem dita as regras somos nós, a Gabi e eu. Ou seja, nada de amarras. Gostamos mesmo é de explorar diversas possibilidades.

> Para mim, não existe cena melhor do que o choque de Fernando Seixas ao lhe revelarem a verdade sobre o seu casamento com Aurélia. Assim como acontece com o irresistível Mr. Darcy, quando Lizzy recusa, na lata, o seu apaixonado pedido de casamento (corajosa ela, não?).
>
> Aliás, muito da qualidade das duas obras se deve aos protagonistas masculinos de ambas: Fernando, charmoso, culto, mas um tanto sem personalidade (embora haja uma boa justificativa para isso — vou defendê-lo — risos); Mr. Darcy. Ah, Mr. Darcy! Prefiro nem comentar. Só digo que ainda está para nascer um "mocinho" como ele na literatura.

Realmente eu deliro com essas cenas. É tão surpreendente que duas mulheres contemporâneas a épocas tão opressoras, tão exterminadoras dos direitos e anseios femininos, ajam com tamanha magnanimidade. Aurélia Camargo e Lizzy Bennet significam muito mais que o retrato daquelas mocinhas recatadas e submissas dos romances históricos. Ambas são a imagem de um feminismo ainda bem tímido, nada incentivado, porém efervescente, necessário e irrevogável. Adoro Fernando Seixas e Mr. Darcy. Mas que eles mereceram o tapa de luvas (de boxe, num gancho de esquerda fenomenal), ah, mereceram!

Bom, é isso. Dá para gostar de livros clássicos. É só se desarmar e deixar a história fluir. Brasileiros ou não, os clássicos não deixam nada a desejar se comparados com os livros atuais. É claro que tem a questão do vocabulário mais erudito, mas isso um bom leitor persistente tira de letra.

Recomendo a leitura dos dois. E dou cinco estrelinhas para cada!

Espero que tenham gostado da coluna de hoje. Quem já leu uma ou até mesmo as duas obras? Quero saber!

    Despeço-me dos leitores com uma frase simpática. Antes de publicar a resenha no blog, tenho o costume de me afastar um pouco do texto, dar um tempo a ele. Aprendi isso na faculdade de Letras. Daqui a uma meia hora eu volto, releio, sinto o impacto das palavras. Se estiver tudo bem, aprovo e mando para o ar. Do contrário, começo o imprescindível processo de revisão e correção. Fazer o quê? Esta é a vida de quem escreve.

    Fecho meu notebook e espio a rua pela janela da confeitaria que todo o pessoal da editora costuma frequentar. Ainda é cedo. Uma neblina fina recobre a cidade, fazendo com que esta manhã de outono transmita uma aura meio fúnebre, além de gelada. Eu gosto. Estar embaixo de algumas camadas de roupa não me incomoda. É justamente o contrário. Eu me sinto mais motivada para dar prosseguimento ao dia.

    O cappuccino escaldante desliza garganta abaixo, provocando um calorzinho reconfortante dentro do meu peito. A sensação é gostosa, mas insuficiente para aplacar meu constante estado de melancolia.

    Deus do céu, eu tenho uma vida boa! Quem na minha idade pode se vangloriar por ter uma profissão decente, um apartamento em seu nome na capital do estado, um carro legal que vive abastecido, uma família normal, sem aquela necessidade de querer governar o destino dos filhos? Ao repassar essa lista de sucesso pela enésima vez, fico envergonhada de ainda assim sentir que me falta alguma coisa. Nem gosto de expor isso em voz alta. No entanto só eu sei o quanto me destrói o reconhecimento de que não sou tão bem-sucedida no campo emocional.

Eu fui uma adolescente bonitinha. Vez ou outra recebia recadinhos dos meninos, declarações de admiração por mim. Mas a paquera nunca passava de uns beijos escondidos atrás do ginásio poliesportivo da escola, jamais evoluía para algo mais sério. "Meu cabelo está feio? Vocês acham que estou acima do peso? Falei alguma coisa que não devia?", eram perguntas que eu fazia às minhas amigas sempre que uma nova possibilidade desandava.

Quanta bobagem! Hoje em dia eu entendo que o que apresentamos por fora não pode ser a base de uma relação saudável. Se alguém não quer manter um namoro porque não aprecia meu novo corte de cabelo, ele não merece mesmo estar comigo.

O que pesa em mim é a parte de dentro. Ainda me questiono se sou ou não uma companhia legal. Não que eu precise ter uma pessoa para me sentir plena e completa. Posso muito bem viver como estou, apreciando minha própria companhia. Mesmo assim, não vejo problemas em partilhar minha vida com alguém que respeite meu jeito de ser e me ame exatamente como sou.

Por enquanto não me tornei a amargura ambulante que considera qualquer relacionamento uma anulação da nossa identidade.

Mordo mais um pedaço da torrada com geleia de morango, determinada a parar de sofrer com essa história, pelo menos por enquanto. Minha situação com a Gabi, no momento, é mais urgente que minha necessidade de encontrar alguém legal para dividir comigo as alegrias e os percalços da vida — além da minha cama.

Se o Fred estivesse aqui, já teria me dado uma boa chacoalhada e talvez tivesse até mesmo encontrado uma forma de me colocar cara a cara com as respostas de que tanto preciso.

> Ei, best friend. Sinto sua falta. Será que é pedir muito um alô pequenininho de vez em quando?

Envio a mensagem pelo WhatsApp, sem esperar retorno. Embora saudosa e necessitada do carinho — e puxões de orelha — do meu amigo, quero mais que ele esteja aproveitando cada minuto de sua viagem de autoconhecimento. Como Frederico merece!

Deu a minha hora. Preciso bater ponto na editora.

— Não quer levar um lanchinho pra mais tarde, Lívia? — pergunta a doce balconista da Favo de Mel. — Hoje temos pão de canela fresquinho.

— Hum, boa ideia. — Abro um sorriso agradecido.

Enquanto Angélica faz o pedido para Manuel, o confeiteiro, eu me distraio observando a vitrine. Por isso não pressinto o encontrão que quase me derruba.

— Ei! — reclamo, massageando o ombro afetado pela trombada.

— Puxa, mil desculpas. Fui atender o celular e perdi a noção de espaço.

Ergo os olhos, a cara amarrada, para descobrir quem por pouco não me jogou no chão.

— Tudo bem — respondo, mais tranquila. Afinal não foi culpa do homem que me encara de um jeito preocupado.

— Machuquei você?

— Não. Foi só susto mesmo.

Antes que tudo se torne meio constrangedor, Angélica me chama do outro lado do balcão, anunciando que minha encomenda está pronta. Dou um sorriso frouxo ao homem e me apresso até o caixa, onde sou recebida com uma expressão típica de quem viu além da realidade.

— Acho que o Eduardo ficou meio impressionado com você — sussurra Angélica. — Ele é um gato, né? Cliente assíduo, como você. Se quiser, posso apresentar vocês dois.

— Psiu! Fala baixo, mulher. — Coro por medo do tal Eduardo ter ouvido a conversa. — E não venha dar uma de cupido. Não foi nada de mais. Fui!

Só quando deixo a confeitaria é que consigo exalar o ar preso nos meus pulmões. Realmente o homem é bem bonito: alto, moreno, barba escura por fazer, cara de quem é sério e determinado. Mas não me permito gastar um grama de esperança num possível desdobramento desse pequeno incidente. Leio livros demais para reconhecer a cena. Ela aparece na maioria das histórias de amor água com açúcar. Na vida real, um encontrão é apenas um encontrão. Fim.

Fico feliz que a Gabi tenha aceitado o job para fazer a capa do novo lançamento da Sociedade dos Livros. Receber a resposta dela me faz enxergar que supervalorizei demais o evento do outro dia. Gente, amigos não são obrigados a passar relatórios atualizados de suas vidas uns para os outros. Honestamente, amizades que exigem esse tipo de "compromisso" representam um risco para a sanidade, é uma obsessão que não vale a pena cultivar.

Que alívio constatar que entre Gabi e eu anda tudo dentro da normalidade. Reforço esse pensamento quando uma mensagem dela pipoca no meu celular. Como já estou no trabalho, não posso responder imediatamente. Maria Cláudia passa por minha mesa e eu tenho que esconder o telefone, como um aluno sorrateiro na sala de aula.

Mas assim que noto a barra limpa, abro o WhatsApp e me alegro com a conversa leve, do tipo que sempre permeou minha amizade com a Gabriela. Ela me convida para uma noite de queijos e vinhos no sábado, em seu apê. É uma ótima oportunidade para voltarmos totalmente às boas.

Estou com os dois polegares digitando freneticamente no teclado virtual do celular, quando penso subitamente em Santiago. Paro de teclar e me questiono se seria estranho convidá-lo para se juntar a nós. Poderia parecer uma forçação de barra para denotar um encontro de casais, já que o Léo também estará presente?

Abandono essa ideia com um dar de ombros relaxado. Santiago não há de pensar nada disso. Estamos nos conhecendo melhor, como vizinhos que têm tudo para virar amigos. Nossos interesses amorosos são diferentes — ou meio que iguais, pensando melhor.

> Está combinado no sábado, então! Estarei com um amigo do Fred. Posso levá-lo?

Com o aval da Gabi sobre o Santiago se juntar a nós, encerramos a conversa. Bom, agora basta ele aceitar. Se sim, acredito que teremos uma noite muito divertida.

Não precisei convencer meu novo vizinho a nada. Quando mencionei o convite da Gabi, ele topou ir junto na hora. Disse que adoraria me acompanhar e, de quebra, conhecer a famosa amiga de quem tanto falo. Ainda por cima, fez um comentário muito fofo, como quase tudo o que ele diz:

— Fico feliz que vocês duas tenham se entendido e deixado de lado essa bobagem, né?

É. Ainda bem que tudo passou.

O que não passou foi o frisson que sinto todas as vezes que encontro o Santiago. Já falei como ele é lindo? Muitas e muitas vezes. Mas hoje ele se superou. O museólogo baiano aparece na minha porta com um jeans que fica escorregando distraidamente por sua cintura, e ele fez uma sobreposição bem sexy com as duas camisas de manga comprida: por baixo uma cinza, em cima uma num tom de grafite, ambas com os botões abaixo do pescoço abertos, deixando entrever uma sombra dos pelos do peito dele. Ai... Os cabelos estilosos estão arrumados, de forma desarrumada, num coque que só fica legal em certos tipos de homem — no caso, Santiago se encaixa à perfeição nesse grupo.

— Nossa! Tá mais gato hoje, hein. Vai pra onde? — solto, certa de que não serei mal-interpretada.

Ele responde com uma gargalhada alta, que retumba pelas paredes do nosso corredor, antes de sair me puxando pela mão.

Assim que a Gabi nos recebe em sua porta, demora alguns segundos absorvendo a aparência do meu bonitão favorito. Quando ela arregala esses olhos estreitinhos, uma coisa é certa: ficou chocada.

A gente troca um diálogo mudo, assim:

"Que isso, mulher!"

"Ah, isso mesmo."

O Léo chega em seguida e nos encontra com a costumeira simpatia que lhe é peculiar. Como minha amiga teve sorte ao encontrá-lo, e vice-versa! Ele cumprimenta Santiago com um aperto de mãos e depois cutuca a Gabi, que ficou em stand-by desde que abriu a porta.

— Ah, oi, gente — diz ela, saindo de seu estado catatônico, e me dá três beijinhos no rosto, enquanto sussurra: — Que homão é esse!!

Ah, sim, um homem e tanto. Pena que tão intocável quanto os cristais que minha avó coleciona desde que eu me entendo por gente.

A noite transcorre da melhor forma possível, com muitas risadas e bebedeira. Todo mundo se descontrai, e aquele assunto chato fica para ser discutido em outra hora.

Léo, um fofo de marca maior, revestido por sua carapaça de intelectual, se dá bem com Santiago. Os dois não demoram a engrenar um papo sobre arte, que muito agrada a mim e a Gabi, mas ela está muito mais interessada em fofocar sobre meu vizinho gato.

Sou arrastada até seu quarto, com a desculpa de que ela quer me mostrar seu portfólio. Acredito nessa intenção, até que, longe dos ouvidos dos homens, sou bombardeada à queima-roupa:

— Fala tudo. Como ainda não sei nada sobre esse bofe maravilhoso. Lívia, minha filha, que estouro!

— Pior que é. Com todo respeito, o Léo é muito lindo. Mas o Santiago passou mais de uma vez na fila da beleza. — Caio sobre a cama da Gabi, com um suspiro afetado. — Pena que eu não faço o tipo dele.

— Oh! Ele disse isso? Que tranqueira! — Ela se irrita, pronta para me defender.
— Não, amiga, você não percebe? Ele é tão gay quanto o Fred.
De testa franzida, Gabriela parece ponderar.
— Hum, faz sentido. Sabe se os dois têm algum lance?
— Nenhum deles nunca mencionou, mas acho que se não têm, já tiveram. O Santiago fala do Fred com muito carinho.
— Ah, que fofo!
— Né?
Sinceramente, minha paixonite pelo baiano jamais será maior do que o respeito que tenho por meu grande amigo. Santiago nunca ocupará o espaço vazio dentro do meu coração, mas não tem problema. Contanto que faça o Fred feliz, estará tudo bem por mim.
Vai ver que meu destino é ser como as melhores amigas das protagonistas dos romances: a menina legal, gente boa, que todo mundo quer por perto, embora jamais deem a ela um par romântico na história.

CAPÍTULO 6

Gabi

— Gabi, você tem que participar! Não deixe passar mais um prêmio como este! — Lívia está na minha frente, elegantérrima em seus saltos altos, mas com o semblante sério como o de uma mãe mandando o filho arrumar o quarto. Suas mãos agitam o papel, que tentei esconder de mim mesma, bem na minha frente.

— Amiga, quanto de vinho você bebeu? — tento suavizar o assunto. — Te chamei aqui no quarto pra falarmos do gato que está te acompanhando, não quero falar de trabalho agora! Você também, hein? Puta merda, tem olhos de lince!

— O gostoso do Santiago é carta fora do baralho, já fechamos o assunto! Mas e isto aqui? Faça o favor de não fazer como no ano passado, quando perdeu aquele edital incrível!

— Eu confundi as datas, você sabe, estava fazendo muita coisa na época!

— Você quis trocar as datas, Gabriela! Sua cabeça dá um jeito de trabalhar contra você. Já falamos sobre sua autossabotagem.

— Autossabotagem? Vamos falar de você sair com um amigo gay no sábado à noite? Tá aí, toda bonitona, e não terá em quem se jogar quando a euforia do vinho subir!

Como duas pinturas renascentistas, estamos paradas uma diante da outra, mudas e com o olhar repleto de perguntas.

— Você tem toda razão — admito. — Sou a maior máquina sabotadora da história! Tenho fugido de oportunidades reais de trabalho que vão me levar para o outro nível, sabe? A um patamar onde serei bem-sucedida e dona do meu próprio nariz. E onde não terei motivos para reclamar.

— Olha, Gabi, sabe que falo assim com você porque sei que tem potencial. Não se trata apenas de dar um empurrãozinho na vida de uma amiga, mas de colocar um talento para o mundo! Eu estudei, me preparei e trabalho com isso! Sei reconhecer o melhor das pessoas, entende? Parece que é minha vocação! — Seus olhos brilham quando ela fala. — E acredite em mim: sua maneira de produzir arte é valiosa! Precisa só ficar mais segura para firmar seu estilo e imprimir sua assinatura. Mas técnica e ideias, você tem de sobra!

— Vou precisar de mais vinho — suspiro. — Se isso fosse uma sessão de coaching, eu pagaria com gosto. Mas, sabe? Fico indignada de você ser tão boa companheira e não ter ninguém, como se se guardasse para não sei o quê. Do que será que nós temos medo?

— Vamos logo trazer a garrafa de vinho pra cá! — Lívia ri. — Acho que ser feliz dá medo. É como se não fôssemos merecedoras. Parece que estamos viciadas nesse lugar de falta.

— ... e de reclamação. Eu adoro nutrir motivos para me depreciar. Céus, olha para a minha vida! A gente pode encontrar um amor e ter um namoro legal, mas a autoestima continua lá no pé. Que ilusão achar que encontrar um namorado legal vai resolver nossas demandas internas.

— Ensinaram tudo errado nos contos de fadas, amiga, eu sei! — Ela dá uma golada na taça. — Acho que vai se admirar mais se tomar coragem e se inscrever no concurso. Mesmo que não ganhe, vai ficar feliz com o que produziu. Sem falar que terá mais uma exposição no currículo, vai ganhar visibilidade e fotos maravilhosas para o Instagram. E essa mostra parece contar com uma boa cobertura de mídia.

— Eu tenho medo de investir dinheiro, energia, tempo, amor... De me doar a algo que pode não dar certo. E ainda posso passar vergonha.

— Não foi assim quando você começou a namorar o Léo? Você não se entregou por inteiro? Olha aí o relacionamento que tem agora.

Então tudo fica fácil como um riso depois de um filme bom. Lívia iluminou minhas ideias até eu encontrar meu melhor ponto de partida: o amor. Eu não tive medo algum de me arriscar e de me mostrar ao Léo porque eu acreditava que seria capaz de amá-lo. Eu só tenho que continuar pensando assim, que estarei amando por meio do meu trabalho.

— Quer saber? Você está certa! Tô dentro! Vou me inscrever para esse prêmio e expor ao lado dos outros artistas sem vergonha nenhuma!

— Essa é a minha Gabi! — Ela ergue a taça. — Vou agendar agora o dia da exposição. — Ela pega o celular e parece ter mesmo marcado a data. — E também prometo passar mais tempo com homens disponíveis. Nem que para isso eu tenha que dar mais mole...

— Isso, amiga! Seremos as garotas mais disponíveis para novas oportunidades desta cidade! Um mundo de possiblidade se abrirá para nós!

— Opa, assim seja!

Nós nos abraçamos como duas foliãs cuja escola de samba acaba de ganhar o carnaval.

Eram quase quatro da manhã quando Lívia e Santiago pediram um carro no aplicativo para irem embora. Ainda bem que eles trouxeram mais de uma garrafa de vinho, ou melhor, mais de duas, porque há tempos não tínhamos uma sinergia tão perfeita de assunto — e de risadas.

— Seria nosso casal de amigos perfeitos para qualquer saída — lamento com o Léo enquanto rapo a vasilha da calda de chocolate antes de lavá-la. — Mas eles podem ser uma dupla de amigos que sempre saem conosco.

— Amigos? — Léo ri.

— Sim, amigos. A gente acha que Santiago pode ser rolo do Fred.

Léo franze a testa enquanto me ajuda a enxugar as taças.

— Sei não, hein? Acho que ele olha a Lívia de um jeito...

— Como assim? De que jeito?

— Do jeito que eu te olho. — Ele abre um risinho contido, daqueles que não se mostram os dentes.

Céus, como esse homem é charmoso! Essa barba castanha, cheia e bem-aparada... E ainda com esses óculos que compõem seu visual refinado, intelectual e levemente sério, conferindo um ar de mistério. Léo não é daqueles sujeitos gostosões e óbvios. Ele é o tipo de cara que você despe as camadas. Leva-se um tempo para enxergar a beleza dele. Estamos juntos há dois anos e até hoje não esgotei minhas descobertas, que só me deixam mais apaixonada.

— Sério? Acha mesmo? — Eu volto ao assunto. — Ah, pode ser que ele a admire muito, a ache bonita... Vai ver ele até tem um crush nela! Mas Lívia está decidida a fazer a vida andar com caras livres para um relacionamento.

— Se é o que diz... As senhoritas estavam a mil, como sempre. Com assunto para centenas de livros.

— Sim, qualquer problema que tenha existido ficou para trás.

— Falaram sobre o processo seletivo, então?

— Não precisamos disso. Seguimos adiante, como boas amigas que somos.

A respiração profunda de Leo quase consome todo oxigênio da cozinha. Por um segundo, ele para de ajeitar a louça e fixa seu olhar no nada, como se buscasse alguma explicação num outro universo.

— As boas relações sempre demandam conversas constrangedoras, mas necessárias. É uma puta vaga numa editora de grande porte, pode ser significativo para a vida de qualquer uma das duas. E, do outro lado, tem uma amizade muito sincera e de muita afinidade. Não sei se ignorar o que aconteceu é um bom caminho. Bem, não quero me intrometer na situação, vocês devem saber o que estão fazendo — diz ele, essa última frase mirando exatamente minhas pupilas, como se me desafiasse com as palavras.

— Sim, a gente sabe o que faz. Se fosse *mesmo* — enfatizo a palavra no tom de voz — um problema, já teríamos revisto isso. Tenho mais tempo de amizade com Lívia do que de namoro com você, Léo.

— Eu acredito nisso. — Ele me dá um beijo na testa e elimina a chance do meu nervosismo crescer. Esse homem é mesmo um sábio que consegue lidar com qualquer variação de humor.

Aliás, por que estou nervosa? Acabei de ter uma noite maravilhosa e está tudo incrível! Trato logo de deixar esse incômodo passar e curtir as boas sensações da noite.

— Mamãe não estava certa? Esse macarrão é divino! — encerro o assunto.

O calorzinho do meio-dia faz com que eu tire a blusinha de frio na qual me enfronhei nas primeiras horas da manhã. Depois de ter passado o domingo curtindo uma preguicinha com o Léo, sigo minha semana de trabalho. Estou desde cedo no campus valendo-me da biblioteca para conferir pela última vez a bibliografia da dissertação. Nesta semana, devo protocolar as cópias na coordenação para que sejam distribuídas entre os professores que irão compor a banca.

Antes que qualquer neura venha fazer ninho em minha mente, coloco os fones no ouvido e seleciono Arabesco, da Flávia Ellen, uma cantora belo-horizontina que adoro.

Enquanto caminho até o ponto de ônibus, me lembro das razões pelas quais vendi meu carro: no ano passado, visitei o Japão, uma viagem supercara, mas que me encheu ainda mais de amor pela minha origem, e fui com Léo a Machu Picchu, num dos passeios mais incríveis desta minha vidinha. Ainda realizei o sonho de conhecer a cidade de Nasca e sobrevoar os geoglifos antigos da região. Como aqueles desenhos enormes são feitos no relevo, do nada?

E lá vamos nós para a Gabilândia, onde ETs pousam suas naves em plantações deixando marcas. Ou pode ser que exista uma gangue de ações muito elaboradas; eles devem sair à noite, sem deixar nenhum vestígio, e adentram campos com tratores, desenhando ícones no solo. Eu queria ter contato com alguém dessa gangue. Ou com algum extraterrestre.

Tuc. Tóin. Tuc. Tóin.

O barulho que me acordou dias atrás invade o maravilhoso espaço territorial da Gabilândia. Será que alguma gangue tem invadido o prédio? Não pode ser ET, claro, eu perceberia os sinais. Seja lá o que tem ocorrido naquele apartamento vazio, eu vou descobrir. Quem não se diverte com um mistério na vida, gente? O Léo, claro! Bem, mas ele não precisa saber de tudo que eu faço.

Durante a tarde, sentada na minha poltrona e diante do computador, finalizo a penúltima leitura da dissertação. A última começará amanhã com o material impresso, quando os errinhos nos saltam mais aos olhos. Quero adiantar o máximo que posso para estar liberada para me concentrar na capa do livro quando receber o ok da editora da Lívia.

Publico em nosso blog a resenha do livro da Sophie Kinsella que já terminei a leitura, mas só escrevi a crítica agora. Posto uma foto bem fofa do livro em cima da minha mesa amarela e ao lado de uma jarrinha com uma flor, em sintonia com as cores da capa. Aproveito a mesma imagem para divulgar nas redes sociais o post novo.

Enquanto navego pela internet, surge um remetente eletrônico na caixa de entrada que faz meu coração disparar.

✉ De: direcao@espaçonave.com.br
Para: falecomagabi@gabiuematsu.com.br
Assunto: Processo seletivo — 3ª etapa

Olá, Gabriela Uematsu!

Analisamos seu currículo e sua ficha de inscrição com cuidado. Assim, convidamos aqueles com quem sentimos afinidade para um bate-papo na semana passada. Foi um momento único, onde pudemos sentir as aspirações dos tripulantes e captar quem está em sintonia com os voos da nossa nave.

Nesse sentido, queremos contar com sua participação na terceira etapa do nosso processo. Está anexo um capítulo de um original fictício e queremos que você o edite, como se fosse a editora real da obra. Deixe suas ponderações nos comentários do arquivo. Envie, ainda, uma sugestão de título, público-alvo, ideias para capa e um plano geral de marketing para o futuro livro.

Queremos muito ver como você se sai!

Ah, o deadline é 17h, hora de Brasília, de sexta-feira, dia 26/5. Essa etapa da seleção é eliminatória.

Caso haja dúvidas, responda a este mesmo e-mail.

Com carinho,

Comandantes Espaçonave

Meu Deus, está acontecendo! Estou na nova fase do processo seletivo dessa empresa que faz a alegria de milhares de leitores! A cada etapa, o processo fica mais envolvente! Vou me dedicar seriamente à edição e colocar minhas ideias mais criativas possíveis nesse projeto.

Assim que pego o telefone para contar para o Léo, uma pontada atinge o lado esquerdo do meu peito. Será que a Lívia também recebeu o e-mail? Se não, como eu demonstro minha felicidade em ter sido aprovada para a próxima fase? Se sim, devo me mostrar tão empolgada como estou agora? Afinal, estamos lutando pelo mesmo espaço e apenas uma pessoa vai assumir o posto.

Eu devo contar? Claro que sim, não é mais segredo que estamos nesta seleção e está tudo ótimo entre nós!

Deixo o celular na mesa e cruzo minhas pernas sobre a cadeira. Fecho os olhos, puxo o ar e o solto com força. Manter a calma por meio da meditação é uma técnica milenar...

— Meu Deus, o que eu façooooo? — grito para o além. — Se eu ligar para Léo e pedir algum conselho, darei razão a ele sobre nossa última conversa sobre esse assunto. Por que cargas-d'água esse homem está sempre certo?

Não posso deixar minha amizade ir para o buraco. Farei a coisa certa e eliminarei o mal pela raiz. Pego meu celular. Mas que surpresa! Já há uma mensagem.

> Oi, amiga! Adorei a resenha nova! Que foto linda, parabéns.
> E aqui, alguma notícia da Espaçonave? Recebi um e-mail deles.

Respiro aliviada. Há dois minutos, quando começava minha crise, ela se adiantou e mandou a mensagem. Certamente, ela também foi aprovada.

> Ah, obrigada! Fiz a foto do meu celular mesmo. Recebi! E você? Também está dentro?

> Dentro! Uhuhuhu!

> Parabéns!!!!
> A etapa agora é legal, né?
> Estou mega animada!

> Sim, achei ótima e bem prática!

Digito mil palavras, mas nenhuma forma a frase que quero. Por fim, resolvo ir direto ao ponto.

> Está tudo bem entre nós, né? Esse processo não vai atrapalhar nossa amizade, mesmo que uma de nós vá adiante e a outra não?

> Não! De jeito algum! Vamos manter as coisas separadas e deixar nossa amizade acima disso! É como disse: mesmo que apenas uma de nós assuma o cargo, a outra vai entender...

> Sim. Será uma decisão profissional e que compete à editora.

> Isso!
> Sempre amigas!

> Literalmente amigas!

Lívia

✉ De: direcao@espaçonave.com.br
Para: lilismonteiro@hotmail.com
Assunto: Processo seletivo — 3ª etapa

Olá, Lívia Saraiva Monteiro!

Analisamos seu currículo e sua ficha de inscrição com cuidado. Assim, convidamos aqueles com quem sentimos afinidade para um bate-papo na semana passada. Foi um momento único, onde pudemos sentir as aspirações dos tripulantes e captar quem está em sintonia com os voos da nossa nave.

Nesse sentido, queremos contar com sua participação na terceira etapa do nosso processo. Está anexo um capítulo de um original fictício e queremos que você o edite, como se fosse a editora real da obra. Deixe suas ponderações nos comentários do arquivo. Envie, ainda, uma sugestão de título, público-alvo, ideias para capa e um plano geral de marketing para o futuro livro.

Queremos muito ver como você se sai!

Ah, o deadline é às 17h, hora de Brasília, de sexta-feira, dia 26/5. Essa etapa da seleção é eliminatória.

Caso haja dúvidas, responda a este mesmo e-mail.

Com carinho,
Comandantes Espaçonave

Essa mensagem representa um tipo de divisor de águas no meu atual momento de vida. Ontem, quando a recebi, só tive capacidade de comemorar, ainda que sozinha, o prosseguimento no processo seletivo da Espaçonave. Dancei pelo apartamento inteiro ao som de uma das minhas playlists no Spotify, tomei duas long necks da Stella Artois e cheguei até a digitar um post para o Facebook, celebrando essa conquista — o que acabei não publicando, porque seria tosco demais. Só faltava, num lapso, alertar o pessoal da editora de que estou à procura de um novo emprego. Bem a minha cara mesmo.

Em seguida, já mais equilibrada, tive a iluminação de procurar a Gabi e conversar, pela primeira vez, sobre a vaga que nós duas queremos. Chegaria a hora que esse assunto teria que ser levantado. Acredito que não haja meio mais eficaz de acabar com um relacionamento do que verdades não ditas, além de traições, claro.

Foi ótimo ter conversado com ela, porque acabou ficando tudo bem. Desde então eu sinto que um peso foi tirado de cima de mim. Graças aos céus! Só faltava eu ferrar com mais uma relação, não bastando todas as outras falidas que constam no meu currículo.

Sendo assim, retomada a lucidez, momentaneamente ausente devido ao surto de empolgação provocado pela excelente notícia, considero que, antes do último e-mail da Espaçonave, a Gabi e eu estávamos num limbo das amizades, sem saber ao certo o quanto esse processo interferiria nas nossas vidas. Depois dele restou uma imensa alegria por estarmos, ambas, no mesmo barco — bom, neste caso, na mesma nave.

E agora, sentada diante do meu notebook na Favo de Mel, esperando a hora de ir para o trabalho, livre daquela incômoda dor na consciência, começo a esboçar meu projeto editorial para o original fictício enviado pela Espaçonave.

Não quero me gabar de forma alguma nem me colocar numa situação mais confortável do que a dos demais candidatos, mas não terei dificuldades em executar essa etapa. Afinal, faço isso constantemente lá na Sociedade dos Livros, executo todos os paranauês até de olhos fechados já.

Que maravilha sentir que as chances vão ficando cada vez mais reais!

Em contrapartida, se der certo para mim, significará que não deu para a Gabi.

E é aí que minha animação murcha um pouco.

Estou nessa de me questionar a respeito dessa possibilidade, tão absorta em meus pensamentos, que nem escuto o sino da porta da confeitaria, nem os passos ecoando pelo imaculado piso de porcelanato branco-neve, nem a conversa trocada com Angélica, ou seja, minhas conjecturas são, no momento, mais fortes do que a realidade ao redor.

Só compreendo a situação como um todo quando a cadeira diante de mim é arrastada e, em seguida, ocupada por um sujeito grandalhão e muito folgado.

— Ei, o que pensa que está fazendo? — Eu me armo de arrogância para enfrentar o indivíduo ousado. Mas logo que termino a pergunta, reconheço o homem e acabo envolvida por uma súbita timidez.

— Desculpe — diz ele. Eu teria rejeitado esse pedido pouco sincero, caso o tal sujeito não parecesse ligeiramente embaraçado. — Sei que pareço um esquisitão ao chegar dessa forma, mas você tem que me dar um desconto.

Franzo a testa, dividida entre sair correndo e ficar para escutá-lo. Ganha meu lado enxerido, como sempre.

— Não imagino por quê — respondo, procurando demonstrar o máximo de desinteresse, pelo menos da boca para fora. Aqui dentro sou só curiosidade.

Ele sorri meio de lado, daquele jeito charmoso, marca registrada da maioria dos cafajestes que tive a infelicidade de conhecer. Mas que é bonito de se ver, ah é!

— Tenho vindo à confeitaria todos os dias, desde que nos trombamos, no mesmo horário daquela vez, e saio com a sensação de que você tomou chá de sumiço. Também pensei na hipótese que poderia estar me evitando. — Outro sorriso matador. Desse jeito, vou acabar ofegando por falta de ar provocada por excesso de charme.

— Bom, a segunda alternativa é meio arrogante, não acha? — mando na lata. Decidi que não quero mais dar uma de boba, por mais que eu ande carente. — Para se evitar alguém, é preciso ter um motivo. E qual seria o meu, se nunca o vi antes daquele dia?

Dou de ombros para reforçar meu argumento. Por meu campo de visão, capto a figura de Angélica atenta a tudo. Aposto que tem dedo dela nessa história.

— Ai, essa doeu. — Ele ri com gosto e deixa à mostra sua incrível arcada dentária. — Mas eu mereci. Posso tentar de novo?

A palavra "não" chegou à ponta da minha língua, juro. Porém não vejo por que rechaçar o bonitão sem sequer ouvir o que ele tem a dizer. Na verdade, essa azaração de quinta categoria está até divertida. Pelo menos meu ego agradece.

Assinto movendo a cabeça para a frente e para trás, enquanto abaixo a tampa do notebook. As estratégias para o projeto da Espaçonave acabam de ir literalmente para o espaço.

— Sou Eduardo. Por mais que soe estranho, vi você aqui no outro dia e saí com uma boa impressão. E antes que corra, achando que está diante de um maluco, atesto que tenho a maioria dos atributos de um cara do bem.

É a apresentação mais doida que já ouvi, além de divertida. Esse homem tem a autoconfiança do tamanho de um transatlântico.

— Pena que tenha apenas a maioria dos atributos. Se fossem todos, eu até poderia continuar escutando você — brinco, fingindo estar prestes a me levantar.

— Não, fique! Juro que os atributos que tenho são os mais importantes.

Não resisto e caio na gargalhada, o que serve de um tremendo incentivo para o xavequeiro de plantão. A Gabi teria orgulho de mim agora, afinal estou controlando bem a situação. Nada de hiperventilação, nem de paradas cardíacas; tampouco estou gaguejando. Que avanço!

— E quais seriam, a propósito — estimulo, cruzando minhas mãos sobre o computador.

Ele ergue a mão e começa a contar nos dedos:

— Não fumo, bebo moderadamente, não sou grosseiro, na medida do possível. — Acho graça da sinceridade. — Gosto de animais, trabalho, não tenho ficha na polícia, se não contar o boletim de ocorrência que a vizinha abriu contra mim quando eu tinha 15 anos e quebrei a vidraça da janela dela com a bola de futebol.

— Mas isso é imperdoável! — Finjo estar em choque.

— Ah, as qualidades compensam esse lapso, não?

Há uma troca de olhares mais intensa entre nós pela primeira vez. Não é nada grandioso, do tipo descrito nos livros, como "meu corpo estremeceu tamanha a eletricidade que nos atingiu", ou "meu coração retumbou com a magnitude de um tsunami do Pacífico". Isso é balela, hoje eu sei muito bem.

O que acontece é algo mais sutil, embora gostoso de sentir. Ora, esse Eduardo é bem bonito e tem um charme igual aos protagonistas dos romances da Nora Roberts. Eu pediria à Gabi e ao Fred que tomassem cuidado comigo caso eu não fosse afetada nem um pouco. Ainda corre sangue por minhas veias, gente!

Percebo que a troca de olhares dura mais que o considerado prudente. Um pouco atrapalhada, mudo o foco para meu relógio de pulso, que indica a salvação: está na minha hora.

— Bom, foi no mínimo curiosa essa nossa conversa, mas preciso ir. O trabalho me chama.

Fico de pé e já saio recolhendo meus pertences na mesa, antes que role outro lance constrangedor.

— Notou que nem me disse seu nome, moça apressada? — Eduardo também se levanta e me questiona com sua voz ligeiramente rouca.

— Nossa! É Lívia. Que cabeça!

— Então agora sim estamos apresentados, o que me dá a liberdade para perguntar se gostaria de sair um dia desses para jantar comigo?

Puxa, ele é bem direto. Minha autoestima não muito elevada me questiona o que um homem como esse Eduardo pode estar querendo comigo. Imediatamente ouço a voz de Fred me repreendendo: "Pare de se depreciar, Lili!"

— Vamos fazer assim: se nos encontrarmos aqui uma terceira vez e de modo totalmente aleatório, aceito seu convite.

— Sério que vai deixar por conta da sorte? — Ele não parece muito satisfeito.

— Ou podemos chamar simplesmente de destino, não é?

Com essa frase típica das comédias românticas, eu me dirijo até o caixa e pago minha conta encarando Angélica com olhos de repreensão. Depois eu acerto as contas com essa alcoviteira.

Já ao som do sininho da porta, escuto meu nome na voz do bonitão que deixei para trás. Então me viro para ouvir seu derradeiro recado:

— Perguntei por perguntar, mas eu já sabia seu nome.

E aí ele pisca, tão charmosamente como aquele sorriso de lado.

O enigma da esfinge

Hum... Esse vai para a coluna de possibilidades.

Tomo um gole de vinho antes de continuar dividindo os títulos que criei para o projeto da terceira etapa do processo seletivo da Espaçonave. Alguns estão uma verdadeira merda, reconheço. Mas uns e outros são aproveitáveis, sim.

Como a vaga é para editora do selo jovem, o original fictício é de uma história ao estilo das sagas do Rick Riordan. Então tem muita aventura, referências à mitologia egípcia e protagonistas ainda na adolescência. O título tem que convencer os leitores por si só, antes mesmo de eles chegarem à sinopse.

Sob a tumba do faraó

Ai, que vontade de perguntar para a Gabi como ela está se saindo. Admito que uma das piores partes do trabalho de edição é encontrar um título bacana. Muitos autores não alcançam esse objetivo, então é papel da editora sugerir.

A maldição do Egito

Cada vez que penso em um nome para a obra sinto que a coisa só piora. Estou a um passo de desistir por hoje, pois já passa das dez da noite e estou exausta, quando meus ouvidos são atraídos por um *toc, toc* na minha porta. Confiro no olho mágico e vejo o lindo do Santiago do outro lado. Abro para ele, ainda que esteja com um pijama de inverno, embora fino, sem sutiã. Não importa! Ele jamais seria seduzido mesmo.

Mas, detalhe: se houvesse a mínima chance de meu novo vizinho gostar de mulher, nunca o receberia de modo tão descarado. Existem limites para minhas estratégias de sedução, por favor — se é que tenho alguma.

Santiago tem uma garrafa de vinho numa das mãos e um botão de um tipo de flor na outra — não faço ideia de qual seja. Que fofo, gente!

— Hoje é sexta, estamos ambos sozinhos em nossas respectivas casas, então por que não nos unirmos para uma noitada em comum? — Ele enfia a cabeça pela porta. — A menos que já esteja acompanhada.

— Que nada — digo, dando passagem ao baiano sensual, que por mal dos pecados veste uma calça de moletom bamba e uma blusa de manga comprida justa. Ê, tentação dos infernos! — Estou é metida na tarefa que a Espaçonave deu para a nova bateria de exames.

— Atrapalho, urso panda?

Faço cara de desentendida devido ao inusitado apelido. Então ele aponta para a estampa que ocupa toda a frente da camisa do meu pijama e minha ficha cai.

— Ah, isso? Bem, eu adoro uma roupinha de dormir do tipo criancinha. Não é uma graça este panda? — Aponto para a figura, e Santiago demora muitos segundos apreciando-a.

— Nossa, mulher, e como!

— Adorei que tenha aparecido. Estou mesmo precisando de um companheiro para dividir minha garrafa. Mas como trouxe a sua também, além dessa flor linda, teremos que ficar aqui até secarmos as duas.

— Não vou reclamar.

Vou até a cozinha atrás de um jarro para colocar o lírio — Santiago me informa — e pego uma taça para ele. Logo depois me aconchego no sofá, encolhida para não tirar o conforto dele, que está sentado na outra ponta.

— A que vamos brindar? — pergunto.

— Ao fato de eu ter te conhecido, Lívia. Minha estada em Belo Horizonte estaria sendo muito monótona e sem cor sem você por perto.

— Puxa, que lindo, Santiago! Fiquei emocionada — confesso, secando a pontinha de uma lágrima traidora.

— Mas não entendo por que vive assim, sempre entocada neste apartamento, sozinha.

Esse assunto é desconcertante. Porém não tenho ressalvas quando se trata de Santiago, a quem já considero um amigo.

— Eu trabalho com livros, a maioria romances de amorzinho. Sempre quis ter algo parecido com o que vivem as protagonistas dessas histórias. Mas a vida real é diferente, Santi. Totalmente. Não dei sorte com meus "mocinhos".

— Não diga isso. O azar é todo deles.

Ah, é mesmo uma pena não poder ter esse homem para mim.

— É sério, Lívia. Talvez você é que se cobre demais. É nítido o quanto exige de você mesma. Não entendo por quê. Perfeição não existe, mas vejo o quão incrível você é. Já parou pra pensar nisso?

Não sou boa com elogios. Fico completamente desconcertada. Sentindo o rosto corar, dou de ombros e respondo sem olhar para Santiago:

— Ando precisando admitir certas coisas mesmo. Reconheço que permito que muitas neuras me consumam. Hoje mesmo conheci um cara bacana e fui reticente em relação a um convite que ele me fez. Eu deveria ter dito sim.

— Conheceu um cara hoje? — Santiago se empertiga no sofá, demonstrando interesse no assunto. — Quem? Ele te azarou? Onde?

Explico tudo sucintamente, sob a atenção total do meu vizinho.

— Você fez certo em não aceitar sair com ele assim de cara — opina meu vizinho. — Vai por mim, quem chega chegando como o tal Eduardo fez não dá a impressão de ser alguém em quem se pode confiar.

Uai! Meu mineirês ressoa dentro da minha cabeça. Eu pensando que o descolado Santiago me daria a maior força para investir nessa possibilidade e ele vem com esse conselho paternal?!

Entendi nada.

CAPÍTULO 7

Gabi

♪ *Eu falei faraóóó*
Êêê, faraó
Clama Olodum Pelourinho
Êêêê, faraó! Salvador, Egito! ♫

Balanço minhas mãos tal como uma egípcia: quando a direita aponta para cima, a esquerda aponta para baixo. Alterno os movimentos e as agito como quem busca inspiração fantasiando ser uma mulher que viveu durante o Egito Antigo. Solto meus cabelos pretos e lisos que estão um pouco abaixo da altura dos ombros e me sinto como Cleópatra numa festa faraônica — acho que nunca empreguei tão bem a palavra em meus pensamentos.

— Flua em mim, rio Nilo, preciso criar um título estilo Tutancâmon para essa etapa da seleção — falo sozinha.

♪ *Ô, que mara mara maravilha ê!*
Egito, Egito ê!
Faraó ó ó ♫

A música do Olodum na voz da Ivetinha Sangalo me agita.

Em cima da mesa, está um livro que me dá referências da arte egípcia; luto contra mim mesma para não perder horas revendo as imagens de artefatos de uma época tão rica da humanidade.

Ainda não sei que título dar ao projeto, mas tive a ideia de fazer uma capa. Acho que vai surpreender mandar o capítulo com meus comentários e com uma capa. Já estou finalizando uma arte com o olho de Hórus, símbolo que corresponde a um amuleto de sorte da época, o que se relaciona bem com a história proposta.

Se fosse um trabalho de escola e minha dupla fosse a Lívia, iríamos arrasar, tenho certeza. Ela é muito boa em editar, deve estar burilando o texto como uma garimpeira em busca do que é valioso. Contudo, estamos na vida adulta disputando uma vaga de emprego. Às vezes, até espero que nenhuma de nós passe para a outra fase a fim de não causarmos constrangimentos à nossa amizade. Mas depois penso no quanto isso soa egoísta por ser uma baita oportunidade na carreira de qualquer pessoa. Bem, que a Espaçonave encontre a melhor editora para o posto.

Como deixei tudo para a última hora na minha habitual maneira de criar no desespero — acredito piamente que as melhores ideias surgem aos 45 minutos do segundo tempo, depois de ter esgotado todas as outras possibilidades —, estou com um olho no plano de marketing e com o outro no relógio. Estive totalmente focada na minha dissertação nos últimos dias, numa prova do quanto estou resignada ao fato de não poder mais postergar a minha vida de mestranda. Entreguei ontem as cópias na coordenação do curso e espero logo ter a data marcada com o nome dos professores que irão compor a banca.

Agora é pensar num título para essa aventura mágica no Egito. Dar um bom nome ao livro deve ser mais difícil do que escrevê-lo, sobretudo quando se conhece apenas o primeiro capítulo.

— O que adolescentes fariam no Egito, além de enfrentar maldições? Eles se apaixonariam, lógico!

Sarcófago da paixão.

Escrevo na capa que comecei a produzir.

— Credo, que mau gosto colocar paixão num baú onde guardavam cadáveres, Gabriela. Melhora isso!

Embalsamados de amor. No rolê faraônico da Cléo. Pirâmide de Quéops — altas aventuras. Tumba comigo.

Ah, *Tumba comigo* poderia soar romântico, no estilo vamos passar dessa para melhor juntos.

— Gabriela, sua capa tá linda, mas seus títulos são uma porcaria!

Abro o arquivo, releio todo o capítulo e... Nada! Não me vem absolutamente nada a não ser "essa é a mistura do Brasil com Egito", da música do É o Tchan!

Olha o quibe!

Sinais de desespero aparecem de formas pontuais em meu corpo: suor no couro cabelo e uma ligeira secura na boca, que faz com que eu leve a língua aos lábios para umedecê-los.

16h49.

Preciso salvar o arquivo e enviá-lo.

Apelo novamente para a letra da música do Olodum: "esquema mitológico", "ouro cósmico, "a emersão nem Osíris sabe como aconteceu". Céus, como nunca havia reparado nessa letra antes? Como esses compositores pensaram nessas coisas tão... Tão maravilhosas e tão multidimensionais? Mas é uma pena, eu sei, nada disso pegaria bem na capa de um livro. Bem que as pessoas comentam que nós, aquarianos, estamos numa época adiante mesmo.

— Vou mandar sem título, que se dane essa porra toda! Onde já se viu batizar livro lendo apenas um capítulo? — Começo a me estressar com o impasse e com a falta de tempo. — Melhor mandar de qualquer jeito do que perder a chance. Vamos com o que temos, mesmo que os deuses do Egito estejam contra Gabriela Uematsu!

Faltando seis minutos para o prazo final, digito Ê, *faraó* na capa, com uma letra discreta, evidenciando mais o trabalho estético, finalizo e envio aos coordenadores da Espaço.

— Até as múmias balançariam ao som do Olodum — minimizo a questão. — Se eles não gostarem é porque não têm suingue.

Embora a internet já tenha nos dado problemas, na maior parte das vezes nosso blog nos faz rir diante da tela do computador.

Lívia postou uma resenha relacionando dois grandes clássicos, o primeiro de José de Alencar — um de seus autores nacionais favoritos, enquanto eu sou Machado de Assis *team* —, e o segundo de Jane Austen, uma de nossas divas literárias. O texto recebeu vários comentários positivos sobre o teor original da resenha. Dentre os recadinhos, dois me chamam a atenção: Júlia e Tati, duas meninas que são leitoras assíduas do blog. Lívia e eu já conhecemos bem a duplinha de amigas que tem uma história pra lá de especial. Elas se conheceram respondendo aos comentários dos nossos posts, dá para acreditar? Então se adicionaram nas redes sociais e passaram a se falar com regularidade, mesmo sendo de cidades diferentes. Até que Júlia recebeu a Tati, que é de Sorocaba, em Curitiba, onde mora. Elas postaram uma foto com uma plaquinha que dizia "literalmente amigas" e marcaram nosso blog, dizendo como se conheceram. Passamos o dia inteiro chorando de alegria com a foto, uma baita recompensa à nossa dedicação ao blog. Benditas sejam as amizades que começam na internet e por causa de livros!

No mesmo instante, pego o celular e digito uma mensagem para Lívia.

> Estou lendo o que deixaram na resenha que postou. Impossível não vibrar junto, parabéns! Hoje me lembrei da Júlia e da Tati com a sensação de ler um livro já conhecido. Ao pensar nelas, me recordo de duas vestibulandas cuja paixão por livros as levou ao mesmo lugar neste vasto e louco universo que é a internet. Anos depois, enquanto damos nossos primeiros passos na vida adulta, surgem duas adolescentes com a mesma vibração e intensidade que a gente e repetem a história. Dá para acreditar que nosso blog foi ponto de encontro de uma amizade tão linda como a nossa? Quem diria que o nome que demos ao blog seria usado para batizar amizades? Quem imaginaria que seríamos uma hashtag? #LiteralmenteAmigas

> Muitos comentam os benefícios da leitura, mas a gente vive um privilégio que os livros oferecem, a gente vive a magia de aproximar pessoas e de encontrar almas afins por meio das narrativas. Literalmente amigas é um livro maravilhoso que está sendo escrito diante dos nossos olhos. Vamos continuar divulgando as histórias que outras pessoas escrevem porque assim estamos escrevendo a nossa própria — e a de outras pessoas.
> Se eu digitar mais, a mensagem se tornará aqueles e-mails gigantescos que costumávamos trocar antes de surgirem os áudios de WhatsApp.
> Beijos e bom fim de semana!
> P.S.: Que título você criou? Aff, eu taquei um "Ê, faraó", igual à música, acredita? Minhas chances caíram consideravelmente.

Aperto enviar e seco levemente os olhos. Espero que a mensagem encontre Lívia em boa hora.

Quando as pessoas me perguntam por que pago um valor maior de aluguel num apartamento com vaga de garagem sendo que não tenho carro, eu tento não dar uma aula sobre processo criativo. Como não tenho ateliê, eu costumo deixar várias das minhas peças na vaga, que é a última, bem no cantinho e não dá visão para rua — o que não compromete o visual do prédio.

Quando me mudei para cá, há quase três anos, expliquei minha necessidade aos vizinhos durante uma reunião de condomínio. Por sorte, ninguém se opôs, desde que eu mantivesse o mínimo de organização. Combinei de deixar tudo limpo e revestir meus materiais e obras com uma lona. Contudo, bastou eu surgir com uma tela, para que eles pedissem para ver. Os moradores foram tão queridos e bondosos nos comentários que, nos Natais, eu sempre crio algo para homenageá-los, além de assinar a decoração natalina do edifício. Não quero me gabar, mas já vi muitas pessoas pararem diante do nosso prédio para conferir nossa ornamentação.

Cá estou eu, na garagem, revendo os materiais que disponho para participar da Mostra Artistas Livres, patrocinada por um banco, cuja edição em Belo Horizonte será no próximo mês. Eu me inscrevi depois de ser incentivada e até ameaçada por Léo, Lívia, Berná e outros colegas, e já recebi a confirmação de que fui uma das dezoito artistas selecionadas para receber uma pequena contribuição que irá cobrir os custos da produção. Só até aqui está muito bom: quase não terei gastos, visto que tenho muito material e poderei adquirir novos com a razoável ajuda de custos e terei um espaço de visibilidade para expor. Será uma boa vitrine, tenho certeza, e será ainda melhor se eu ganhar algum dos prêmios. O terceiro lugar ganha 20 mil reais, o segundo, 30 mil, e o primeiro, 45 mil, sem contar as oportunidades que se abrem para um artista premiado.

— Lá vai ela aprontar mais alguma. — A voz de seu Gilberto, o síndico, ecoa na garagem.

— Por enquanto, estou só avaliando o que tenho — digo entre telas e papel marchê. — Ah, seu Gilberto, aproveitando que está aqui, sabe se o apartamento do último andar foi alugado?

— A imobiliária não me avisou nada — responde ele enquanto destrava o alarme do carro que ocupa a vaga próxima a minha.

— Mas sabe se tem tido procura? Ou se anda recebendo visitas?

— Não fico em casa durante o dia, mas o sujeito da corretora parece ser boa gente. Dá uma ligada para o número da placa. Tem algum conhecido procurando algo na região?

— Isso! — respondo rapidamente. — Eu tenho uma amiga muito interessada! Vou ligar, sim.

Seu Gilberto se despede e arranca o carro.

Termino de ajeitar as coisas para logo subir, tomar um banho e me arrumar para receber o Léo, que ficou de chegar aqui por volta das nove para aproveitarmos a noite de sexta e colocarmos as séries em dia. Será bom esse tempo livre. Quero tentar me inspirar para essa mostra, visto que o tema é livre e não tenho a menor ideia do que irei criar.

Antes de subir, vou até o lado de fora do prédio e bato uma foto da placa de aluga-se. Não haverá problema algum em pegar a chave e levar minha amiga imaginária para conhecer o apartamento. Gabi Holmes está na área.

Lívia

Na última noite de sexta-feira, quando o vinho que compartilhei com Santiago me fez dormir feito uma bebê horas mais tarde, algo bem raro na minha vida ultimamente, prometi reservar o sábado da outra semana para o passeio guiado pelo Circuito Cultural Praça da Liberdade, conforme havia prometido ao meu lindo vizinho há alguns dias.

Apesar de não ser belo-horizontina de nascença, considero-me familiarizada o suficiente com a capital. Dirijo bem no meio de seu caótico trânsito, sei a localização até mesmo dos bairros mais afastados, conheço a história da cidade, curto andar pelo centro quando estou a fim de encontrar algum objeto inusitado — típico das galerias de lojas, como a do Ouvidor —, faço compras no Mercado Central, adoro o clima da Savassi. Enfim, eu me identifico com BH, "minha Belo Horizonte", como expressa o compositor Marcus Viana ao cantar as maravilhas de Minas Gerais na música "Pátria Minas".

Entretanto sou obrigada a admitir que deixo a desejar no que diz respeito às inúmeras atrações culturais da cidade. Claro que vez ou outra encontro tempo para apreciar as exposições do Palácio das Artes, mas estou longe de ser uma frequentadora assídua dos espaços, que são inúmeros — vale a pena frisar. Isso realmente me envergonha. Tantos brasileiros viajam à Europa com o intuito de respirar ares mais artísticos, enquanto podem encontrá-los por aqui também. A diferença é que temos o péssimo costume de não valorizar o que é nosso.

Ciente disso e de que entreguei meu sábado nas mãos de Santiago, eu permito que a empolgação me domine. Assim posso deixar de lado a angústia por estar há dias sem notícias do processo seletivo da Espaçonave. Desde que entreguei o projeto editorial para o fictício livro sobre mitologia egípcia, vivo num escuro angustiante de conjecturas e ataques de pessimismo.

Às vezes o que me salva são as mensagens hilariantes — além de reflexivas — da Gabi. O que dizer sobre as meninas, Júlia e Tati, e a hashtag criada em homenagem ao Literalmente Amigas, local onde a amizade delas começou? Fico feliz de ser lembrada sobre certas situações que minha rotina enrolada faz o favor de jogar no esquecimento. Santa e querida Gabi! E como eu me diverti com suas sugestões de títulos para o projeto do livro! Respondi a ela que amei *Tumba comigo*. O reino da Gabilândia é mesmo o maior barato.

Mas como esse astral elevado não é uma constante em minha rotina, sair de casa e viver novas experiências vai ser bom em todos os sentidos.

Mando uma mensagem de áudio para Gabi pouco antes do horário combinado com Santiago. Vou curtir muito se ela e o Léo puderem nos acompanhar.

 Ei, amiga. Tá fazendo o quê? Aposto que ainda tá na cama agarradinha no seu bombom, curtindo esta linda manhã de sábado. Não que eu esteja te culpando. Mas quem sabe vocês querem dar uma volta pelos museus da Praça da Liberdade comigo e com o Santi? Contei que ele é museólogo, né? Então, teremos privilégios.

Solto uma risada desafinada no final da gravação, mais uma mania entre tantas outras que cultivo. Tenho a maior dificuldade em encerrar áudios e acabo com uma gargalhada nada a ver por falta de jeito para finalizar de outra forma. Sou tão tonta!

Gabi não demora a responder:

 Ai, amiga, que programão! Queria muito acompanhar vocês, mas preciso dar conta de um monte de coisas aqui, como o projeto da capa para a sua editora, além das pendências com o mestrado. A Berná tá no meu pé.

 Não é mole não. Já passei por isso e só digo uma coisa: pressão total. Mas às vezes topam almoçar com a gente depois. Santiago sugeriu irmos ao Topo do Mundo. Lembra quando estivemos lá com o Fred e ele saltou de parapente? Ah, vamos! Hoje é sábado, amiga!

 Ok, você venceu. Vou falar com o Léo. Liga na hora que estiverem indo, tá?

Prometo isso a ela e encerro a conversa assim que escuto uma batida na porta seguida da voz grave e lindamente permeada por um sotaque danado de sensual:

— Tá pronta, urso panda?

E não é que o apelido absurdo pegou, tudo por causa de uma simples camiseta de pijama? Mas como dizem por aí, apelar é pior. Então eu nem ligo.

— Nossa, que lindeza toda é essa? — Santiago me recebe assim, com um sorrisão aberto e esse elogio levanta meu astral. Então me aperta num abraço cheiroso, encerrado com dois beijos, um de cada lado do rosto.

Quando ele me liberta, giro em torno de mim mesma, exagerando no traçado do trajeto, como uma Marilyn Monroe, só que bem mais desajeitada, claro.

— Que mulher sensual! Já pensou em mudar de carreira? — provoca ele, puxando-me para fora do apartamento.

— Se nada der certo no ramo editorial, talvez eu resolva ameaçar o trono de Gisele — brinco, enquanto jogo os cabelos como as modelos fazem nas propagandas de xampu.

— Que Gisele?

— Ora, que Gisele? A Bündchen, casada com aquele homão da porra do Tom Brady.

Faço Santiago alargar ainda mais o sorriso. A ironia disso? Se ele fosse meu namorado, muito provavelmente estaria reclamando de algo que fiz ou deixei de fazer, como acontecia sempre. Não estaria rindo de mim, pois não costumo ser tachada de engraçada.

— Sei por alto quem ele é. Não gosto de beisebol.

— No caso o Brady joga futebol americano, Santiago — corrijo-o. Em resposta, recebo um empurrão até estar dentro do elevador. — Independentemente de gostar ou não da modalidade, ninguém em sã consciência deixa um homem lindo daquele passar despercebido. Impossível não reparar, meu filho. O cara é...

As palavras morrem logo que percebo o revirar de olhos do meu vizinho. Então cutuco seu ombro direito, aumentando a provocação:

— O Fred é louco pelo Tom — falo, como se fizesse uma confissão das mais cabeludas.

— Jura? — Ele não demonstra interesse pela declaração. Vai ver que o deixei com ciúmes.

— Ai, desculpa, Santi. Prometo parar de falar no marido da Gisele. — Cruzo os dedos sobre os lábios, evitando tocá-los para não borrar o batom.

— Ufa!

Meu vizinho se debruça sobre o celular, onde acessa o aplicativo para chamar um táxi.

Já estamos na calçada quando, malandramente, espeto as costelas de Santiago com o cotovelo, pisco o olho e declaro, armando a maior expressão de apaixonada:

— Mas que o Tom é um homão, ah, isso ele é!

Não deu para cumprirmos nem a metade do que Santiago planejou para nossa manhã. Também, com tantos espaços, exposições e atrações, talvez nem num mês inteiro seria possível dar conta de tudo.

Meu novo amigo acabou confessando que não quis me adiantar essa informação para que eu não desanimasse de acompanhá-lo.

— Agora temos muitos motivos para prosseguir nessa excursão — disse ele, no fim, quando aproveitávamos o lindo sol de junho largados num dos bancos da praça.

Assenti, admirando o cenário ao redor, enquanto tentava assimilar todas as informações que adquiri ao longo do passeio. Sentia-me satisfeita, como se tivesse me fartado de uma deliciosa e calórica refeição.

Santiago contou que o Circuito Cultural Praça da Liberdade, cuja arquitetura dos prédios é um convite por si só aos visitantes — alguns deles são projetos de Oscar Niemeyer —, inaugurado em 2010, já representa um importante corredor cultural do país.

Fiquei tão orgulhosa ao ouvir isso! Ao mesmo tempo, senti um constrangimento por ser mineira e precisar escutar de um baiano essa informação. E pensar como a nossa cultura fica encoberta sob pesados panos, ao mesmo tempo que consumimos com tamanho fervor a cultura alheia!

Se, em vez de editora, eu fosse escritora, sei que procuraria mostrar ao público o que é tipicamente nacional. Quantos originais aparecem nas minhas mãos, cujos autores, brasileiros, narram as estripulias de seus personagens, estrangeiros, em diversos países do mundo! Quem melhor conhece sua terra do que seus próprios habitantes? Eu me faço esse questionamento constantemente.

Antes de chegarmos ao lindo restaurante, não por acaso batizado de Topo do Mundo, Santiago e eu ficamos quase uma hora divagando sobre esse tema. É tão bom conversar com alguém que compartilha nossas opiniões e tem sempre uma colocação pertinente para incrementar a discussão!

Com o queixo amparado por minhas mãos entrelaçadas, solto um suspiro, apreciando a paisagem quase infinita abaixo de nós. Meu vizinho pediu licença e foi ao banheiro. Enquanto isso só fiz pensar e pensar e pensar. Minha mente, quando ociosa, é um perigo para mim mesma. Decifrar minhas angústias dá mais trabalho do que ler — e entender — *Cem anos de solidão*.

O que adianta ser esclarecida em tantos aspectos, ter bagagem para embasar vários assuntos, estruturar uma carreira que se desenvolve num crescente interessante, se na maioria das vezes debato apenas comigo mesma ou, em momentos esporádicos, com os colegas de trabalho, com uma amiga comprometida e com meus vizinhos lindos, ótimos, mas que não querem nada de mais comigo?

Subitamente jogo a culpa desse meu estado deprê à beleza do cenário que me cerca. Ao contrário dos poetas ultrarromânticos, que se deleitavam com a obscuridade, todo esse jogo de luz e cor é que me induz à melancolia. Quem me dera ser como a Gabi e poder partilhar minha vida com um sujeito do bem, igual ao bombom dela!

— Ei, ursinha! Que cara é essa?

— Ela é cheia de defeitos, basicamente porque é de verdade — murmuro, reproduzindo um dos inúmeros pensamentos do escritor Allê Barbosa, a quem sigo pelo Facebook.

— O quê?

Como se tivesse acabado de acordar de um sono cheio de sonhos, volto à realidade de modo abrupto, batendo as pestanas para retomar o foco.

— Nossa, acho que viajei aqui. — Esboço um sorriso sem muita alegria.

Não sei se Santiago compreende o que se passa na minha cabeça, mas acabo ganhando um abraço caloroso, desses que espalham um calor morninho dentro da gente.

— Sentiu minha falta, é?

— Ai, Santi, você é incrível e chegou aqui em boa hora. — Respiro fundo, inspirando o cheirinho gostoso que ele tem. — Veja como já é mais que um vizinho pra mim, em tão pouco tempo!

— É mesmo? — Ele faz charme, segurando meu rosto com ambas as mãos e me encarando de um jeito sedutor. Eu me afogo no azul de seus olhos, duas piscinas límpidas sob um céu de primavera. — Você também é muito mais que apenas uma vizinha, Lívia.

Carência, imaginação solta, vontade, impossível dar uma desculpa certa para a sensação que me atinge de repente, mas parece que Santiago está meio abalado ao me olhar assim tão de perto.

Ah, Lívia, deixa de ser besta, isso é impossível! Eu mesma me condeno, com vontade de dar um tapa na minha própria testa. Gente, Santiago é gay!

Sorrio para ele, de modo fraternal, e me afasto um pouco. Minha vida é o que é. Não cabe ferrar com essa nova amizade por um desejo descabido. Se a única coisa que posso ter de Santiago é sua amizade, está pra lá de ótimo.

Acabou que a Gabi e o Léo não puderam se encontrar comigo e com o Santiago no restaurante Topo do Mundo para o almoço. Ela me ligou pedindo desculpas, mas ainda continuava enrolada com seus prazos. Fiquei meio triste, porque adoraria passar o sábado na companhia de três pessoas incríveis, ocupando-me apenas com o simples prazer de viver.

Ainda assim foi uma tarde gostosa. Santiago e eu aproveitamos o ar frio do outono para saborear uma feijoada com tudo o que ela tem direito para ser deliciosa e... uma bomba calórica.

Depois fomos observar, no topo da montanha, os aventureiros saltarem de parapente bem acima da rodovia, a BR 040. Santiago só não se juntou aos malucos porque sua barriga estava entupida, mas ele quase foi. Cara louco! Eu já morro só de me imaginar pulando. Meu espírito não tem nada de aventureiro.

Chegamos em casa por volta das seis da tarde. Tudo o que eu mais queria era desabar sobre uma superfície macia e quentinha, de modo que pudesse me perder entre as páginas do novo livro que recebemos de uma parceria legal. Porém Santiago me fez prometer que passaríamos a noite de sábado fazendo uma maratona de séries da Netflix, o que me instigou a questioná-lo:

— Não tem planos mais animados, não? Fala sério, Santi, você é um gato, não merece perder seu tempo com a vizinha solitária.

— Bobinha — foi o que ele respondeu, enquanto apertava meu nariz e seguia para o apê do Fred. — Só vou tomar um banho.

Ele não tarda a voltar, e assim encerro este sábado que me pareceu ter mais horas do que as 24 habituais: de frente para a tevê, ao lado de um homem lindo, feliz e leve — a despeito do peso no estômago — como há muito tempo eu não me sentia.

CAPÍTULO 8

Gabi

Esfrego meus olhos para ter certeza de que não é um sonho. Caminho nesta quarta-feira de sol leve pelas ruas próximas de onde moro depois de uma corrida na Praça da Liberdade. Meus lábios se abrem diante da tela do celular quando confiro minha caixa de entrada.

> ✉ De: direcao@espaçonave.com.br
> Para: falecomagabi@gabiuematsu.com.br
> Assunto: Processo seletivo — 4ª etapa
>
> Gabriela Uematsu, estamos aqui outra vez!
>
> Sabe por quê? Imaginamos que neste momento você compreenda que seu projeto editorial foi aprovado por nossa equipe de avaliadores. Sendo assim, continua a todo vapor na disputa pela vaga de editora do nosso estrelado selo jovem.
>
> Mas o buraco negro está se afunilando e as etapas, ficando cada vez mais difíceis.
>
> Para a próxima fase preparamos uma disputa inusitada. Convidamos você a se juntar a nós e aos demais candidatos num final de semana crucial para o prosseguimento do processo seletivo.

As instruções estão detalhadas no anexo.

Caso haja dúvidas, responda a este mesmo e-mail.

Com carinho,
Comandantes Espaçonave

Alguém me acode porque estou mumificada! Então, a galera da Espaçonave tem suingue, devem ter rebolado inspirados pela minha capa, aposto. Aliás, tenho certeza de que a capa foi meu diferencial! Acho que fiz um trabalho bom na edição do texto e um muito bom no plano de marketing, porém nada de incrível, assumo. A capa deve ter me conferido um plus, mostrando que entendo de vários trâmites do processo editorial.

Dou um print na mensagem e a envio a Léo.

Bem, agora é a parte delicada. Da última vez, foi Lívia quem me procurou para contar sobre a seleção, e resolvemos bem, muito embora não tenha havido dificuldades visto que ambas fomos aprovadas. Resolvo, então, procurá-la com delicadeza e sondá-la.

Talvez seja melhor ligar.

— Ei, amiga, cê tá boa? — falo revelando todo meu charme mineirês. — Bicho pegando aí na editora?

— Ah, como sempre! Mas e aí? Novidades do espaço? — responde ela do outro lado da linha como quem precisasse falar contendo a voz.

Sinto a euforia daqui. Conheço essa virginiana que adora controlar seus impulsos, que analisa todos os movimentos e usa muito bem seu lado mental. Além do mais, sei muito bem o quanto ela é competente e não faria feio na seleção. Deu Lívia e Gabi nessas quartas de final, eu sei!

— Liga para os ETs porque "eu falei faraóóóó..." — Canto sem me importar com quem está na rua.

— Eu sabia, eu sabia! Passamos! — Ela quase grita ao telefone.

— ... Passamos muito tempo trabalhando nesse texto, era natural o resultado. — Seu tom de voz volta ao timbre de uma pessoa durante o expediente.

— Aff, não dá para falar, né? Entendi... Já sei! *Girls night* sexta-feira, sem boy nenhum, só a gente e uns bons drinques!

— Fechadíssimo. Era tudo que eu precisava para essa edição! A gente mantém contato, então. Vou enviar as atualizações por mensagem.

Desligo o telefone e dou uma reboladinha pela rua. Embora Lívia estivesse no modo trabalho, sei que ela estava feito uma pipoca por dentro. Cara, será que ela já leu o anexo? A próxima etapa da seleção será no outro sábado — o que nos deixa livres para celebrar nesta sexta —, no Hotel Fazenda da Matinha, um lugar incrível nos arredores de Belo Horizonte. Como a Espaçonave investe, esse cargo deve importar muito a eles! Também, não é só a editora mais badalada do Brasil, é uma das vinte melhores empresas para se trabalhar segundo pesquisas das revistas do segmento. Ela valoriza muito os colaboradores; não é em vão que a editora se destaca no mercado e que tenha um processo de seleção tão instigante e criativo.

Mesmo assim, fico com uma pulga atrás da orelha: que tipo de tarefa de uma etapa seletiva se passa num hotel fazenda?

Mais uma rodada da Copa Libertadores da América, e eu estou só o Ronaldinho Gaúcho driblando e sambando em campo. Vim mais cedo ao estádio com minhas amigas da Grupa assistir ao meu time do coração e aproveitar a companhia delas. Esse ambiente pré-jogo me encanta: os barezinhos cheios, um mar alvinegro de gente nas ruas, charanga tocando o hino na porta e aquela camaradagem que existe entre torcedores do mesmo time. Tudo ameniza a ansiedade da fase de grupos do maior campeonato da América e o desespero pelo placar que, se nos for favorável, nos coloca nas oitavas de final.

— Fale com a Gabi? Oi!! É você mesma? Sou a sister Mariana!

— Uma ruivinha se aproxima de mim com os braços abertos.

É assim que as amizades iniciadas no Twitter se tratam: pelas arrobas. Assim como nos e-mails, sou *fale com a Gabi* em vários perfis. Ela, a Mariana, cuja arroba é uma freira pra lá de cômica, é uma querida que conheci em conversas sobre o Galo, e sigo amando em cada tuitada. Ela não é de BH e quase não tem companhia para vir aos jogos. Nem sempre o pai pode acompanhá-la e fica complicado uma mulher vir sozinha a um ambiente que nem sempre é seguro. Ela é mais uma que se achegou a nós pelas redes e pediu companhia para assistir às partidas. Além de muito torcedoras, somos muito atenciosas umas com as outras: ninguém fica sozinha até a hora de ir embora.

Recebo a arroba tão querida, digo, a nova amiga, a apresento às meninas e sentamos juntas para tomar uma cervejinha.

A rádio do bar onde marcamos nosso ponto de encontro anuncia a escalação do time de hoje.

— Vamos bem ofensivos hoje, tá certo, tem que aproveitar a pilha da torcida e abrir logo o placar — comenta uma amiga Grupa.

— Mas acho que a gente perde um pouco de agilidade com esse meia jogando pela esquerda! — retruco. — Ele é melhor conectando o time pelo meio, as laterais tinham que vir com a mesma formação da equipe do Campeonato Mineiro.

— Time campeão do Mineiro! — A nossa nova amiga Mariana ergue o copo e puxa o brinde.

De repente, sinto-me numa mesa-redonda de um programa esportivo com várias vozes debatendo em alto nível o esquema tático do nosso time. As meninas sempre me dão boas visões de jogo e de desempenho dos jogadores, o que me ajuda a analisar os jogos. Tanto que no perfil da Grupa CAM geralmente fica uma mana para comentar os lances, quase como os grandes comentaristas.

Ai, ai. E tem gente que diz que mulher enfeita o estádio e o frequenta apenas para acompanhar o parceiro. Mal sabem eles que, muito além dos estereótipos, há torcedoras que vibram, empurram o time e manjam — mais que muitos caras — de futebol. Lugar de mulher é onde ela quiser.

— Bombom! — Um corpo forte me abraça por trás e um beijo me alcança a orelha. — Ainda mais gata com a camisa do Galo.

O que eu fiz de tão bom para merecer um homão da porra desses? Meu namorado é um sujeito de valor e de caráter, temos sonhos e gostos afins, ele é lindo, beija bem e ainda é atleticano! Ai, Nossa Senhora de Akita, título de uma aparição mariana no Japão, muito obrigada! Prometo cuidar desse homem.

— Meu bombonzinho lindo, meu gatão Galo doido. — Eu me viro e o beijo sem me importar com quem está ao lado.

Léo cumprimenta as meninas que estão comigo e subimos juntos para o jogo. Nossa relação também vai além de qualquer senso comum que reforça a errônea ideia de que mulher que luta por autonomia e igualdade de gênero tem problemas com homem. Eu amo um homem, quero partilhar minha vida com ele, mas sem deixar de me relacionar comigo e com meus sonhos.

— Eu falei faraóóó...
— Êêêê, faraó!!!! — responde Lívia com uma dancinha maluca que mistura referências egípcias e o requebra do Olodum.
— Cara, isso tem que ir para o stories do Instagram! A pessoa que resenha clássicos literários e revisa os posts é a mesma que desce até o chão. Leitores de Literalmente Amigas irão à loucura!
— Só se você aparecer junto, anda. — Lívia pega o telefone e se prepara para mais uma dança soltinha diante da câmera. — Vamos fazer agora, antes de entrarmos de vez nos *shots*.

Aumentamos o som e fazemos de conta que estamos num show. Um passo para lá, mãozinha para cá, um bate cabelo aqui e uma rebolada estilo Anitta para misturar tudo de vez.

— Os seguidores vão curtir! A gente só publica foto dos livros e usa o stories apenas para divulgar resenhas novas. Sempre pedem mais fotos nossas — comento. — Acho que os *jelly shots* já devem estar no ponto! — Mudo de assunto voltando ao que realmente importa: os copinhos de gelatinas batizados com vodca.

Essa edição de *girls night* é especial já que Lívia e eu estamos entre as seis pessoas selecionadas para a quarta etapa da seleção da Espaçonave.

— Já quero aqueles cafés da manhã fartos, seguidos de almoços gordos e lanches da tarde roliços. Viva a Matinha! — Lívia se refere ao Hotel Fazenda aonde iremos. O lugar fica bem perto de Belo Horizonte, rodeado de muita natureza e ambientes como fazenda, piscina com cascata, uma pequena mata, salões de convenções, jardins, boate... Que pena, essa não vai dar tempo de ser usufruída!

— Vai dar pra gente comer bem e descansar um pouco — falo depois de colocar um *jelly shot* de limão na boca.

— Será que teremos tempo de dar uma voltinha a cavalo? Há anos não cavalgo um pouco. Soube que o haras de lá é lindo — conjectura Lívia. — Ah, tem um licor de melão no armário, vai ficar ótimo com a vodca.

— Amiga, o Santigo não vem hoje? Estamos nessa gritaria aqui no seu apê e ele ainda não deu as caras.

— Dispensei, hoje é noite das garotas! — Ela leva uma gelatina de morango à boca. — Mais um desses e eu pegaria o pão...

— Pão? — pergunto. — Que porra é essa?

— O pão que conheci na confeitaria Favo de Mel, perto do trabalho. A gente se esbarrou lá, e ele agora deu pra me cantar. Mas fiquei na minha, deixei por conta do acaso.

— Amiga, esse pão pode ser um sonho! A gente não combinou que arriscaríamos mais? Eu não me inscrevi na mostra?

Ela suspira e solta o corpo no sofá.

— Tá certo! Vou trocar telefone com ele na próxima! Nem que eu tenha que andar com gelatinas alcoólicas na bolsa.

— Eu congelo umas pra você. Não tem o Facebook dele?

Ela balança negativamente a cabeça.

— Assim fica difícil de shippar, amiga! Que rosto vou imaginar? Mas, ó... Relaxa! Tem muita coisa acontecendo nas nossas vidas, tem uma viagem com tudo pago na outra semana...

— É isso! Vamos manter o foco nas conquistas! Tudo vai continuar dando certo para nós duas.

Um calafrio perpassa minha espinha e sinto meus pelos se retorcerem.

Ih... Seja lá o que for, vá embora! Xô, mau agouro.

— Sim, claro. É daqui para cima. E essa Espaçonave que se cuide, vamos dominar a Via Láctea! Viva as Literalmente Amigas!

Blán!

Do nada, uma coruja que Lívia tem na mesinha de centro cai e se espatifa em pedaços. Do nada. O enfeite simplesmente caiu.

— Amiga, não tem problema! — Lívia se apressa em dizer.

— Nem vi quem esbarrou nessa mesa, acho que os *shots* subiram. De qualquer forma, eu já impliquei com essa coruja várias vezes... Ela parece nos acompanhar com os olhos... — Lívia passa os dedos sobre os olhos como a garota do *Fantástico*.

Imediatamente, me recordo da minha pesquisa em busca de referências para a seleção da Espaçonave. De acordo com os livros, as corujas eram sinal de mau agouro. Será que criei uma treta com os faraós quando coloquei um título tão fuleiro no capítulo? Ou são apenas lampejos de uma tempestade que virá por disputar a mesma vaga de emprego com minha melhor amiga?

Limpamos juntas e rapidamente os cacos da coruja. Lívia está tão animada que nem ouso tocar nesse assunto idiota! Aliás, são só crendices de um período da humanidade, assim como já acharam que relâmpagos eram deuses. É tolice minha ficar atrás de sinais.

Bem, pelo menos eu espero. Nesta noite, não há nada a fazer a não ser aproveitar com minha amiga. Ela já está dançando pela sala e se prepara para aumentar o volume do som.

— *Des-pa-ci-to* — canta, sílaba por sílaba.

É isso. Vamos devagar. Temos a noite toda.

Lívia

Já é terça-feira, quase meio da semana, e tenho tentado não me ater ao silêncio da Espaçonave desde o envio do projeto editorial para aquela história do Egito. Será que fui reprovada e fiquei no vácuo? É uma hipótese a se pensar, claro, mas ainda não reuni coragem suficiente para dar uma investigada. A Gabi também anda quieta.

Enfiada no meu pijama de urso panda, bebericando um chá de erva cidreira para arrefecer a pilha de nervos que pesa sobre meus ombros, resolvo xeretar na minha conta de e-mail. Quem sabe recebi alguma promoção bacana das livrarias virtuais que frequento? Apego-me a essa motivação para não me dar falsas esperanças. O que eu quero de verdade? Ah, não preciso nem dizer.

Bancando a desligada, mesmo os batimentos cardíacos estando mais rápidos que o estado normal, nem tenho tempo de procurar promoção alguma, já que o nome Espaçonave Editora encobre qualquer outro da caixa de entrada, abaixo e acima dele.

— Ai, meu Deus! — exclamo entre dentes; as mãos trêmulas de expectativa.

Então leio, perplexa demais para fazer outra coisa senão ofegar:

✉ De: direcao@espaçonave.com.br
Para: lilismonteiro@hotmail.com
Assunto: Processo seletivo — 4ª etapa

Lívia Saraiva Monteiro, estamos aqui outra vez!

Sabe por quê? Imaginamos que neste momento você compreenda que seu projeto editorial foi aprovado por nossa equipe de avaliadores. Sendo assim, continua a todo vapor na disputa pela vaga de editora do nosso estrelado selo jovem.

Mas o buraco negro está se afunilando e as etapas, ficando cada vez mais difíceis.

Para a próxima fase preparamos uma disputa inusitada. Convidamos você a se juntar a nós e aos demais candidatos num final de semana crucial para o prosseguimento do processo seletivo.

As instruções estão detalhadas no anexo.

Caso haja dúvidas, responda a este mesmo e-mail.

Com carinho,
Comandantes Espaçonave

Preciso de alguns minutos — e de um senhor controle emocional — para processar o que leio. Pela espada do Rei Arthur, a coisa só melhora!
Tomara, de coração, que a Gabi também tenha conseguido.
Será muito difícil permanecer no processo se ela tiver sido eliminada. Todo aquele seu vigor criativo há de ter sido valorizado.
Penso em ligar para minha amiga e chego a desbloquear a tela do celular para fazer a chamada. No entanto deixo os dedos pairarem no ar quando sou tomada pela precaução. Da última vez, eu que fui atrás para ter notícias dela. Fazer isso de novo pode deixar transparecer uma outra impressão, como se eu estivesse agourando, torcendo para que ela se dê mal.

Decido dar um tempo, pelo menos até o dia seguinte, antes de procurá-la. Então, doida que estou para partilhar com alguém mais esse degrau subido na competição, permito que minha saudade me leve até Juiz de Fora e ligo para casa.

— Oi, querida...

Ah, como a voz de mamãe me faz bem!

A noitada das meninas para comemorar a permanência no processo da Espaçonave foi tão boa que acordei bem empolgada hoje, mesmo tendo virado todas com a Gabi. O alto teor alcoólico que se encontra agora na minha corrente sanguínea só não afetou o resto do meu organismo porque fui esperta. Além de ter bebido bastante água entre um *shot* e outro, tomei uma aspirina antes de deitar e quando acordei. Sinto-me quase nova. Eu disse *quase*.

Não vejo Santiago há quase dois dias, tampouco tenho notícias dele. Na certa finalmente arranjou um programa que não envolva ficar trancafiado em casa em pleno fim de semana na companhia da vizinha assistindo a séries na tevê. Ele merece diversão melhor.

Eu pretendia chamá-lo para uma caminhada sob o lindo sol que despontou com tudo hoje, espalhando um calorzinho pelo ar. Ultimamente o clima tem estado tão gelado que não consegui ficar em casa, jogando fora uma manhã de temperatura agradável.

Mesmo sem companhia, saio pelas ruas do bairro em direção à Praça da Assembleia, onde fico dando voltas até sentir o peso do exercício. E como já estava ali, ando um pouco mais, rumo à confeitaria Favo de Mel, que fica mais perto da editora do que do meu prédio, mas minha necessidade de café e das iguarias deliciosas fala mais alto que a preguiça.

— Bom dia, Angélica! — cumprimento-a com animação. — O pãozinho de canela saiu agora?

Ela estreita o olhar para mim, como se fosse uma investigadora tentando entender o porquê de eu ter aparecido em pleno sábado. Uma Sherlock Holmes de saia, ou melhor, de avental.

— Vai trabalhar hoje? — Ela nem se digna a me responder.

— Vestida desse jeito? — Aponto para as roupas de ginástica, grudadas no meu corpo e totalmente impróprias para o cargo de editora assistente. — Por que o espanto? Sabe que amo esta confeitaria.

— O que é isso, hein? Toda animadinha! — Angélica ergue uma das sobrancelhas desenhadas com hena e se abaixa para pegar o pãozinho dentro do balcão. — Acabaram de ficar prontos. Estão divinos!

Tenho certeza disso. Nada neste lugar é menos que perfeito. Meu estômago até se agita em antecipação. Vou esquecer quantas calorias um café da manhã desse pode me acrescentar e apenas curtir o momento.

Pequenos prazeres.

— Pra beber, o de sempre, né?

Abro um sorriso para confirmar e em poucos instantes já estou sentada à minha mesa preferida, diante do melhor pão de canela que conheço, queimando a pontinha da língua no cappuccino fumegante. Apesar dos fantasmas que assombram minha autoestima, sinto que hoje fiz as pazes com a vida — ainda que esse astral só dure até eu ter mais um vislumbre do que é o amor de verdade quando me encontrar com a Gabi e o Léo.

Não quero parecer uma mulher amarga e invejosa, mas às vezes é praticamente impossível impedir que o monstrinho do despeito me corroa por dentro. Nessas horas eu sempre me questiono: por que minha amiga, tão destrambelhada, tirou essa sorte grande ao conhecer seu bombom, enquanto eu, que vivo batalhando para fazer com que tudo ao meu redor dê certo, não encontro alguém bacana para ser meu par romântico na vida?

Agito a cabeça, espantando o azedume. A Gabi é uma pessoa incrível, do bem, talentosa, amável, amiga. Portanto merece, e muito, ser feliz ao lado de alguém como o Léo.

Ouço o sino da porta e automaticamente levanto o olhar, apagando de vez esses pensamentos deprimentes. E nem que eu planejasse cultivar um começo de fossa, ao enxergar a figura imponente do Eduardo atravessar a confeitaria com um sorriso significativo direcionado a mim, todos os pensamentos que povoavam minha cabeça questionadora dão adeus.

Só sou capaz de constatar o quanto o cara é lindo, ainda mais sem as roupas formais de trabalho.

Quando chega até a mesa que ocupo, seu sorriso se alarga, mostrando dentes perfeitos. Então ele comenta relaxadamente, como se falasse do tempo:

— É nosso terceiro encontro aleatório. E hoje nem é dia útil. Você agora tem uma dívida comigo.

Quer dizer que Eduardo não se esqueceu da condição boba que impus na última vez.

— Não prometi nada. — Faço uma expressão de desentendida, procurando ganhar tempo.

Ele estala a língua, como quando os adultos repreendem as crianças, e se senta na minha frente sem ser convidado. Esse sujeito é um poço de autoconfiança.

— Prometeu, sim, e ainda jogou a responsabilidade pra cima do destino. Sendo assim, aqui estamos, por obra do acaso. Vamos ter que sair para jantar.

Meu coração dá uma sambadinha no meu peito. Fazia tempo que eu não era paquerada assim, tão explicitamente, e por um homem tão interessante quanto esse diante de mim. Eduardo usa roupas casuais, o que ressalta seu corpo sarado e jovial. Ele tem um rosto bem másculo, obscurecido por uma ligeira barba, dessas que estão a dois ou três dias sem aparar. Vai soar clichê, mas a máxima "moreno alto, bonito e sensual" parece ter sido feita para ele.

— E se eu for comprometida? — indago, provocando-o.

— Você é?

Puxa, eu não deveria ter usado essa abordagem. Agora fiquei com cara de pateta.

— Não, mas...

— Então temos um problema a menos. Pretende levantar um próximo ou já podemos marcar a data?

Sou impedida de responder, pois Angélica aparece empunhando seu bloco de anotações, dirigindo-se a Eduardo e lançando uns olhares enviesados na minha direção.

— Olá, moço bonito. Quer pedir agora ou vai passar a manhã toda xavecando a Lívia?

Ah, que vontade de dar uma sacudida nessa intrometida da Angélica! Meu rosto chega a pegar fogo tamanha a minha vergonha. Mas Eduardo tira a inconveniência dela de letra.

— Pode ser as duas coisas?

Um espirituoso.

Refreio o impulso de arrumar meus cabelos, presos por um elástico num rabo de cavalo bagunçado. Tento dar ouvidos aos conselhos do Fred e da Gabi: ninguém que preste foca em detalhes tão desimportantes. Meus cabelos revoltos não me definem. *Minha aparência não me define*, reformulo o mantra.

Quando Angélica volta com o pedido de Eduardo, já sei que vou ceder. E por que eu deveria negar o convite? Não há nada de mais acontecendo por enquanto. E caso eu queira que a paquera vá adiante, preciso investir, nem que seja só um pouquinho, não é?

— Tem planos pra hoje à noite?

— Bom, antes de responder, quero que me esclareça o motivo de estar assim interessado em minha companhia.

Eduardo suaviza a expressão e, pegando-me de surpresa, pousa sua grande mão sobre a minha, o que me causa uma súbita falta de ar.

— E por que não estaria? — devolve ele, como se meu questionamento fosse absurdo. — E então? Aceita sair comigo hoje à noite?

Dá para negar um pedido assim?

Finalmente relaxo, exalando o oxigênio preso nos meus pulmões.

— Tudo bem.

— *Viva!!*

A voz estridente e vitoriosa de Angélica atrai a atenção de todos os frequentadores da confeitaria. Claro que ela acompanhou toda a cena, como essas noveleiras, que não perdem um só capítulo e ainda vivem os sentimentos dos atores como se fossem delas.

Eduardo ri.

— Só falta o número do seu telefone agora.

Então eu me rendo e aceito o risco. Resolvo seguir os conselhos do guru Augusto Cury (já passei pela fase leitora de autoajuda, confesso): "Não tenha medo da vida. Tenha medo de não vivê-la."

> Tá acordada, amiga?

Chego do encontro com o Eduardo e sinto a necessidade de conversar com minha BFF.

> Sim. Lendo, ou melhor, devorando o romance novo da Elena Ferrante. Você vai amar, amiga.

> Vou tentar passar esse livro na frente dos outros, então. Mas agora tudo o que quero é contar que beijei na boca hoje. Há menos de dez minutos, pra ser precisa.

> Mentiiiira! Pode despejar tudo! Já larguei o livro.

Passamos a próxima meia hora trocando áudios entusiasmados sobre minha performance com o Gostosão da Confeitaria, título conferido a Eduardo pela Gabi assim que ela fuçou bastante o perfil dele no Facebook, enquanto conversava comigo.

Relatei tudo, desde quando ele veio me buscar em casa e me levou num restaurante bem badalado, embora sem aquela aura de romance, o que gerou uns créditos a ele por não ser tão óbvio.

Conversamos a respeito de diversos assuntos, e agora percebo que não fiquei travada, como é natural da minha personalidade. Foi uma noite agradável, em que pude desfrutar, de modo relaxado, de uma companhia legal. Eduardo é bem bacana e, mesmo deixando suas intenções comigo às claras ao ter sempre uma desculpa para se aproximar e se resvalar em mim, não foi inconveniente.

O beijo aconteceu na despedida, na porta do meu apartamento, que ele não conheceu porque achei muito cedo para convidá-lo a entrar. Foi até gostoso.

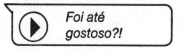

Foi até gostoso?!

A voz de Gabi no áudio é pura perplexidade. Sei interpretar bem seus decibéis.

Que diabo de comentário é esse? Queria que me dissesse ter visto estrelas. Até gostoso é sinônimo para bonzinho.

Eu sei que ela tem razão. Mas o que eu posso fazer se, enquanto meus lábios sentiam a textura dos de Eduardo, eu só conseguia imaginar como devem ser os do meu vizinho gay?

Que tipo de tarefa de uma etapa seletiva se passa num hotel fazenda?

Desde que li o anexo do último e-mail enviado pela Espaçonave, já me fiz essa pergunta pelo menos uma dúzia de vezes. E sei que a Gabi também vem se questionando. Nem mesmo o Google foi capaz de aliviar nossas dúvidas. Essa editora é mesmo do outro mundo!

Tudo começa a ganhar forma logo que nós, os seis candidatos restantes no processo, chegamos ao Hotel Fazenda da Matinha, nos arredores de Belo Horizonte.

O cenário é lindo; o clima, agradabilíssimo, para quem curte um frio meio europeu — eu, no caso. Mas um pressentimento esquisito se instala na minha cabeça, como se me alertasse: "Tá tudo muito bom, tá tudo muito bem, mas realmente..."

Essa sensação é logo substituída pela visão de uma mulher muito elegante e com jeitão de eficiente que surge de dentro da sede do hotel para nos receber.

— Versão feminina do Roberto Justus? — debocha Gabi, sussurrando perto de mim para que apenas eu escute.

Seguro o riso.

— Bom dia a todos. Sou Dolores Vieira, consultora da RH Coaching & Training. A partir de agora vocês seis começam a vivenciar uma experiência surreal, que vai levar apenas um ao topo.

Dolores pronuncia a palavra surreal de um jeito muito cômico. *Suuuurreal*. Prender a risada que insiste em saltar garganta afora tem exigido de mim um baita esforço.

— Acompanhem-me — diz ela.

Gabi e eu ficamos para trás, seguindo logo depois dos demais candidatos. Como não é de perder a piada, minha amiga agarra meu braço, fazendo com que eu olhe para ela. Então pronuncia, mexendo os lábios vermelhos sem emitir um único ruído:

— SUUUUUR-RE-AL!

CAPÍTULO 9

Gabi

A despensa está abastecida, mas a conta está quase lá: no nível em que se namora o cheque especial. Céus, por quê?! Trabalho, estudo e faço tudo tão corretamente! Mas agora não é hora de lamentar... As contas deste mês estão pagas, a data da defesa da dissertação está agendada, tenho uma mostra para produzir, estou no meio de um importante processo seletivo e tem um gato me esperando no sofá — eu mordo os lábios quando penso nisso.

— Eu compraria uma filial dessa hamburgueria só para jantar a mesma coisa todo dia — falo, ainda de barriga estufada. — E o molho que eles colocam entre o pão caseiro e aquela bitela de carne?

Léo e eu aproveitamos a noite de sexta para comermos um hamburgão artesanal daqueles, com muito molho, batata frita rústica e um copão de Coca-Cola gelado para acompanhar.

— Que prazer maravilhoso da vida é comer, né? — continuo a falar. — Se eu tivesse grana, comer bem e fartamente seria um luxo que eu manteria. Além de me tornar colecionadora de obras de arte, claro, sendo que para isso eu deveria ter uma casa ampla, com condições de abrigar uma raridade e um bom sistema de segurança. E um carro, acho que está na hora de ter um bom carro, quero um daqueles de couro branco, não sei bem a marca ou como é por fora, mas sei que por dentro o assento é branco. E também manteria uma agenda intensa de viagens. — Lambuzo minhas mãos de creme enquanto Léo continua deitado mexendo no notebook.

— Vamos ver o filme logo, bombom? Daqui a pouco o sono bate, dei seis aulas hoje e ainda corrigi prova.

— A gente poderia ter um *home theater*!

— Claro que sim, Gabi, eu também adoraria ter uma vida de bacana. Mas, neste momento, me sinto realizado de estar me mantendo e ajudar a galera lá de casa. Assim que isso passar, voltarei com todas as minhas metas financeiras.

— Você fica ainda mais sexy quando traça planos para a vida material, tão prático e focado! — Eu o beijo. — Eu o admiro por ter um projeto de vida em andamento, sabe? Ainda que tenha ocorrido esse imprevisto familiar, você conseguiu manter e ampliar sua renda fazendo o que ama. Você está construindo uma carreira maravilhosa na educação, será um professor e um pesquisador de primeira!

— Os mergulhos que dei dentro de mim mesmo valeram a pena.

— Como você ficou tão esperto sendo apenas três anos mais velho do eu?

— Isso não tem nada a ver com idade, tem a ver com se conhecer. Há alguns anos eu saquei o que queria para minha vida e estudei meios de realizar isso.

— Lívia também é dessas! Linear, precisa e consistente. Escolhe um alvo, traça metas e age. Ô, inveja de signos de terra!

— Não tem que invejar, tem que aprender, bombom! Assim como vários admiram sua criatividade e querem fazer peças como você. Me diz, quando você vai criar algo, você planeja, não é?

— Mais ou menos. Eu vejo que material tenho, avalio o espaço em que irei expor e o tempo que tenho para executar. Depois isso — dou uma pausa proposital — não zoa, o que vou falar é sério. — E continuo: — Eu fecho os meus olhos e coloco a mão no meu peito, como se eu me conectasse com minha alma, com minha inteligência superior. Quando eu me acalmo e sinto as batidas do meu coração, eu respiro fundo e peço a minha mente para me dar as melhores ideias possíveis. Em questão de segundos, faço mil conexões e tenho uma obra maravilhosa na minha imaginação. Aí, tudo fica fácil.

— Tá vendo? É o mergulho que dá dentro de si mesma. Você tem uma inspiração e depois dá duro para executá-la. Tem que usar a mesma pedagogia para os planos de vida.

— Falou o professor! Tem coisa que parece ser mais fácil para umas pessoas do que para outras.

Tento não render assunto para não assumir minha pontinha de inveja de Lívia. Temos a mesma idade, e ela já tem o próprio apartamento. Tudo bem que a grana de uma herança ajudou, mas tem muito mérito dela em já morar num lugar próprio. Deus, por que minha cabeça é a Gabilândia e a dela é normal, como as das pessoas que conseguem ter suas conquistas?

— Vamos ver o filme — recomeço a conversa. — Não posso ir dormir muito tarde, amanhã a Lívia vai passar aqui às seis. Nossa seleção começa às oito e meia.

— Vocês vão e voltam juntas?

— Por que não iríamos juntas? Teremos companhia e ainda vamos dividir a gasolina.

Léo se mantém calado.

E eu sei muito bem o que esse silêncio quer insinuar. Contudo, não vou morder a isca: vou continuar minha noite conforme planejado.

— Dá o play, bombom? — Finalmente me deito ao seu lado.

Lívia mais parece a mulher que está conduzindo a seleção do que os concorrentes da prova, que estão com um visual mais esportivo, por estarmos num hotel fazenda. É legal que imprime uma marca e uma sofisticação, mas eu me sinto mais adequada com meu tênis.

Desde o momento em que chegamos, não vimos os coordenadores da Espaçonave que estavam presentes no bate-papo. Dolores conduz o grupo de seis pessoas tal como uma diretora de escola que tem prazer em ficar com a cara fechada. Assim que entramos no salão, recebemos ordens de sermos pontuais nas atividades, de sempre circular com o crachá, de não nos comunicarmos com os hóspedes, de não sair do ambiente da seleção — o que minou nossos planos de ir ao haras, ao borboletário e a outras dependências deste paraíso — e de não termos contato com o mundo exterior. Para isso, nossos celulares e relógios foram recolhidos por Julian — um homem de semblante jovial que acompanha Dolores e que aparenta ser absurdamente legal quando está longe dela — e guardados num armário azul que está no meio do lugar onde nos encontramos.

— Peço que cada um venha aqui, retire um papel do pote e diga o símbolo que pegou. Quem saiu com o Sol seguirá para a direita, quem saiu com a Lua seguirá para a esquerda — informa Dolores.

O papelzinho que tiro me leva ao time Lua, junto com Ruy, o sujeito que trabalhou numa editora da Inglaterra, e Diana, uma moça que parece ser legal, fazendo aquela linha hippie-budista-meditativa-que-bebe-apenas-chá-e-nunca-café. Lívia ficou na equipe Sol com o Giuliano, o cara mais descolado entre nós seis, com pinta de playboy dos anos 1960, e Pablo, mestre em produção editorial por uma universidade lá da Europa, Inglaterra, acho.

— De agora em diante, vocês compõem duas equipes que desempenham funções importantes e de grande responsabilidade. Esperamos comprometimento e resoluções de qualidade nas provas que ocuparão nossa manhã. — Ela faz uma pausa e ajeita os óculos. — Equipe Sol seguirá para um canto do salão, e Lua, para o outro. Vamos entregar os cartões com as provas. Eu passarei pelas duas equipes, assim como o Julian, para fazer nossas observações, e adianto que não poderemos responder a nenhuma pergunta.

— Só um complemento. — Finalmente ouvimos a voz de Julian. — Cada tarefa virá com o tempo de execução e nós iremos alertá-los quanto a isso.

Dolores acena positivamente com a cabeça.

— Aos postos, times!

Passou, passou, passou um avião!
E nele estava escrito time Lua é campeão!

Sinto-me nas gincanas que a escola fazia quando eu estava na quinta série. Tenho vontade de entoar gritos de guerra e fazer coreografias animando a torcida. Contudo, procuro me conter e fazer de conta que sou uma profissional compenetrada.

Dolores se aproxima de nós e nos entrega um cartão vermelho.

Pais de alunos de uma grande rede escolar protestam publicamente contra um livro infantojuvenil que você editou. Os responsáveis alegam que a obra adotada pela escola contém cenas de insinuação sexual entre as personagens, o que, na visão deles, é inconveniente aos alunos do Ensino Fundamental II.

A adoção do livro nas escolas corresponde a 75% das vendas desse livro.

SUA TAREFA É:
- Emitir um comunicado à imprensa.
- Posicionar a empresa nas mídias sociais.
- Orientar o autor a lidar com a questão.

TEMPO: 1 hora.

Imediatamente dou pitacos alegando ser jornalista e sugiro como a nota deve ser. Ruy, o cara que já atuou no mercado editorial fora do país, também quer a todo custo assumir a liderança da tarefa. Cinicamente, fingimos que nos damos bem, claro, mas sinto faísca sair de nossos olhos quando alguns dos fiscais — agora é assim que os chamo — se aproximam. Diana comenta uma coisa ou outra, mas acaba ficando com a parte de redigir o comunicado.

Nossa ideia foi emitir uma nota falando da importância do livro, do tempo que ele está no mercado e de como a literatura pode ajudar a lidar com questões naturais e inerentes ao desenvolvimento humano. Finalizamos o comunicado estimulando o diálogo na relação entre pais e filhos. O nosso plano incluiu não chamar a atenção nas mídias sociais, não postando nada específico, deixando apenas os meios de comunicação repercutirem o caso. Orientamos o autor imaginário a replicar a nota da editora em suas redes sociais, sem render assunto ou responder jornalistas pelo telefone, onde ele poderia deslizar em alguma palavra ou ter uma reação acalorada. Em momentos de crise, melhor agir com parcimônia.

— Parabéns, times, os trabalhos ficaram igualmente interessantes. — Dolores recolhe os materiais. — Vocês têm dez minutos para usarem o toalete e tomar água. Sejam pontuais.

Aproveito minha pequena pausa com aquela sensação de que nossa equipe mandou muito bem!

É como dizem: "Deus, me dê paciência porque, se me der forças, eu mato!" Por que trabalhar em equipe é tão difícil? Ainda mais quando se tem uma outra pessoa me impedindo de assumir minha liderança inata, como o mascarado do Ruy. Ô, menino ridículo! Se eu fosse a líder dessa equipe, Diana não teria se atrasado e nós não teríamos sidos penalizados na segunda tarefa.

— Você passou mal? — pergunto sem olhá-la nos olhos. — Todo mundo pensou que poderia ter desmaiado no banheiro.

— Não sei a razão dessa rigidez com horário... Que besteira, estão tratando isso como se fosse um chá com a rainha da Inglaterra — responde.

— Se é o tipo de pessoa que não aceita bem horários, não serve para o mundo coorporativo.

— Cara, que estresse, é só uma prova...

— São quinze minutos de desvantagem! A outra equipe já leu a nova tarefa e já está pensando em como fazê-la. Não sei você, mas eu estou a fim de trabalhar, eu preciso desta vaga e se você não pode ajudar, pelo menos tenta não ferrar com meu time!

Ruy balança a cabeça concordando comigo.

Então me dou conta da razão de ele ter se mantido calado: somos observados pelos fiscais. Temendo ficar com o filme queimado com uma reação impensada, sento-me no chão e aguardo os minutos se passarem.

Lívia e sua equipe ainda nem pegaram no material. Estão se atropelando nas falas, como se todos tivessem muitas ideias e precisassem ficar com uma apenas. Do que será que se trata?

Respiro fundo. Confio que sou capaz de pensar rápido, embora eu esteja com duas pessoas que mais parecem ser inimigas do que companheiros na equipe, e ainda tendo que lidar com meu destempero emocional. Qual é o problema de ser uma pessoa competitiva? Qual é o problema de querer fazer melhor, de querer ganhar? Alguém aqui vai me julgar por isso?

Ok, estou um pouco atrás, mas vou me recuperar. Dentre essa cambada de idiotas, aposto que *eu* beberia o chá com a rainha da Inglaterra.

Lívia

Sou a única mulher da Equipe Sol e, por conta desse detalhe de gênero, sou obrigada a falar mais alto que os outros dois membros para ser ouvida e ter minhas opiniões levadas em consideração. Mesmo que estejamos num ambiente teoricamente menos misógino, o mundo se mantém machista. Como cansa ter que provar nosso valor quase que diariamente!

Mas entre a vontade de se sobressair e a organização necessária para fazer as tarefas andarem há um grande abismo que se tornou muito vantajoso para mim. Nem o Giuliano, o metidinho a fodão do grupo, nem mesmo o Pablo, um intelectual caricato, deram conta de liderar a equipe. O resultado? Depois de uma discussão pra lá de acalorada até chegarmos a um acordo sobre a primeira tarefa, os dois perceberam que as sugestões deles tinham um caráter meio utópico, ou seja, eram de difícil execução. Então resolveram aceitar a voz feminina do grupo.

Deu certo — não que eu esteja me gabando aqui. Passamos pela primeira prova, ainda que isso não tenha me tranquilizado nem um pouco. Algo me diz que o tal do Julian fica de butuca não à toa. Acredito que cada passo nosso esteja sendo registrado, uma espécie de Big Brother corporativo. Confesso que, às vezes, uma vozinha dentro de mim levanta o questionamento: "Será que vale tudo em nome de uma carreira, até mesmo encarar uma competição nesse nível?"

Na boa, não sei se isso tudo é saudável.

Enfim, aqui estamos, diante de um cartão rosa-grená — essa cor ainda existe ou virou marsala? Esses modismos não têm nenhum limite! — Nele estão escritas as orientações para a segunda tarefa:

> Um autor best-seller mundial acaba de romper contrato com a atual casa editorial que o publica no Brasil. Seu novo romance está pronto e já é sucesso de vendas em seu país de origem. Os editores nacionais estão ávidos pela exclusividade de seus direitos autorais.
>
> **SUA TAREFA É:**
> - Abordar o autor, apresentando a editora de modo que ele se sinta instigado a fazer parte do catálogo.
> - Negociar os direitos da obra.
> - Apresentar proposta de exclusividade por um período de cinco anos, explicitando as vantagens de ter um contrato do tipo com a editora.
>
> **TEMPO:** 2 horas.

Choquei! Não é uma tarefa simples, como nada nesse processo jamais foi. Porém, pressinto que essa prova será uma espécie de "vai ou racha". Se formos românticos demais, apelando para o lado sentimental do autor, soará ridículo e pouco profissional. Mas caso a abordagem seja muito seca, de que forma conseguiremos convencer o escritor fictício a assinar com nossa editora imaginada?

Dou uma espiada na Equipe Lua só para conferir como os componentes recebem a prova, e o que vejo de esguelha me faz tremer nas bases. Aparentemente as duas meninas e o homem estão se dando bem, apesar do calor que imprimem em suas discussões. Criativa como é a Gabi, aposto que já imaginou um monte de possibilidades.

Reviro os olhos, buscando focar no problema diante de mim. Nunca participei de nenhuma negociação desse tipo na Sociedade dos Livros. No entanto, pode ser que meu subconsciente tenha registrado algo que por acaso vi ou ouvi pelos corredores da editora. Alguns autores internacionais são como lendas, e suas histórias — reais, de vida — rondam entre os profissionais do mercado.

Por fim, digo:

— Talvez devamos projetar...

— Ei! — Pablo não me deixa terminar, erguendo uma das mãos na altura do meu rosto. — Você foi a líder da outra prova. Será que agora pode passar a bola pra um de nós, ou se acha a melhor só porque já trabalha na área?

Arregalo os olhos, tamanho meu espanto. Gente, o que é isso? Trabalho em grupo de colégio? Antes de me dar bem em qualquer situação, tenho meus princípios. Decido expor isso aos dois:

— Não estou em busca de autopromoção aqui, não, viu? E ser grosseiro não torna você um sujeito competente, que merece ser escutado. — Respiro fundo, pois meu peito treme de nervoso. — Apesar de não precisar me explicar, quero deixar bem claro que nunca sequer presenciei uma negociação com celebridades estrangeiras. Portanto eu estava prestes a usar minha imaginação e não expor algum tipo de realidade, como você insinuou.

Giuliano, com as duas mãos enfiadas nos bolsos da calça jeans, solta um assovio, desses que denotam uma gozação ou coisa do tipo.

— Acho que devemos compartilhar nossas ideias e tentar usá-las da melhor forma possível — completo, cansada antes mesmo de começar. Como é duro lidar com egos exaltados!

Por fim, dividimos as funções, de modo que nenhum de nós tomasse para si o maior trabalho — muito menos os louros. Giuliano, o mais criativo, preparou uma apresentação em Power Point para persuadir o autor a assinar por cinco anos com a editora. Tenho que admitir que ficou muito boa, além de inteligente e profissional.

Já Pablo, que nem é advogado ou coisa parecida, cismou que era o melhor no quesito negociação. Então simulou um esquema que, na minha opinião, soou teatral demais. Tenho certeza de que vamos perder pontos por isso.

Quanto a mim, trabalhei na abordagem ao escritor. Para isso, criei uma estratégia baseando-me na desenvoltura da Maria Cláudia, a quem assessoro todos os dias, de segunda a sexta — e, em alguns casos, até nos finais de semana. Sou a Andy, e ela é a Miranda Priestly, embora minha editora não seja diabólica nem vista Prada.

No fim das contas, a sensação é de que cumprimos a tarefa a contento. Pelo menos as expressões de paisagem da equipe avaliadora não são de desgosto total.

Solto um suspiro de puro alívio quando verifico o horário e não contenho uma nova espiada no grupo adversário. As coisas por lá parecem tranquilas. Tudo indica que os três completaram a prova antes de nós.

Pela primeira vez desde que entrei nesse processo de seleção, percebo que é real a possibilidade de a Gabi ou eu conquistar a vaga. Se isso ocorrer, será que nossa amizade se manterá inabalada?

Claro que desejo muito que nada nunca nos afaste. Considero-me madura o suficiente para enfrentar bem a situação, seja ela qual for. Ainda assim, temo por nosso futuro. Sei lá, chame de intuição, pressentimento, cisma, o que for! Mas a coisa está solta no ar, como uma nuvem carregada prestes a desaguar.

Ouço Dolores avisando que o tempo acaba de se encerrar e que estamos liberados para o almoço.

— Daremos o resultado na parte da tarde. Não se atrasem para a retomada das atividades, ok? A próxima etapa será suuuurreal!

— E aí? Como foi com sua equipe?

Encontro a Gabi no banheiro. Ela está tentando secar as mãos naquelas máquinas dos infernos, que fazem barulho, mas não têm nada de eficiente.

Ela me dá um sorriso que não me parece muito genuíno.

— Tudo ótimo. A galera é bem descolada e criativa. Acho que mandamos bem. — Minha amiga desiste da máquina e usa a própria calça para terminar o serviço. — E vocês?

Gostaria de dizer que estou amedrontada, que não boto tanta fé assim no resultado do trabalho, que temo perder o que nós duas temos de mais bonito, que é nossa amizade. Estou tão abalada! Às vezes um sonho antigo, depois de ser muito almejado, pode acabar se transformando num fardo. Será que quero de verdade ser editora do selo jovem da Espaçonave? Por que de repente sinto como se estivesse fazendo algo errado?

Deixa disso! Eu me dou um tapa mental. *Claro que você quer esse cargo, sua doida.*

É. Posso ser um desastre na vida pessoal, mas me saio bem no mundo do trabalho, caramba! Não vou arruinar isso também.

Sendo assim, simplesmente respondo:

— Foi punk, mas acabou saindo. Agora é ver o que os avaliadores acharam.

As palavras de súbito somem e entre nós se instala um clima meio sem graça.

— Então vou lá. — Gabi aponta para a saída. — A equipe quer almoçar reunida. Sabe como é.

Sim, eu sei. E acho uma merda. O que eu queria mesmo era aproveitar o lindo espaço do Hotel Fazenda da Matinha, curtindo o ar puro e as belas paisagens. Acho até que me arriscaria a tirar leite ao pé da vaca, uma das atrações daqui.

— Beleza. À noite a gente conversa.

Gabi se despede, e só quando me encontro sozinha no banheiro é que deixo meus ombros envergarem. Que droga estar incomunicável aqui. Preciso tanto falar com alguém! Como sinto falta do Fred, gente! Ele entenderia o dilema que vem montando barraca em minha cabeça.

Volto para o restaurante, a fim de deixar a angústia de lado e aproveitar o bufê diversificado. Antes de viajar, entrei no site do hotel e vi que um de seus maiores atrativos é a culinária tipicamente mineira. Já que estou aqui, por que não fazer uma experiência gastronômica intensa, não é?

Quando chego à mesa dos meus colegas de grupo, vejo os dois encarando seus pratos praticamente vazios de modo catatônico.

— Ué, não estão com fome? — questiono, sentindo o estômago reclamar.

— A comida é regrada, pra sua informação — responde Pablo, de cara feia.

— Como é que é?!

— A Dolores acabou de explicar, enquanto você estava não sei onde — completa Giuliano. — Estamos sendo testados em todos os sentidos, filha. Não basta sermos competentes, criativos, dinâmicos. Também temos que saber lidar com pressão e todo esse monte de merda do mundo empresarial.

Lanço meu olhar adiante e percebo Julian de olho na nossa conversa. Amenizo a expressão de espanto. Não quero que ele, nem ninguém da equipe avaliadora, elabore conceitos equivocados sobre mim.

— Regrando as refeições? — indago entre dentes. Mas não entendo por que estou tão chocada. Trabalhando na Sociedade dos Livros, uma empresa com organograma e tudo mais, já vivenciei muitas maluquices lançadas pelo pessoal do RH.

Uma sineta toca de repente, o que me faz pular na cadeira. A voz arrastada de Dolores ressoa pelo restaurante:

— Vocês têm quinze minutos para almoçar e outros quinze para se reapresentarem.

Quase corro até a ilha de alimentos, onde sou servida por uma equipe de garçons que só pode ter pacto com o diabo. Meu prato tem mais partes brancas aparentes do que comida. Malditos!

Gabi e eu trocamos um olhar cúmplice e resignado, desses que só pessoas muito próximas são capazes de interpretar. Eu quis dizer "onde fui amarrar minha égua?", e acho que ela pensou o mesmo. Mas a empatia se rompe rápido demais, tão logo minha amiga se junta ao papo que rola entre os membros da equipe dela.

Pouco tempo depois, na frente do espelho do quarto onde estou hospedada, visualizo minha imagem, tentando reconhecer a pessoa refletida do outro lado. Quem é essa Lívia Saraiva Monteiro, que sempre batalhou tanto para ascender na carreira, mas que agora hesita ao se projetar no futuro?

Insistir ou desistir?

E então ouço a voz do Fred, sempre tão determinado: "Ficar com o meio-termo cansa demais, Lili. Faça a sua escolha."

Uma vez li em algum lugar que estar em paz é quando dormimos de conchinha com nossa própria alma. Faz tempo que não me sinto assim. Infelizmente tenho vivido dentro de um redemoinho de questionamentos que me atormentam dia e noite e não me levam a parte alguma.

A bem da verdade, minha situação é tão crítica que não tenho dormido de conchinha nem com minha alma, muito menos com outro ser humano. E agora que encasquetei com meus planos para o futuro, pode ser que eu não durma mais, de modo algum, tamanhas as minhas preocupações.

Solto um longo suspiro, torcendo para que esse estado de espírito vá logo embora. Não posso me dar o luxo de criar uma nova neura. Já bastam as que cultivo com adubo há anos.

CAPÍTULO 10

Gabi

— Nada de sono! — A voz de Dolores ecoa no salão assim que voltamos do almoço.

Aliás, almocinho! Por isso a Espaçonave investiu em um fim de semana num Hotel Fazenda chique: não gastou nada com alimentação. Ô, comida de passarinho! Terei que ocupar minha mente para não ser distraída pelos roncos do meu estômago.

Dolores e Julian nos encaminham para o lado externo do salão para um alongamento ao ar livre. Sem nenhuma vírgula de afinidade com meu time, fico distante durante os exercícios. A equipe de Lívia se saiu muito bem nos testes, e o entrosamento deles parece ser perfeito. Todos são bem-vestidos e pertencem ao meio editorial. Certamente ficarão amigos depois daqui e se seguirão no Instagram. Tá, sinto um ventinho de ciúmes e um vendaval de frustração por nada ocorrer como imaginei, mas isso tudo me deixa ainda mais introspectiva.

Depois de um tempo, voltamos ao salão e somos surpreendidos com colchonetes estendidos pelo chão com vendas para os olhos ao lado.

— Por favor, sentem-se. — Dolores sorri pela primeira vez. — Peço que desconstruam qualquer ideia sobre processos seletivos. Nossa empresa é pioneira em mesclar técnicas avançadas de programação neurolinguística, psicodrama e treinamentos de liderança. Queremos que cada um se entregue ao momento e passe a enxergar as vivências como forma de se conhecer e de entender seu papel no mundo.

Que tom de voz ameno é esse que essa mulher está adotando? É algum jogo que você está fazendo comigo, Dolores?

Sento-me no primeiro colchão da esquerda e aguardo o momento em que descobrirei a câmera escondida e surgirá alguém gritando "rá, pegadinha do Malandro!"

— A Espaçonave deseja um colaborador além das qualificações pedidas para o cargo; querem alguém com habilidades pessoais. Há um recurso amplamente utilizado em mentorias que evoca arquétipos da natureza para nos auxiliar. — Ela gesticula intensamente as mãos. — Segundo nossos ancestrais, temos vários animais impressos na alma que, ao longo da nossa vida, ficam mais em voga. Essas figuras nos guiam por uma missão, trazem força e dizem muito sobre nós mesmos. São o que chamamos de *spirit animal*. Hoje vocês vão ter a possibilidade de se comunicar com seu animal de poder.

Ah-meu-pai!

Como assim? Essa Dolores é da Gabilândia e escondeu o jogo esse tempo todo! Amiga, me passa seu zap! Cara, essa dinâmica será a melhor de todos os tempos! Eu sempre soube que dentro de mim mora uma tigresa, uma coisa ousada e misteriosa, que ruge e vai pra cima da presa. Léo que o diga! Que a deusa afaste de mim esses pensamentos fogosos, porque preciso me concentrar na fala de Dolores.

— Vamos reduzir a luz e passar algumas imagens de natureza. Deixem o azul das águas, o verde das matas e o colorido das flores penetrarem o pensamento de vocês — instrui ela, como uma guru.

De repente, uma enorme luz é projetada na parede branca e vemos o planeta Terra. A imagem vai fechando e chegamos à Amazônia. Logo sou envolvida pela beleza de cada forma e pela variedade de cores. Começa a brotar uma coisa índia dentro de mim, sinto uma vontade enorme de fazer a Pocahontas e me lançar por aí.

— Agora deitem-se com calma... Coloquem as vendas e relaxem. Respirem fundo e soltem os músculos.

Eu poderia ficar deitada o resto da vida nessa vibe Jane esperando o Tarzan.

— Concentrem-se na respiração. Por mais difícil que seja, puxem e soltem o ar pela boca.

É uma águia. Estou sentindo. Animal superior, que voa, que caça, que tem visão... Tenho certeza. Vai dar águia.

— Respira, Gabriela, respira. — A voz de Julian está nos meus ouvidos. — Puxe e solte o ar mais rápido.

Começo a respirar pela boca e rapidamente minha garganta seca. Ouço meus colegas respirarem com sofreguidão e a voz de Julian ecoando "respira", "isso, você está indo muito bem", como se estivéssemos todos numa sala de parto.

Não sei por quanto tempo ficamos nessa louca respiração que, acredito, alterou minha consciência pelas turvas imagens que se formam na minha mente.

— Escute a sua alma. Deixe sua consciência dizer com qual animal de poder você está se identificando neste momento da sua existência — continua Dolores.

Uma fera. Tenho certeza! Está vindo, está vindo um...

— ... guaxinim! — berro.

O quê? Aquele bichinho cinza comilão, meio ratinho, meio esquilo? Não pode ser! Como assim, sou um bicho que mais tem jeito de palhaço do que de predador?

Retiro a venda dos meus olhos, indignada por ter reduzido toda minha capacidade a um mamífero qualquer.

— Tem alguma chance de ter dado errado? — pergunto em tom baixo a Julian.

— Nunca dá errado, querida. Aceite a mensagem que seu inconsciente passou.

Alguém faz um xiii no salão. Dolores pede que cada um de nós fale em voz alta o seu animal de poder.

Jaguatirica! Condor-dos-andes!, eles gritam.

— Alce! — responde Lívia com firmeza.

Os outros gritam quaisquer outros bichos que não me interessam, mas todos são mais interessantes do que o meu. Como esses idiotas têm animais melhores que o meu? Dá tempo de fazer outra vez a técnica ou de inventar algum outro bicho? Rapidamente, chega a minha vez de falar.

— Guaxinim — digo tão baixinho que daria para trocar por um "ai de mim".

— Muito bem! Agora cada um vai se conectar com essa faceta. Teremos um tempo no parque que dá para a mata do hotel. O ar de lá é fresco, e o ambiente é bem tranquilo, já que está perto de uma área reservada. Levem a sério o momento, afinal vão precisar de força animal para as tarefas da tarde e da noite.

Talvez xamanismo seja algo que atraia o interior das pessoas ou pode ser que todos os fingidos aqui estejam só querendo aparecer para a Dolores e para o Julian. Minha falta de conexão com o grupo é do tamanho de uma orca, talvez seja esse o animal que possuo no momento, com todo seu instinto devorador de focas. Estão todos andando descalços pela grama, sentados em posição de meditação e buscando uma iluminação. Para completar, eles nos deram mais vinte minutos para encontrarmos algum elemento da natureza que traduza nossa ligação com o nosso animal de poder. Lívia perambula de um lado para o outro, parecendo estar muito ocupada com *insights*.

— O que é um guaxinim no reino animal? — lamento. — Será que posso levar uma frutinha pra dinâmica?

Que eu saiba, o bicho só come e tem um jeitinho cômico. Será que estou fadada a ser a boba da corte que todos querem por perto, mas ninguém leva a sério? Talvez por isso eu não tenha construído nada na vida. As conhecidas lágrimas caem no meu rosto e me refugio no começo da mata, quando as árvores dão corpo a uma reserva quase inacessível. Não quero que alguém me veja chorando, então dou alguns passos para dentro da mata fechada. Encosto minha cabeça na árvore e recebo uma brisa no rosto.

— Alguma coisa por aí? — Uma voz já bem conhecida se aproxima. — Não consigo achar nada que me ligue ao alce. Na verdade, estou surpresa de ser um! — admite Lívia.

Tudo o que eu não precisava era de alguém entusiasmado com o seu recém-descoberto animal de poder. Trato logo de enxugar qualquer vestígio de lágrima e me preparo para me virar e recebê-la.

— Também não sei o que levar. Na verdade, eu prefiro responder aos exercícios da manhã.

— Nem me fale! — Ela finalmente me alcança. — Talvez, se andarmos um pouco mais, achamos algo que valha para a dinâmica.

— Uma fada? — bufo. — Se eu chegar lá com um duende, eu zero a seleção.

— Boba! Tem uma fonte desativada por aqui. Eu olhei o mapa do lugar no site — diz Lívia, rindo, como uma boa virginiana. Ela vai abrindo caminho entre as folhas e adentrando a mata.

— Seus colegas vão sentir sua falta — alerto, totalmente sem paciência. Não com ela, mas com a situação. E talvez, sim, um pouco com Lívia, por ter invadido meu momento de choro.

— Não mais que os seus. Sempre foi ótima em fazer amigos, tem várias turmas — devolve ela.

Danada! Não esperava que ela respondesse minha provocação, já que é sempre tão polida e compreensiva. Mas parece que esse alce quer colocar os chifres de fora.

— O que você veio fazer aqui, hein? Boicotar minha prova? — Eu a sigo dentro da mata até que ela me ouça.

— Por que você acha que tudo é sempre sobre você, hein? O espaço é livre, circulo onde quiser — responde ela, olhando para mim. Depois gira seu corpo e recomeça a andar. — E que eu saiba, você não precisa de ninguém para te boicotar.

— Acertar o calcanhar de Aquiles das pessoas é mesmo uma valiosa habilidade emocional, vide os seus relacionamentos. Você se sente melhor quando critica as pessoas, Lívia?

— Puta que pariu, Gabriela! Para! E você? Você está se sentindo melhor agora que provocou uma briga?

— Eu? Eu provoquei? Ah, vá se foder! — Chuto o chão numa ação tomada de raiva e levanto alguns gravetos, que acertam as costas da Lívia. — Desculpa, foi sem querer — murmuro, colocando a cabeça no lugar. Não tem razão para eu estar tão nervosa e ainda descontar nela.

Ela olha para trás e me lança um olhar quase que assassino. Mas não responde nada e os ânimos se acalmam — pelo menos por ora.

— Mas como que perde um trem pendurado no pescoço, gente? — digo assim que Lívia dá meia-volta, quando já estávamos andando na direção contrária, alegando ter perdido o seu crachá.

— Olha só quem fala! Vive perdendo chave de casa, esquecendo senha de banco e travando a conta.

Mordo minha língua para não dar uma resposta daquelas a Lívia. Já tivemos um bate-boca terrível e é melhor não piorar a situação. Quero logo é sair desta porcaria de mata e esquecer esse lance de *spirit animal*.

— Esquece a porra desse crachá e vamos dar um jeito de voltar. A mata tá só fechando, não vamos achar a trilha de volta.

— Já me ferrei mesmo, vamos andando para não nos atrasarmos. Só falta eu ser penalizada pelo tempo, além do crachá.

Eu tomo a frente e faço o caminho de volta. Caminhamos cerca de cinco minutos caladas, até que Lívia rompe o silêncio.

— Não andamos isso tudo na ida. Acho que estamos no rumo errado.

— Ah, por acaso a senhora tem um Waze na cabeça? Porque meu Google Maps tá sem sinal aqui.

— Só não quero ficar perdida!

— Saco! Vou ficar em desvantagem de novo! A primeira vez por causa daquela lerda do meu grupo, a segunda por causa da merda do seu crachá — reclamo.

— E por sua causa também! Estamos andando em círculos. Já passamos por essas árvores.

— Mas são todas iguais! Pra tudo quanto é lado que eu olho, só tem verde, verde, verde! Como eles se localizavam em *Lost*?! — berro.

— Vamos parar e tentar entender onde estamos! — Ela me puxa pelo ombro, com força.

Eu me viro para Lívia e ficamos uma de frente para a outra, tentando descobrir qual lado dá para a saída da mata.

— A gente veio pela direita, né? Então a volta tem que ser pela esquerda — calcula Lívia.

— Mas nós paramos muito, não sei se fomos tanto à direita assim. — Coloco minha mão na cintura. — Tá, vamos tentar sua rota.

— Mas agora já não sei onde estamos. Que saco! — Ela fecha os olhos e puxa a respiração com força. — Onde o sol nasce? Me ajuda a achar o norte.

— Vai fazer a rosa dos ventos agora?

— Tem ideia melhor? — desafia ela.

— Devem ser quase três horas e o sol está mais para este lado. — Aponto, mostrando minha condescendência. — Então ali é onde se põe.

Ficamos feito bonecão de posto de gasolina, balançando os braços no meio do mato.

Será que uma vaga de emprego vale tanto assim? Achei que eu iria roliçar num bufê livre na hora do almoço, no entanto, estou morta de fome e de sede, com frio, sem rumo e ainda brigando com a minha melhor amiga!

Mas também não arredo o pé. Estou segura das minhas razões.

— Vamos tentar este lado. Quando fizemos os exercícios ao ar livre, o sol estava nesta direção, então a gente deve ter andado para a direita dele — insiste Lívia.

— Pelo amor da deusa, o que você disser eu vou acreditar, estou perdida!

Lívia vai na frente, e eu a sigo em silêncio. Permaneço calada por cerca de dez minutos, imagino, porque dez minutos caminhando sem dizer nada é muita coisa.

— Não é por aqui!

Ela continua se movimentando.

— Ei! Tá errado! Não andamos isso tudo e parece que não passamos por aqui!

Ela continua a me ignorar.

— Caralho, Lívia, para de ser fominha com trabalho. Temos que rever a rota, estamos só nos perdendo mais! Esquece a primeira prova e pronto!

— A porra dessa seleção é o que menos importa! — Lívia se vira com a cara já marcada pelas lágrimas. — Estamos perdidas! Literalmente perdidas!

— E fodidas — sentencio. — Só espero que sintam logo a nossa falta e venham nos procurar.

Jogo meu corpo sobre o chão, assumindo a derrota.

O claro céu da tarde perde força. Imagino que sejam quase seis horas e, como adentramos o inverno, o dia escurece mais cedo. O frio começa a se acentuar, e eu me movimento o máximo que posso para me manter aquecida, mesmo que isso piore minha sede e minha fome.

Estou apavorada. Tenho vontade de dividir meu medo de ter que passar a noite aqui. O que é um pequeno guaxinim diante do desconhecido? E se nunca nos acharem e tivermos que nos virar na mata?

— E se algum bicho aparecer? — Lívia assombra ainda mais meus pensamentos.

— Quer me deixar ainda mais nervosa? Acha que eu não estou pensando em como isso pode piorar?

— Acha que é a única nervosa? Preciso conversar!

— Então converse coisa que preste! Ai, meu Deus, mas por que você cismou com essa fonte e quis entrar na mata, hein?

— Você não tinha que ter vindo atrás!

— E você não tinha nem que ter vindo para cá! Já não tem um emprego? Já não tem estabilidade financeira e uma casa própria aos 25 anos?

— Ah, então é disso que se trata! Sua hostilidade gratuita comigo é sobre sua insatisfação com você mesma! Chegou até a chutar gravetos em mim! — Ela fecha o semblante. — Invejosa!

— Sua ridícula! Foi sem querer, e eu já me desculpei! O que mais tem aqui é pedaço de pau por onde andamos. Eu não seria baixa a esse ponto! Que coisa horrível você pensar isso de mim depois de todos esses anos sendo sua amiga! Falsa! Você é muito dissimulada e egoísta!

— Agora eu sou a falsa? Escondeu essa vaga desde o começo de mim! Sabe que eu sou qualificada e que a área editorial é a minha área! Eu que trabalho nisso, você sempre fez outras coisas. Não tinha nada que tentar ser editora!

— Não era você que estava falando que circula onde quiser? Digo o mesmo! Faço o que quero, e você goste ou não, sou tão capaz para essa vaga quanto você, afinal estamos na mesma etapa. Acha que não sei que se acha melhor? Eu percebo seu jeito! — Uma tosse contorce minha garganta. Sei que quanto mais eu falar, mais a irritarei. — Não quero gastar minha saliva com gente inútil como você! Não temos água, melhor ficarmos de boca calada.

— Melhor mesmo! Assim para de falar merda.

Imagino uns dez palavrões nível *hard*, mas me mantenho calada. Melhor pensar em sobrevivência do que em briga.

Lívia

Não sei por quanto tempo ficamos perdidas. Quando fomos privados de usar o celular ao longo do fim de semana, a norma se estendeu aos relógios também.

Vimos o tempo passar de claro para rosado e, finalmente, se fechar num azul-marinho opressor, que me deixou com muito medo. E se um bicho aparecesse? De lagartos a morcegos, eu não estava nem um pouco a fim de senti-los perto de mim.

Animal spirit dos infernos! Há momentos em que eu simplesmente abomino essas técnicas de Recursos Humanos. O que importa o tipo de animal que, segundo a tal Dolores, habita dentro de cada pessoa? Na prática a vida corporativa abre pouquíssimas brechas para as subjetividades humanas. Temos que dar resultado e justificar os salários que nos pagam.

Quando senti asas batendo perto da minha cabeça, mandei embora as reflexões e me concentrei em não ser atacada, evitando emitir um único som, sequer um *ai!* A briga com a Gabi havia me afetado profundamente. Nosso bate-boca não entrou no critério de uma discussão normal entre duas amigas. Foi feio, foi pesado, foi revelador. Jogamos muitas coisas na cara uma da outra, de um jeito difícil de contornar.

Passamos horas sem saber qual seria nosso destino naquela matinha, mas nem diante dessa realidade conseguimos desfazer o imbróglio. Seria o fim da nossa amizade?

Eu já estava dando como certo que iríamos dormir ao relento, quando flashes de lanternas e vozes chamando meu nome e o da Gabi indicaram que estávamos salvas.

Tudo aconteceu de modo muito rápido, e eu não saberia descrever o resgate com precisão. Fato é que conseguimos retornar à sede do hotel antes de a lua atingir seu ápice no firmamento. Ouvi Dolores lançar algumas indiretas, como se nos culpasse por termos nos perdido, mas no fim acabou ela mesma pedindo desculpas, o que achei mais justo de sua parte. Afinal, custava avisar que a mata, apesar de pequena, era traiçoeira?

Os olhares de esguelha e cochichos dos demais candidatos também me incomodaram. Quando voltamos, eles estavam reunidos no hall, como uma equipe de jurados de um concurso musical que adora ressaltar os defeitos dos aspirantes a cantor. Minha vontade era mandar todos e tudo à merda e ir embora.

Mas eu não podia queimar meu filme nem desperdiçar a oportunidade de finalmente me tornar editora da Espaçonave. Não era isso que eu sempre quis?

Um "será?" grande e em negrito se destacou na minha mente, o que resolvi ignorar para não pirar ainda mais.

— Vocês têm uma hora para se refazerem do susto, tomarem um banho, descansarem. Voltaremos a nos reunir na sala de conferências para a avaliação final do dia de hoje. — Como um robô programado no nível máximo de eficiência e no zero em empatia, Dolores deu o seu recado.

Cabisbaixas, Gabi e eu seguimos para nossos quartos, trocando olhares furtivos pelo corredor.

Assim que introduzi o cartão para abrir a porta do meu quarto, a voz de Gabriela — afiada feito navalha de barbeiro — me acertou pelas costas, selando de vez o nosso rompimento:

— Não fosse esse seu horrível hábito de se achar melhor do que os outros, não estaríamos ferradas. E quer saber? Alce é um bom animal para simbolizar você. Faz o frágil, inspira pena, mas é certeiro no coice.

Dito isso, ela girou nos calcanhares e sumiu de vista, não me dando a chance de retrucá-la. Mas adiantaria? Eu também não seria delicada na resposta.

Todo o episódio do "Perdidas na mata" foi repassado na minha cabeça enquanto eu tomava um banho escaldante. Fiz exatamente o que Dolores Malévola ordenou, finalizando todo o processo vestindo um conjunto esportivo de *plush* azul-celeste — a cor do meu time do coração. Não estou no clima de usar roupas formais.

Agora já cheguei à sala de conferências e me vejo diante de todos os outros cinco candidatos, inclusive da Gabi, que vem se saindo muito bem na missão de me ignorar. E eu estou na mesma. Ambas poderíamos até ter escrito o livro *A arte da guerra*, com um capítulo adicional: estratégias para minar uma amizade de vez e se sair vitorioso no jogo da pirraça.

Meus colegas de equipe estão mudos ao meu lado, apreensivos como o resto de nós. É certo que algo importante está para acontecer.

Dolores Devil toma o seu lugar no alto do tablado. Embora esteja fazendo bastante frio, ela usa um terninho primaveril — aposto que para manter a pose. Julian entrega a ela uma pasta amarela e se refugia no seu canto, como uma sombra. Para mim essa relação soa meio patética, tão clichê que é facilmente encontrada em histórias de pouca criatividade.

— Gostaria da atenção de todos — começa ela.

Gente, preciso superar esse sentimento de antipatia por Dolores que anda fincando suas garras dentro de mim. Tudo na mulher, até a voz, me irrita. *Suuuuurreal!*

— Tenho em mãos os relatórios das provas de hoje. Analisamos as equipes trabalhando em conjunto e cada membro individualmente. Mapeamos perfis, baseados em tudo o que vocês demonstraram enquanto grupo e como indivíduos únicos.

Ela toma fôlego e relanceia o olhar de mim para a Gabi.

— Avaliamos tudo *mesmo*, da escolha dos alimentos no almoço, passando pela habilidade, ou a falta dela, nos trabalhos coletivos, até a revelação do *animal spirit*.

Dolores não acrescenta verbalmente, mas é perceptível que o episódio na mata não passou despercebido pelos avaliadores. Sinto vergonha só de imaginar a exposição novamente.

Mas o fato acaba ignorado.

— Diante de tudo o que foi observado, esta noite sairemos daqui com apenas cinco concorrentes para a prova de amanhã.

Um *oh* em uníssono é emitido. Ninguém parece ter imaginado que haveria uma eliminação.

Olho para Gabi, doida para fazer uma piada neste momento de tensão. Se estivéssemos bem, brincaríamos com o fato, tipo: "O que é isso? *No Limite?*"

Porém nossa troca de olhares se resumiu a um instante frugal, que não revelou coisa alguma.

— Infelizmente um de vocês não apresentou todas as características necessárias para vir a se tornar um colaborador de tamanha responsabilidade. Ser editor na Espaçonave requer inúmeros pré-requisitos.

Não escuto direito a lista que Dolores recita. Estou muito agitada, trêmula, amedrontada. Se a eliminada for eu, ficarei muito desapontada, não por não conquistar o cargo, mas porque tive que deixar o processo antes dos outros cinco finalistas. Esse sentimento mesquinho faz de mim um ser humano horrível, não é?

— Por todos os motivos relacionados — opa, não ouvi essa parte também! — somos forçados a abrir mão da sua experiência, Giuliano.

Puxa vida, que situação! Precisa ser assim, tão reality show? Sinto um certo alívio por não ser eu, mas também não concordo com esse jeito de apresentar as coisas.

— Engraçado — diz Giuliano, gerando um ventinho do meu lado ao ficar de pé. — As duas que armam a maior confusão, e eu que não sou adequado.

Pronto. Minha empatia por ele acabou de sumir.

O domingo começa quente — falando metaforicamente, porque, se bobear, o frio piorou. Para alguém que rolou de um lado para o outro no colchão a noite inteira, intercalando insônia e sonhos agitados com Gabi, Dolores, Fred, Santiago e uma família de alces, a manhã não parece muito promissora.

Tomei o café quieta no meu canto, até porque hoje já não existem mais Equipe Sol e Equipe Lua. Estamos por nossa conta, esperando as orientações para a próxima — e última — tarefa desta etapa. O que será que vão nos aprontar agora?

Seja lá o que for, espero que seja rápido. Não vejo a hora de botar meus pés dentro do meu querido apartamento e reencontrar Santiago. Estou morrendo de saudade do meu vizinho — dos dois, aliás. E quanto a Eduardo, bem, até que seria uma boa marcar algo só para trocar uns beijinhos com ele.

— Todo mundo aqui tem idade suficiente para ter assistido na tevê àqueles programas de perguntas e respostas, do tipo Torta na Cara. — Dolores lança o palpite no ar, ganhando a atenção de nós cinco imediatamente. — É o que faremos hoje.

— Jura? — Gabi se manifesta, com ar de preocupação. — Vamos meter torta na cara dos concorrentes? Que... perigoso!

Concordo com ela. A coisa descambará para a violência, tenho certeza.

— O jogo é o mesmo, exceto pela torta. Faremos perguntas sobre o mundo literário de uma forma geral. Quem souber responder e for rápido o bastante para acionar o alarme primeiro sai na frente. Vence quem conseguir o maior número de pontos, somados a cada resposta certa. — Dolores Cruela faz uma pausa um tanto estratégica antes de continuar. — E não preciso nem dizer que aquele que acumular a menor pontuação será desclassificado.

Sinto a pressão perpassar meu corpo. Como se tudo já não estivesse sendo intenso demais. Mas admito que essa prova injetou uma nova dose de ânimo em mim. Responder sobre literatura será, no mínimo, muito interessante.

Dez minutos é o tempo que leva para a equipe organizadora preparar o balcão com as campainhas. Em seguida somos posicionados por ordem alfabética, eu bem no meio de todos, do ladinho da Gabi. Só faltamos rosnar uma para a outra.

Dolores se dirige a nós segurando fichas, igual aos apresentadores de programas de auditório.

— Muito bem. Comecemos com *O crime do padre Amaro*, de Eça de Queiroz.

Sinto meus pelos se arrepiarem. Eu amo esse escritor português! Acho que sei praticamente tudo sobre ele. Tenho que ser rápida! Tenho que ser rápida!

— Como ocorreu a formação religiosa de Amélia e em que sentido se pode dizer que isso ajuda a explicar sua paixão por Amaro?

Não bato, soco o botão da sirene. Infelizmente, não sou a única nem a mais veloz. Gabi ganha de mim, acionando a buzina e comemorando em seguida.

Ela responde conforme a história e conquista o primeiro ponto do jogo.

Na mesma hora fico emburrada. Eu sou aquela que se formou em Letras, que tem mestrado em Literatura, que trabalha na área editorial. Esse ponto tinha que ser meu, portanto.

Seu olhar vitorioso me causa enjoo. Então decido que a próxima é minha, de qualquer jeito.

— Em *Os miseráveis*, de Victor Hugo, em determinado ponto da história, o Sr. Madeleine toma conhecimento do caso de Fantine. Que caso é esse? E de que modo ele tenta ajudá-la?

Antes de ela pronunciar a última palavra, eu meto a mão no botão. Ufa! Consigo ser mais ágil e tenho a oportunidade de responder à questão.

— Ele...

— Olha só, Dolores, acho que a Lívia se antecipou — reclama Gabi, o que faz meus batimentos cardíacos assumirem um ritmo enlouquecedor. — Você nem tinha terminado de recitar a pergunta.

— Ei, tá maluca?! — reajo, sentindo a pele do meu rosto queimar. — Não cometi nenhuma irregularidade aqui. Tenha dó!

Gabriela solta uma risada jocosa.

— Claro que a sabe-tudo não admitiria o erro.

— Moças, acalmem-se! — interrompe Dolores, franzindo a testa em sinal de desaprovação. — Não devem se intrometer no andamento da prova. Gabriela, se houver qualquer irregularidade, nós interferiremos. Mas não é esse o caso agora. Prossiga, Lívia.

Ah, como é doce o sabor da vitória. Só não mostro a língua para a colega ao lado porque seria de uma infantilidade tremenda.

Dou minha resposta, considerada certa pela comissão. Então respiro feliz.

Dolores prossegue, depois de frisar a importância de mantermos o foco no jogo:

— Em que período literário a história *A moreninha*, de Joaquim Manoel de Macedo, se enquadra?

— Romantismo! — falo de supetão, mas não sou a única. Gabi responde junto comigo.

— Bati primeiro! — esbraveja ela.

— Que nada! Fui eu! — retruco.

— Vocês acionaram a sirene ao mesmo tempo. — Revirando os olhos, Dolores esclarece. — Terei de lançar uma questão de desempate, só para as duas. Mãos na cabeça.

Obedecemos. No momento, não tenho olhos para nada mais, então apenas suponho que os outros candidatos não devem estar felizes com nossa postura.

— Em *O diário de Anne Frank*, como a família Frank conseguia se manter viva e informada, mesmo morando no abrigo, sem poder sair para nada?

Gente, essa me escapou por pouco. Mais uma vez Gabriela fez uso de sua agilidade oriental e socou o botão, não antes de acertar o cotovelo no meu braço.

— Sua desastrada, não precisa agredir. É a segunda vez desde ontem!

— Não foi de propósito, maluca.

— Sei, que nem o graveto que voou involuntariamente até minhas costas.

— Lívia, você precisa ver essa sua questão de autoestima o mais rápido possível. Essa mania de achar que tudo só dá errado já encheu.

— Garota, me erra. Dá pra parar de me julgar? Se bem que é mais fácil apontar os defeitos dos outros pra desviar o foco de si, né?

Pééééénnnnn!

A buzina soa e dessa vez não sou eu nem a Gabi.

— Se vocês não se acalmarem imediatamente, serão desclassificadas agora mesmo. Entendo que a situação de ontem foi um tanto traumática, mas é preciso abstrair isso e seguir em frente. — Dolores é pura filosofia. — Ou querem abrir mão da oportunidade?

— Claro que não — digo.

— De jeito nenhum — assegura Gabi.

— Ótimo. E fiquem sabendo que nossa tolerância com essas discussões acaba de chegar ao fim.

Concordamos. Sinto-me como uma criança no jardim de infância.

No fim das contas, Pablo fica em primeiro lugar, e Diana, em último, selando seu destino.

Ainda estamos na parada, mas já não sei mais se ser editora da Espaçonave é assim tão importante para mim.

Ajeito minha bagagem e, tão logo me despeço de todos, recebo meu celular de volta. Aleluia! São inúmeras mensagens e ligações para retornar.

Sigo até meu carro, louca para sair desse Hotel Fazenda da Matinha dos infernos. Nunca mais quero voltar aqui.

Coloco a mala no banco de trás, e é nesse instante que vejo Gabi puxando a dela pelo caminho de paralelepípedos na maior dificuldade. Estamos estremecidas, mas temos um acordo.

— Ei, estou de saída. Você vem? — pergunto, engasgada.

— Não. Prefiro voltar de ônibus.

— Como quiser.

Dou de ombros, como se não me importasse com a decisão dela. Eu me ajeito dentro do carro e dou a partida. Porém nem chego a engatar a ré, pois Gabriela ainda tem algo a dizer:

— E devolve meus 25 reais pra gasolina. É com esse dinheiro que vou pagar a passagem. Como sabe, não ando com a carteira cheia de onças e peixes, como algumas pessoas aí.

Ah, gente, a que ponto chegamos! Já vivi situações parecidas com essa, lá no ensino médio, a propósito. Inacreditável!

— Aqui, ó! — Jogo o dinheiro pela janela, 30 reais na verdade, já que não tenho trocado. — E pode ficar com o resto.

E assim termina o fim de semana no bucólico hotel incrustado na natureza singela, bem como uma amizade de anos.

Estamos *literalmente* rompidas.

CAPÍTULO 11

Gabi

Alguma folha daquela mata ordinária deve ter me provocado uma reação alérgica. Não tem explicação para a coceira que me deixa ainda mais agitada no ônibus de volta a Beagá. Por sorte, somente algumas poltronas estão ocupadas e vou sem companhia ao lado.

Antes só que mal-acompanhada!

Não acredito no cinismo de Lívia ao me perguntar sobre a carona de volta depois de tudo o que aconteceu! Depois de todas as grosserias, das palavras jogadas na minha cara e de me acusar publicamente durante a seleção de tê-la acertado com o graveto? Quis posar de boa moça, mas revelou seu veneno quando disse para eu ficar com o troco! Malditos cincos reais que colocarei no correio para devolver, já que ela simplesmente arrancou o carro, mostrando que não desejava *mesmo* a minha companhia.

Um pensamento se liga ao outro e um filme se forma na minha mente. Uma decepção me acerta a alma quando concluo que Lívia deve ter se apoiado na relação que tinha comigo apenas para se sentir melhor. Talvez ela precisasse de alguém biruta das ideias e com pouca grana, como eu, para ser amiga.

Céus, como foi que chegamos até aqui? Como o pior de nós emergiu e como pudemos ser tão grosseiras? Em que página do livro a história mudou?

— Humpf! Que se dane, vida que segue! — desdenho, como se ela estivesse na minha frente. Engulo o bombom que ganhamos do

Hotel Fazenda, depois de termos passado fome naquela seleção horrorosa, e dou mais uma coçadinha no braço.

Mal um episódio termina e já mando o play no seguinte, um atrás do outro, sem perder tempo. É meu restinho de domingo e quero aproveitar o tempo com meu namorado.

— Já tô meio fatigado dessa série. — Léo boceja.

— Eu estou empolgadíssima. Faltam só quatro para terminarmos a temporada, vamos, gatinho!

— Então por que não desgruda do celular?

— Estou vendo umas coisas no perfil do blog... — Fico muda.

— Gabi, Gabi... — Léo passa a mão na minha cabeça. — Você está querendo ver se a Lívia postou alguma coisa, né? Por que não manda logo uma mensagem para ela?

— Bateu a cabeça? Ela que me pirraçou enquanto eu estava quieta na mata. Foi atrás de mim para me desequilibrar! Depois fez todas aquelas acusações medonhas e covardes.

— Criaram um ambiente de tensão para vocês. Estavam ansiosas, estressadas, depois sentiram fome, frio, medo... O que falaram uma à outra não deveria ter tanto peso. E pode ser uma boa oportunidade de se depurarem.

— Ser professor te sagrou terapeuta de grupo. Vamos lá. — Cruzo os braços.

— Tô falando sério. Tem anos que são amigas. Vocês vão deixar isso acabar por causa de um momento ruim? Talvez seja uma boa hora para pensarem nas inseguranças de vocês duas. Se tivessem sido claras desde o começo, essa vaga não seria problema. Mas, quando se tem um calo, qualquer esbarradinha causará dor.

Sabe como é difícil tratar um calo? Extraí-lo ou conviver com ele? Deve ser por isso que nos ocupamos tanto na vida: para evitar confrontarmos conosco mesmo. Veja só, um exerciciozinho de relaxamento e me descobri um guaxinim! Não quero ver essa minha faceta, muito menos mexer numa ferida viva para a qual rezo para que estanque logo.

— Eu mereço um bom emprego, como qualquer pessoa!
— Nunca foi sobre um cargo numa grande editora, Gabi. Sempre foi sobre você e sobre o que fazer no mundo.
— Bem! — Bato uma palma para mudar o clima. — Tenho uma defesa de dissertação daqui a dez dias e uma mostra importante para o fim do mês. Se tudo der certo, serei mestre e ainda posso levar um importante prêmio. Devo focar nisso, né? — Encosto meu corpo no dele — Vamos ver mais um episódio, por favor, e depois pedir algo para comer?
Um domingo como este merece terminar em pizza.

Listas, muitas listas feitas como desenho por mim com canetas das mais variadas cores e espessuras. De hoje, segunda-feira, em diante, sou a mulher mais organizada que conheço. Enumerei todas as minhas pendências em ordem de urgência e de importância, visto que há diferença entre as duas coisas, e organizei tudo de acordo com a pressa e com a melhor hora do dia. Por exemplo, percebi que sou uma pessoa que se agita depois de uma atividade física; logo, deixei minha caminhada intercalada de corrida para às oito da manhã. Minha apresentação estará pronta dias antes da defesa e cumprirei as leituras e visitas estratégicas a fim de ter uma ideia de gênio para a mostra. Preciso de um conceito que faça sentido com os dias atuais e, ao mesmo tempo, original. Tema livre costuma ser muito mais difícil do que tema já estabelecido. Por Deus! O mundo é vasto demais!

Tudo bem, tive que me esforçar como uma atleta para não enfeitar demais a lista e seguir logo para a prática. Tenho horário para estudar, fazer contatos de trabalho, meditar, ler e até de ficar à toa. Começo a criar a identidade visual dos meus slides, visto que não irei me pós-graduar em Arte com um fundo de Power Point padrão.

As coisas correm bem até o visor do celular chamar minha atenção. Meu plano era não responder antes do horário estipulado para checar as mídias, mas não resisti ao ver o nome que me chama.

> Oiii!

Essa bailarina ainda se lembra da irmã? Que saudade! Não aguento te ver apenas pelos stories!

> Eu também estou! E adivinha? Vou para BH na semana que vem. Posso ficar aí?

Claaaaro! Odiaria se minha irmã não ficasse! Você fica quanto tempo?

> Duas noites apenas. Chego no domingo e volto na terça. Minha folga é curta, vou aproveitar para ver uns amigos e você. Depois sigo para Poços para ver nossos velhos e já volto pra Sampa.

Tão rápido! Mas já é alguma coisa, né?

> Sim, é só uma folguinha antes dos ensaios da nova montagem. Ainda estamos definindo os papéis. Posso te passar os detalhes depois? Preciso voltar aqui...

Claro! Vai lá rodopiar.

Eu me despeço da minha irmã com um sorriso que mal cabe nos lábios. Ainda falta um tempo para ela vir e sua visita será rápida, mas ter a companhia de alguém depois do golpe deste fim de semana é providencial.

Empolgada, caminho um pouco pela sala e me deparo com o porta-retratos de gesso que fiz e pintei nas cores do primeiro layout do Literalmente Amigas. Fiz um para mim e outro idêntico para Lívia quando nosso blog completou os primeiros mil acessos, anos atrás. Na fotografia, Lívia e eu estamos com uns 18 anos, quando eu ainda usava aparelho fixo e ela nem sonhava com design de sobrancelha. Tal como um golpe que acerta inesperadamente o protagonista das tragédias gregas, uma maré de tristeza faz meus olhos arderem. Antes que meu coração ceda ao apelo das lágrimas que teimam em descer, logo tiro o porta-retratos da minha vista, colocando-o dentro da gaveta do móvel da sala. Não preciso disso agora!

Aperto meus olhos e vou à cozinha tomar uma água. Determino que irei voltar para o quarto que fiz de escritório e terminar a arte dos slides o mais breve possível. Depois vou arrumar minhas gavetas, tirar o lixo e remover o esmalte das unhas. Como recompensa, estarei liberada para assistir aos novos episódios de *Jane, the virgin* à noite. Como amo estar ocupada.

— Bom dia! Você é a Jussara?

A mocinha da recepção me pede um minuto e me chama dentro de uma sala. Então, surge uma moça tão loira quanto as suecas e com um batom forte nos lábios.

— Olá, sou a Gabriela, falei com você pelo telefone sobre o apartamento do edifício Liberté, perto da avenida João Pinheiro.

— Oi, eu estava te esperando. Conversei com meu coordenador sobre a possibilidade de deixar a chave com você, e só podemos liberar durante o horário comercial.

— Está perfeito! Como já moro no prédio, não preciso que um corretor vá até lá me mostrar tudo. Eu só tenho que estar pronta para uma eventual mudança caso a proprietária peça mesmo o apartamento. Se eu tiver alguma dúvida, eu ligo.

Faço a voz mais adulta que consigo enquanto converso com a corretora. Minha mão chega a tremer quando ela finalmente me entrega as chaves depois que prometi devolvê-la antes das seis horas de hoje. Saio da sala da imobiliária e procuro no Google o chaveiro mais próximo. Não é totalmente correto o que irei fazer, mas também não é tão errado quando juro por mim vivinha que, assim que eu desvendar o mistério, a jogarei fora. Não quero fuxicar a vida dos outros, vou apenas descobrir que raio de barulho é esse que assombra o apartamento que não está habitado. Assim que eu escutar o *tuc-tóin* de novo, subo lá correndo e dou o flagrante. Pensei em bater na porta e perguntar "quem é?", mas vai que uma família de ratos está morando no apartamento em cima do meu? O Mickey Mouse virá abrir a porta para mim? Até mesmo por uma questão sanitária, eu preciso ir a fundo nessa investigação. É pelo bem da vizinhança e para que haja mais assuntos nas reuniões de condomínios que eu adoro frequentar.

    Agora que meu plano parece andar, só me basta torcer para que o barulho recomece o mais breve possível.

Lívia

— Ah, minha dama das camélias, eu nem acredito que consegui completar esta ligação! — exclamo, de modo afetado, enquanto faço uma dancinha tosca para comemorar meu feito. — A humanidade corre o sério risco de viver uma catástrofe, porque, fala sério, Fred, falar com você é um verdadeiro milagre!

Ando de um lado para o outro na sala, com o celular enganchado entre o pescoço e o ombro. Ergonomicamente, estou cometendo uma heresia.

Faz um tempo que cheguei daquela abominável seleção. Tomei um banho demorado e vesti uma camisa velha, mas meu estado de espírito continua um desastre. Preciso conversar, desabafar com alguém que me ouça e me retruque — se for o caso.

— Lili, diva do meu coração, estou morrendo de saudade! Mas por aqui não anda sobrando tempo para questões mundanas. Embarquei não numa viagem, mas sim num grande projeto de vida — declara meu amigo. Consigo sentir o sorriso em sua voz. De repente sinto-me tão mesquinha. — Claro que agora, ao ver seu nome e seu rostinho lindo aparecerem na tela do meu celular, me deu até remorso por estar alheio a tudo o que tem acontecido aí com você.

— Não tem que sentir remorso algum, Fred. — Suspiro. — Você está em outra sintonia, passando sua vida a limpo. Não é mesmo o momento de se preocupar. Eu só liguei porque cada dia que passa sinto mais e mais a sua falta. Só isso — improviso, lutando contra as lágrimas teimosas que ameaçam escorrer.

— Ah, Lili! Falando assim eu me sinto ainda mais culpado. Tenho vivido uma experiência de autoconhecimento tão única que mal sobra energia para eu investir em qualquer coisa que não seja dormir quando chego aos albergues. Mas a viagem está chegando ao fim. Daqui a uma semana estarei de volta.

— Para a minha alegria — comemoro, não deixando meu estado de espírito depressivo transparecer. Quem sabe eu também não deva percorrer o Caminho de Santiago? Meu conhecimento sobre mim mesma não anda muito apurado.

— Tudo certo por aí? — quer saber ele.

— Sim, tudo. Quando você voltar eu te atualizo das novidades.

— Vou querer saber tim-tim por tim-tim, viu? Inclusive se o Santiago tem sido um bom vizinho.

— Ele é ótimo. — Permito-me sorrir ao pensar nele. — Faz uns dias que não nos vemos, mas assim que desligar aqui vou dar um jeito de resolver essa pendência.

— Lili, não posso falar mais agora, mas algo me diz que você não está muito bem. Por favor, se cuida, tá? Sei que é dada a entrar num estado melancólico de vez em quando, por pura insegurança. Não faça isso, promete? Você é tudo de bom.

Encerramos a chamada, e então eu posso liberar o nó preso em minha garganta. Choro, choro bastante, quase convulsivamente, por tantos motivos. Saudade, medo, arrependimento, dúvida, solidão...

De repente me vem à memória algo que aconteceu comigo na faculdade, ainda no primeiro semestre. Eu meio que paquerava um colega mais velho, já formado em Direito e fazendo o segundo curso superior. Ele nem era tão bonito, mas tinha seu charme. Um dia soube por um amigo em comum que o Rodrigo — era esse o nome dele — me achava muito bonita, mas novinha demais. "Ah, aos 25 anos a Lívia estará no ponto, será um mulherão. Aí sim valerá a pena investir."

Ao tomar conhecimento dessa declaração, queimei no golpe e nunca mais dei ideia para ele.

Hoje, justamente com 25 anos, talvez eu seja até menos segura do que aos 18. O Rodrigo de agora não concordaria com o daquele tempo se por acaso me encontrasse por aí.

> Oi, Lívia. Estou passando perto do seu prédio. Será que posso subir? Você desapareceu, moça.

Vejo a foto do Eduardo aparecer no topo dos meus contatos do WhatsApp enquanto trabalho numa resenha para o blog, que, sinceramente, nem sei se viverá por muito tempo mais. No entanto, por consideração aos nossos leitores, acredito que não podemos sumir da noite para o dia. Como ficaria a credibilidade do Literalmente Amigas caso o largássemos de lado?

Ai, sinceramente, não me empolgo com a possibilidade de encontrar o Eduardo. Ele é bem bonitão, charmoso, mas não despertou em mim a reação necessária para que eu chegue a sentir sua falta. Se fosse para ser, eu teria passado o fim de semana me lembrando do nosso beijo, o que não foi o caso. Beijaria de novo? Talvez. Estaria disposta a dar chance a um relacionamento? Em outros tempos, sim. Depois da última decepção, com o cretino do André, não sei se seria uma boa ideia. De mais a mais, acho que simplesmente não fui feita para isso. *Reconheça, Lívia!*

Como não pretendo fazer jogo com ninguém, respondo a mensagem de Eduardo. É melhor que ele suba. Assim posso esclarecer a situação de maneira madura.

Voo até meu guarda-roupa e arranco minha legging preta de lá. Recebê-lo só de camisa pode passar uma impressão errada.

— Ei! — Eduardo me saúda com entusiasmo e um beijinho no rosto quando abro a porta para ele. — Estava fugindo de mim?

Odeio ouvir essa pergunta. Mesmo que fosse o caso, quem responderia sim a ela? E a propósito, é a segunda vez que Eduardo diz isso.

— Passei os dois últimos dias incomunicável mesmo — respondo, sem revelar toda a verdade. Não tenho que me explicar.

O domingo vai ficando escuro, dando um lento adeus ao fim de semana.

— Foi para o meio do mato?

— Mais ou menos.

Eduardo abre um sorriso revelador, e eu me finjo de sonsa. Só Deus sabe o quanto não estou a fim de ficar com ele de novo. Vendo-o agora na minha frente tenho ainda mais certeza disso.

Sou um caso perdido, um tema a ser estudado.

— E então? Quer sair um pouco? Podemos ir ao cinema e depois jantar.

Respiro fundo. Preferiria não ter que lidar com essa situação. Levar um fora é doloroso — palavra de especialista —, mas dar também não é nada agradável.

Antes que eu tenha tempo de me justificar, a porta se abre num rompante e por ela entra um Santiago lindo e pleno, usando roupas que indicam que ele andou praticando algum tipo de esporte radical. Seu bom humor é visível, mas não dura muito, considerando a testa repentinamente franzida e o olhar desconfiado direcionado a Eduardo, que, por sua vez, devolve a expressão fechada.

Estou diante de dois homens diferentes em tudo, da aparência ao estilo de vida, ambos atraentes e com potencial para destruir corações. Tudo indica que um está a fim de mim. Já o outro, por quem realmente eu me interesso — digo, interessaria, se houvesse futuro —, é provável que só tenha olhos para o meu amigo que anda se descobrindo lá na Europa.

— Ué, urso panda, voltou da viagem e nem me dá um oi, né? — reclama Santiago, sem desviar a atenção de Eduardo. — E essa porta destrancada? Seu José está lá embaixo, mas nem sempre ele consegue evitar a entrada de estranhos no prédio.

Eu percebo a alfinetada, portanto tenho certeza de que o Eduardo também nota. Deus do céu, o que deu no meu vizinho? Nunca imaginei que fosse tão protetor.

— Eu ia bater no seu apartamento mais tarde. E a porta está aberta porque o Eduardo acabou de chegar. — Tento fazer com que o clima fique mais ameno, mas não obtenho muito sucesso, uma vez que os dois continuam se medindo como lutadores prestes a subir no ringue, mesmo depois que faço as apresentações.

— Então, Lívia, aceita sair para um passeio? — insiste Eduardo.

— Agora? Hoje é domingo, já está escurecendo. Aposto que está cansada da maratona do fim de semana. — Santiago entra na conversa sem ser chamado.

Eduardo solta um grunhido debochado.

— E você é a mãe dela por acaso? — ironiza.

Ai, homens sabem ser um saco quando querem.

— Não, não. Mãe é a última coisa que eu seria da Lívia.

Chega! É hora de eu dar um basta nessa discussão ridícula.

— Santiago, deixa de ser intrometido. E quanto a sair agora, Eduardo, eu realmente estou cansada e preciso me preparar para a semana pesada que terei pela frente. Portanto acho melhor deixarmos para um outro dia.

Ele não fica muito satisfeito, enquanto meu vizinho faz questão de exibir um de seus sorrisos mais sacanas que já vi.

— Tudo bem. Quem sabe um café na Favo de Mel amanhã cedo?

— É, quem sabe? — Sou evasiva de propósito. Não quero dar esperanças a alguém quando eu mesma não me sinto motivada a seguir em frente.

Nitidamente desapontado, Eduardo se despede — apenas de mim —, deixando-me sozinha com Santiago, a cara da vitória.

— O que foi isso aqui, hein? — questiono, enganchando as duas mãos na cintura em sinal de reprovação a ele.

— Você conhece bem aquele cara? — Sem pedir licença, ele vai até a cozinha e abre a geladeira, de onde retira a jarra de água. — Que sede!

— Santiago, a gente já saiu e rolou até um beijo. Não que eu saiba o currículo dele de cor, mas o Eduardo é do bem. Não estava aqui para me ameaçar.

Vou atrás dele e o encontro com a jarra na mão, suspensa no ar.

— Vocês se beijaram? Quando?

— Outro dia, uai. Não te contei porque você sumiu e depois fiquei incomunicável no hotel da Matinha. O que andou aprontando, por sinal? — Cutuco as costelas dele, mas só encontro músculos definidos e tal.

— Nada tão significativo quanto beijos em estranhos.

Cruzo os braços diante dele, estupefata.

— Vizinho querido, você está agindo como um irmão mais velho superprotetor. Para alguém tão desconstruído, essa atitude não combina muito com sua personalidade, né não?

— Isso não é um tipo de preconceito? — especula ele, franzindo a testa para mim.

— Meu em relação a você?! Ah, até parece! É uma constatação.

— Se fui intrometido, como você me acusou, é porque não li nada na cara daquele Eduardo. Ele me pareceu um folgado.

Balanço a cabeça de um lado para o outro, reprovando esse súbito comportamento de Santiago. Por mais que eu prefira resolver meus problemas sozinha, não me importaria de ter um homem como ele com um pouquinho de ciúmes de mim, se fosse esse o caso. Mas não é, por todas as razões já ditas e repassadas.

— Urso panda, venha cá. — Santiago me chama, seu sotaque baiano ressaltado na frase. — Vamos deixar essa discussão boba pra lá. Quero saber como foi lá no hotel. Deu tudo certo? Já é a nova editora na Espaçonave?

Os olhos mais azuis que já vi me encaram com altas expectativas. Eu retribuo o olhar, que deve ter revelado uma parcela da verdade, pois não demora muito e sou capturada num abraço aconchegante, mais consolador que palavras bem empregadas ou promessas de tempos melhores.

CAPÍTULO 12

Gabi

Estou de pé às seis da manhã, embora eu tenha que estar na universidade apenas às dez. Mal preguei o olho e, ok, assumo que minha movimentação gastrointestinal atesta que estou nervosa. Pelo menos vou sair do banheiro um quilinho mais leve, espero. Já ensaiei a apresentação e salvei os slides em dois pen drives, além de enviar uma cópia de segurança para meu e-mail. Não há mais nada que eu possa fazer a não ser me acalmar e esperar a hora de ir à UFMG.

Léo me tranquilizou o máximo que pôde na noite passada, me fazendo crer que eu estou pronta, assim como Berná, minha orientadora, que ainda fez o favor de convidar vários de seus alunos para a defesa por meio do perfil no Facebook.

A pressão cresce proporcionalmente ao aumento do valor da aposta. Imagine vacilar na frente de uma plateia? Meus pais não virão por não terem conseguido folga no trabalho, mas acho perfeito não contar com a exigência de pai e de mãe neste momento. Em contrapartida, confirmaram a vinda a Beagá para a Mostra Artistas Livres, que será num fim de semana, daqui uns dias. Minha barriga se contorce novamente como se estivesse ao som de uma música muito louca quando eu me lembro disso. Não tive uma boa ideia sequer para a exposição, mas jurei a mim mesma que só vou me estressar com isso a partir da tarde de hoje, depois que passar a apresentação.

Já que estou acordada e meu nível de ansiedade não me permitirá dormir, sento na minha cama para fazer uns exercícios de respiração. Aos poucos, consigo manter minha mente serena e deixo um sentimento gostoso de dever cumprido tomar conta de mim. Mais uma etapa de vida vai se fechar! Misteriosamente, não sinto medo do amanhã; lá no fundo, mas lá no fundo mesmo, há só uma dorzinha latejando: uma ausência que será *literalmente* sentida. Depois do assombroso fim de semana no Hotel Fazenda da Matinha dos infernos, não falei mais com a Lívia. Continuamos a manter o blog de forma independente, sem que eu gere as imagens para as postagens ou que ela revise o texto. Não compartilhamos impressões sobre as leituras, não falamos nada sobre os comentários que recebemos nem consultamos uma a outra sobre qualquer atividade.

Sacudo minha cabeça como quem quer se livrar de ideias nada bem-vindas neste dia. Tenho algo a concluir daqui a algumas horas e estou determinada a me sair bem.

Currículo Lattes atualizado com sucesso! Gabriela Uematsu é jornalista, designer e mestre em Artes. Contrate-me para seu projeto editorial, gráfico e visual, é o que eu poderia dizer no meu currículo, contudo controlo meus instintos capitalistas de sobrevivência e me atenho ao fato de já ter duas graduações — feitas quase que simultaneamente — e um mestrado. Cara, não sou uma artista inútil ou sonhadora, já conquistei várias coisas! Aliás, preciso logo me livrar dessa crença preconceituosa sobre mim mesma: artistas emocionam as pessoas, rompem velhos padrões, chocam para provocar mudança de pensamento, questionam a sociedade. Como diria Ferreira Gullar, "a arte existe porque a vida não basta". Estar entregue aos sentimentos comuns à vida humana ultrapassa qualquer lógica. Aqui, a arte se faz necessária: por meio dela exorcizamos os piores sentimentos, sublimamos desejos impossíveis, acessamos sonhos e recobramos forças para seguir com a dureza do cotidiano. Artista não é um ser utópico como rotulam.

Escritores, músicos, escultores, pintores e todo profissional da arte são vitais. Não acredito que precisei fazer duas graduações e concluir um mestrado para perceber isso e que sou uma artista que merece ser levada a sério.

Para evidenciar o quão relevante é o que produzo, preciso arrasar na mostra. Já que topei participar, preciso dar meu melhor e confirmar ao meio artístico e principalmente a mim mesma que consigo viver de arte, ainda mais agora que não terei mais a vida de mestranda como muleta, como fiz por algum tempo até ser sabiamente interceptada pela minha orientadora.

Sentirei saudade dos estudos e dos colegas da universidade, mas mal tenho tempo de sentir falta da minha antiga rotina, visto que minha irmã Sofia está para chegar e ainda não consegui elaborar nada para a exposição. Tudo o que tenho é uma lista com vários temas cortados e caixas de materiais na minha garagem. Já cogitei retratar o universo de *Sagarana*, de Guimarães Rosa, numa pegada sertão, ou lançar mão das poesias de Adélia Prado, talvez com sua célebre frase: "Não quero a faca, nem o queijo. Eu quero a fome." Pensei ainda em seguir uma linha popular e de luta, dado o meu envolvimento com o futebol, e retratar a democratização do espaço aos gays, às mulheres e aos pobres — uma vez que a gourmertização já alcançou as arquibancadas.

Também quis entrar num tema totalmente combativo, como a violência contra a mulher, mas, ao mesmo tempo, adoraria expor referências gueixas ou outros elementos da cultura oriental. Estou tão confusa quanto a Alice depois que seguiu o coelho e caiu no país das maravilhas.

— Relaxa, Gabi, deixa fluir sua energia criativa. Não tencione — repito, enquanto folheio um livro de ufologia matutando a intenção de partir para um lado cósmico, extraterreno. — A chave! — berro.

Finalmente, uma chave! O fecho que me colocará em outro ambiente e, talvez, me dê alguma inspiração. Levanto-me e vou até o armário onde pego a chave que quase me torna uma criminosa — e por isso tudo fica ainda mais excitante!

Aproximo-me da porta e noto o clima silencioso do prédio. Sorrateiramente, saio de casa e subo as escadas na ponta dos pés e chego ao andar de cima. Meu coração se agita quando introduzo a chave na fechadura e... abro a porta do segredo que corroeu minha curiosidade nas últimas semanas. Pena ter estado tão envolvida com minha versão *workaholic* para não ter vindo aqui antes.

Como ainda está claro, a luz do dia invade as janelas sem cortina e vejo um apartamento razoavelmente limpo para um lugar desabitado há uns três meses. Vou até os quartos e encontro uma pilha pequena largada no canto.

— Algum desavisado usou uma lanterna e largou uma pilha aqui! — digo, me sentindo a versão feminina e asiática de Sherlock Holmes.

Será que a imobiliária sabe disso? Seria meu dever avisá-los? Passei os últimos dias tão absorta nos estudos e fora de casa que não observei se o apartamento recebeu alguma visita. Não é possível que os corretores não tenham reparado nisso! Talvez eles mesmos ou os antigos moradores tenham esquecido isso aqui. Pode ser que eu esteja criando história onde não tem.

Saio do quarto e passo pelo banheiro social.

— Hum... Papel higiênico novo em cima da pia e cheiro de desinfetante... Alguém realmente esteve por aqui e não foi para conhecer o apartamento. Meu faro para babados não falha!

Agora só tenho que dar sorte de ouvir o *tuc-tóin* de novo para desvendar isso!

Duas semanas se passaram desde a trágica etapa da seleção e nada. Nenhum sinal da Lívia, a não ser as poucas postagens nas redes sociais e as resenhas que ela publicou, mantendo a regularidade no blog. Honestamente, eu esperava um comentário na foto da defesa da minha dissertação, mas nem like eu recebi. Evito pensar no quanto isso destroçou minhas esperanças de que as coisas se acertassem entre nós. Eu peguei um pouco pesado nas palavras, reconheço, concordando com o Léo sobre a situação de estresse por que passamos. Claro, isso somado a um assunto que evitamos colocar às claras e uma autoestima ligeiramente esburacada como a minha.

Passei muito tempo não acreditando em mim e enxergando tudo como uma ameaça. Hoje compreendo minha antiga situação com mais facilidade, e isso não se deve ao fato de eu ter mais um título — o que me mostra que aprovação social não muda quase nada internamente. Tento ser prática e racional, mas meu coração me diz que ter me conectado com meu espírito animal me deixou com mais poder, embora eu não faça ideia do que um guaxinim é capaz. É como se, depois daquilo, uma energia fosse liberada, ainda mais durante o contato com a mata. Pena que não tive maturidade para extravasar tanta raiva e fui idiota com a Lívia. Mas a danada também não deixou barato e me chateou bastante. Quando penso nos desaforos que ela me disse e na acusação leviana de tê-la agredido com os gravetos diante da Dolores e de todo grupo, meu sangue ferve a ponto de eu quase me transformar no Heathcliff, personagem amargo de *O morro dos ventos uivantes*. Temendo ficar tão vingativa quanto ele no livro da Emily Brontë, busco histórias com finais felizes na minha mente.

Não posso acreditar que oito anos de amizade sacramentada por livros irá acabar assim. E sabe o que é mais irônico? Não sei se me importo mais com esse emprego, o que de certa forma me alivia a falta de contato da editora. Desde o e-mail de agradecimento pela participação, a Espaçonave não deu mais nenhum sinal de vida. Só espero que não cancelem a parceria com o blog, já que sou leitora do selo. Aliás, qual será o futuro do blog agora que as administradoras não têm mais se falado?

Por sorte, não entro no buraco para o qual sou atraída porque o Léo avisa que chegou. Depois de ter passado o sábado todo arrumando a casa para receber minha irmã, vou dar uma volta com ele. Nosso plano é detonar um hamburgão no lugar onde mais amo comer e depois ir ao show da banda dos amigos dele, num pub bem legal. Entrou um baixista novo que, pelo o que fucei na página, é bem gatinho e seria ideal para apresentar a... Humpf, deixa pra lá! Não posso mais fazer planos para os outros, ainda mais quando os outros não querem mais estar na minha vida.

Desço a escadaria do prédio fazendo barulho com o salto da minha bota *over the knee* que uso sobre uma calça preta que imita couro, porém mais fina, com uma blusa de lurex rosa-claro estilo moletom. O inverno já começou e, como anunciou o outono, o frio veio com tudo. Por isso, levo um casaco preto caso os abraços do meu namorado não sejam suficientes para me esquentar nesta baixa temperatura. É melhor ele me abraçar bem, porque hoje eu estou virada no guaxinim.

Léo e eu acordamos quase na hora do almoço, perto do horário que Sofia avisou que chegaria ao local de desembarque do ônibus, que faz a conexão entre o aeroporto de Confins e o centro de Beagá. Tomo um banho rápido e começo a preparar o almoço com a ajuda do meu namorado.

— Tem tanto tempo que minha irmã não vem para ficar aqui e, quando ela finalmente vem, não consigo acordar cedo para fazer um almoço decente. Que droga de irmã mais velha eu devo ser! Vai atrasar nossa ida ao jogo.

— Vamos mudar os planos, Gabi. Trazemos a Sofia para cá, deixamos as coisas, vamos direto pro campo e comemos por lá. Ela está há tanto tempo fora da cidade que vai adorar comer um tropeiro.

— Ah, verdade, né? Só aqui temos o hábito de mandar ver no tropeirão quando vamos ao estádio. A gente come naquele bar onde o tropeiro vem mais completo e depois seguimos para o ponto de encontro da Grupa.

— Bem melhor do que a gente cozinhar e ir desesperado pra lá. A senhorita também se jogou ontem. Não arredou o pé antes das cinco da manhã.

— *I wanna rock and roll all night and party every day* — respondo cantando o famoso refrão da banda Kiss. — Meu pique adolescente às vezes me pega! — Eu dou uma reboladinha e o abraço. — Sei que estive atipicamente ativa nos últimos dias e estou devendo momentos mais... íntimos. Mas juro compensar depois que a Sofia for embora...

Subitamente, meu namorado me abraça por trás e mordisca minha orelha direita, me deixando arrepiada em cada centímetro do meu corpo. Sinto minha pulsação acelerar quando ele roça sua barba em meu rosto e percebo suas mãos passeando pelas minhas costas.

— Quando você fala momentos íntimos, você pensa no quê?

— Uai! O mesmo que você, acredito, pelo agarrão que me deu. Não?

— Huuum. A gente ainda não celebrou seu mais novo título. O fim de semestre me traz centenas de provas para corrigir de alunos implorando por pontos. Acho ótimo que estejamos querendo a mesma coisa. Mas também senti falta de outros níveis de intimidade nesses últimos dias aí.

Ele gira meu corpo, e fico diante dele.

— Não quero cortar seu clima, sua irmã está chegando, tem a pilha do jogo contra o rival. Mas quero que saiba que quando estiver pronta para conversar, estarei à disposição. Literalmente pronto.

— Então já sabemos do que se trata sua abordagem. Eu realmente preciso elaborar melhor isso e agradeço por não ter mencionado o assunto enquanto concluía meu mestrado e por me respeitar agora. — Eu levanto os meus pés e dou um beijo na pontinha de seu nariz. — Mas hoje é dia de clássico, bebê! Pra cima deles, Galo!

Tal como o desarme do melhor zagueiro do meu time, encerro a jogada chutando a bola para fora.

Lívia

Estou sentada diante do meu notebook, sentindo o perfumado aroma do café que Angélica acabou de me servir, usufruindo do espaço — e do wi-fi — da Confeitaria Favo de Mel, em um horário alternativo para não correr o risco de esbarrar com o Eduardo, quando, navegando pelo Facebook, me deparo com uma frase de efeito bem propícia ao momento que tenho vivido:

Há momentos em que você precisa escolher entre virar a página ou fechar o livro.

Os créditos do texto são do site "Frases do bem" e minha vontade é entrar em contato com os administradores para perguntar se eles se inspiraram em mim ao escreverem essa. Eu todinha sou um monte de livros abertos em páginas aleatórias.

Página 23: Desde a fatídica etapa do processo de seleção no hotel fazenda, a Gabi e eu não nos falamos, nem mesmo para resolver pendências do blog, que vem se atualizando quase que por osmose.

Página 45: Tenho evitado o Eduardo descaradamente. Fui franca ao deixar claro, ainda que com jeitinho para não magoá-lo, que não estou preparada para um relacionamento com ele. Não agora, pelo menos. Mas o infeliz parece não ter escutado direito e deu para me cravejar de mensagens. Está dando pinta de cachorro abandonado, o que me irrita profundamente.

Página 68: A Espaçonave não dá mais notícias. A última foi um e-mail em agradecimento pela participação na etapa *off road*. Não sei o que pensar nem como me sinto, mas que é estranho, é.

Página 92: Faz uma eternidade que não vou a Juiz de Fora visitar minha família. Além da saudade, existe a dor na consciência. Sou ou não sou uma péssima filha?

Página 100: Acho que estou apaixonada DE VERDADE por meu vizinho gay.

Deito minha cabeça sobre o teclado e solto um grunhido estranho. Parece que meu livro precisa ser lacrado a vácuo e jogado no fundo do oceano. Virar a página não será suficiente, porque em cada uma há uma história mais complicada que a outra.

Fico me questionando se não chegou a hora de eu começar a estruturar um enredo novo para mim, com capítulos totalmente reformulados. Quando eu entrei na faculdade de Letras, um dos meus maiores sonhos era trabalhar com edição de livros. Desde então, às vezes penso que me sentiria mais realizada se, em vez de trabalhar numa editora, fizesse algo por mim mesma, dentro da área literária, claro, como agenciar escritores desconhecidos, perdidos no mercado por falta de oportunidade, mas com potencial para crescerem. Só que acabo esbarrando no medo de arriscar, de jogar para o alto uma carreira que venho construindo tijolo por tijolo, ou melhor, cena a cena.

— Você está se sentindo bem, Lívia? — Levo um tremendo susto ao ouvir a voz de Angélica, que me tira desse torpor autoanalítico.

— Sim, tudo tranquilo aqui — falo, sentindo meu rosto arder.

— Só um pouco cansada.

— Posso fazer um chazinho especial. Você vai recuperar suas forças no terceiro gole. Quer?

— Por favor — respondo positivamente para ser educada, porque não estou com a menor vontade de tomar chá.

Assim que ela se afasta, volto a navegar pelo Facebook, e qual não é minha surpresa quando leio, no meu feed de notícias, a nova publicação da Gabi:

Currículo Lattes atualizado com sucesso! Enfim, mestre!

Ah, então ela defendeu a dissertação! Finalmente! Primeiro sinto um orgulho danado da Gabriela. Depois me bate uma tremenda vontade de ligar para ela e parabenizá-la pela conquista. Daí eu lembro que não estamos nos falando e a mesma sensação de desamparo com a qual tenho convivido ultimamente me atinge em cheio, minando minha empolgação.

Reconheço que parte da culpa por termos nos afastado é minha. Falei tanta coisa desnecessária, algumas verdadeiras, outras só por falar mesmo. Em contrapartida ouvi muito também e não consegui até hoje abstrair a mágoa. Tantos anos de amizade para terminar assim...

De qualquer forma, estou feliz pela Gabi. Esse mestrado estava passando da hora de se tornar realidade, e tenho certeza de que agora ela se sentirá mais segura para ir em frente, mais confiante em seu potencial.

— Chazinho fumegante no capricho para motivar a Lili! — cantarola Angélica, cujo sorriso já apazigua um pouco meu estado melancólico. — Este aqui é de mostarda, erva-doce e canela, tudo junto, excelente para ter mais energia e encarar as atividades diárias.

Eu me derreto diante dela. Em quantas ocasiões não temos olhos para valorizar os presentes singelos que a vida nos dá constantemente? Essa moça na minha frente é um deles, sem dúvida alguma.

— Angélica, eu já disse o quanto você é fofa e especial? — mando os elogios sem preâmbulos. Existem coisas que não devem ser deixadas para depois.

Ela fica vermelha, da cor das cerejas que enfeitam um lindo bolo na vitrine da confeitaria.

— Você que é um doce, Lívia, nossa cliente mais especial.
— Awn... Me dá um abraço?

Termino minha noite assim, recebendo carinho na forma de chá, bolinho e abraço.

Lili, minha flor-do-campo, estou no aeroporto de Madri, prestes a embarcar de volta para o Brasil. Finalmente amanhã já pisarei em solo brasileiro. Adorei a viagem de autoconhecimento, mas é hora de colocar esse meu novo eu recém-descoberto para lidar com a realidade, né? Antes vou dar uma passadinha em casa. Papai e mamãe estão loucos pra me ver. Daqui a quatro dias, impreterivelmente, eu bato na sua porta, tá? Aguenta esperar só mais um pouquinho? Porque sei que está morrendo de saudade de mim. Beijo, querida. Também estou louco pra ver você.

Coloco o áudio do Fred para ser reproduzido uma dúzia de vezes. Escutar a voz do meu amigo é um alento nesses dias difíceis.

Será que o Santiago está por dentro do cronograma dele? Como quero checar essa informação com meu vizinho crush gato e também convidá-lo para assistir ao clássico Cruzeiro e Atlético num bar de cruzeirenses perto do prédio, sigo até o apartamento ao lado, devidamente vestida.

— Rapaz, essa é mais uma versão da Lívia que eu ainda não conhecia! — Santiago me olha de cima até embaixo, demorando os olhos sobre a camisa oficial do meu time do coração. — Se bem que essa blusa aí não é do futebol, é?

Dou uma voltinha, com o intuito de fazer charme e aliviar as batidas desenfreadas do meu coração, que não se controla diante do pedaço de mau caminho apoiado displicentemente no batente da porta. A posição, aliás, puxou a blusa dele, de modo que parte de seu abdômen fica à mostra, para meu deleite — e provação.

— Na verdade, é do vôlei. Eu sou uma torcedora fiel do Sada Cruzeiro, dessas de frequentar ginásios, tocar corneta e pedir autógrafos para os gigantes. — Santiago ergue uma das sobrancelhas, dando um incentivo subliminar para eu dar continuidade à explicação. — Acontece que também acompanho o time de futebol, não tanto como o de vôlei, mas não tenho a camisa. Então...

— Serve essa — completa ele.

— Serve esta — confirmo, subitamente atacada por uma dúvida.

— Já sei que você adora esportes radicais. Gosta de futebol também?

— É claro! Sou torcedor do Bahia.

Ele cantarola o hino do clube, enquanto me puxa para dentro do apartamento. Só de sentir os dedos de Santiago na minha pele fico toda arrepiada.

— Então topa ver o clássico comigo naquele bar da esquina? Lá é meio que um reduto de cruzeirenses.

— Não sou cruzeirense, urso panda.

— Aff, então tá!

Giro nos calcanhares, fumegando de raiva. Mas antes que eu tenha tempo de dar um único passo, a mão grande e forte de Santiago agarra minha cintura, mantendo-me no lugar.

— Nervosinha, eu não disse que não ia. Só estava irritando você, coisa muito fácil de fazer, a propósito.

Sem querer, armo uma careta. Não sou uma pessoa tão irritável assim.

— Ei, é brincadeira. Claro que vou com você. Tenho certeza de que será uma experiência única. Quero ouvir muitos palavrões, viu?

Caio na gargalhada. Junto com o riso solto, o peso dos meus problemas alivia um pouco.

— Bom te ver sorrindo assim. — Santiago toma meu rosto entre as mãos e massageia os cantos da minha boca. Tenho a sensação de que sou o Olaf diante da lareira, porque começo a derreter. — Está melhor? Falou com a Gabi?

— Santi, não estou em condições de conversar sobre isso agora. Toda vez que penso nela e em tudo o que ocorreu entre a gente, parece que a minha garganta dá um nó. — Gostaria de acrescentar que os dedos dele massageando meu rosto contribuem para que esse nó aumente de tamanho.

— Tudo bem. Não quero aborrecer você. Mas promete que outra hora vai pensar no que eu te disse outro dia?

— Penso nisso o tempo todo, Santiago, mas é difícil voltar atrás. Jogamos tantas coisas em cima uma da outra.

— O que não impede as duas de usarem o episódio a favor da amizade de vocês. — Ele solta meu rosto e bate palmas. — Ok! Chega disso por hora. O clássico mineiro espera por nós, não é?

O bar está lotado, como de costume. Aceno para as pessoas que reconheço, a maioria um tipo de torcedor como eu, que adora o time, mas não é muito de frequentar os estádios, prefere mesmo acompanhar as partidas diante da imensa tevê, enquanto toma um chope gelado e belisca um tira-gosto.

Santiago e eu achamos uma mesa no canto, mas preferimos puxar as cadeiras e nos ajeitarmos no meio da galera.

— Chope? — pergunta ele, e eu aceito.

Ao mesmo tempo que meu vizinho faz os pedidos ao garçom, aproximo minha boca de seu ouvido — caso contrário, não serei escutada devido à barulheira do lugar — e indago:

— Já sabe que o Fred está voltando?

— Sim, ele me mandou uma mensagem mais cedo. Mas antes vai passar uns dias na casa dos pais, né?

Balanço a cabeça concordando, um pouco enciumada.

— O jogo vai começar, urso panda. Tá nervosa?

— Ai, bastante. O resultado é imprevisível. Os dois times andam oscilando muito no campeonato. — Esfrego as mãos, tamanho meu nervosismo.

Toda vez que estou prestes a assistir a um clássico mineiro, começo a bater os dentes, como se sentisse um frio implacável sem estar de casaco.

De repente, meus ombros são encobertos pelo braço de Santiago, que nota meu desconforto e dá um jeito de tentar amenizá-lo. Ai, que vontade de chorar! Acho que seria muito melhor se ele fosse um ogro. Porque tanta gentileza só me faz querê-lo para mim cada dia mais.

— Fique calma, pandinha. Tenho assistido a alguns jogos, e o Cruzeiro não está tão mal assim. E se o time perder, bola pra frente!

Esboço um sorriso pouco confiante e grudo o olhar na televisão. Os jogadores estão perfilados. Fixo meus olhos em cada um, enviando a eles, por força do pensamento, minha exigência: "Vocês têm que ganhar!"

Não é fácil manter a compostura. Lá pelas tantas, já botei para fora todo arsenal de palavras feias que certamente minha mãe não me ensinou. Em compensação, perdi a conta de quantas canecas de chope mandei para dentro. Santiago só fica rindo, mas de vez em quando solta um alerta:

— Vai com calma, Lívia. Senão daqui a pouco está chamando urubu de meu louro.

— Com esse time jogando desse jeito é difícil ficar calma. Olha o passe daquele filhote de cruz-credo! E precisa dar chutão, Fábio?! Argh!!

A cada minuto o jogo fica mais tenso, porque o gol não sai, nem para um lado, muito menos para o outro. Pelo menos o mando de campo é do Atlético e, se acabar em empate, a desvantagem maior é do adversário.

Por um instante eu penso na Gabi. Sei que ela deve estar no estádio junto com a galera da Grupa, ficando rouca de tanto gritar pelo time dela. Se estivéssemos de boa, já teríamos trocado áudios e mensagens nos provocando, bem ao estilo torcedoras fanáticas.

Mas não... É cada uma por si dessa vez.

Aos quarenta minutos do segundo tempo, entrego os pontos. Não vai haver vencedor nessa partida.

— Vambora, Santi. O trem não vai mesmo sair do lugar.

Tropeço ao ficar de pé. Por sorte, Santiago me ampara. Ele entrelaça seus dedos nos meus e me orienta até transpormos o mar de gente que entope o bar. Antes pagamos nossa conta, até que finalmente ganhamos a calçada e somos atingidos por um ar menos rarefeito.

Fazemos tudo isso sem que ele se solte de mim. Interpreto essa atitude como sinal de que devo estar muito tonta. Santiago só quer me manter segura, como um bom amigo.

— Ai, Santi... — Suspiro longa e pesadamente. Já estamos no elevador, rumo aos nossos apartamentos. — Amanhã eu vou me arrepender amargamente, mas hoje estou solta demais.

Ele me olha de um jeito diferente. Se eu não estivesse de pileque, afirmaria que Santiago chega até a ofegar.

— Se arrepender de quê, pandinha? — Sua voz sai num sussurro, enquanto pisamos no corredor do nosso andar.

— Eu não queria que você fosse gay. — Abro meu bocão e verbalizo o que sinto desde sempre. — Não que eu tenha algum tipo de preconceito. Não é isso. Deus meu livre! Pessoas são pessoas e o que importa nelas para mim é o caráter. Mas você não. O único homem com quem consigo ser eu mesma, além do Fred, claro, mas por ele eu não tenho os mesmos sentimentos que tenho por você.

Falo sem parar, andando um pouco na frente de Santiago, até estar diante da porta do meu apartamento. Então me viro para ele e concluo:

— Por favor, apague o que vou dizer e dê um desconto, porque estou meio bêbada. Mas eu sou louca por você, e é uma loucura mesmo, porque você é gay e não gosta de mim assim... como eu gosto de...

A frase morre antes de acabar, porque sou obrigada a engolir as palavras. Surpreendentemente a boca de Santiago cola na minha e seu corpo, ah, meu Deus, seu belo e rígido corpo pressiona o meu contra a porta, enquanto sou beijada como jamais fui algum dia.

É uma cena de livro, de um romance de tirar o fôlego. Numa reviravolta — inesperada? —, o mocinho se revela a fim da mocinha e mostra a ela, com tudo o que ele tem, tu-di-nho, o que é um beijo de verdade.

Espera aí! Mas esse mocinho não era gay?

CAPÍTULO 13

Gabi

Chocha, capenga, manca, anêmica, frágil e inconsistente. Se os advogados de um presidente não eleito mencionaram tais palavras na defesa de um escândalo nacional, também eu, no exercício de minha cidadania futebolística, posso aplicar tais verbetes à partida que finalizou num empate sem gols. Meu time é repleto de jogadores famosos que não fizeram nada demais em campo.

— Golpistas!

Mas, tudo bem, no futebol é assim: entramos em campo, suportamos noventa minutos de pressão e ainda temos que lidar com um resultado que pode desagradar. O que é importa é que sempre virão novas partidas.

— Bombom, acho que vou com os caras num cover do Led Zeppelin. — Léo corta meus pensamentos que voam longe como os escanteios mal batidos nesta tarde.

— Ah, vai, sim, bombom! Eu vou ficar aqui com as meninas, o papo está bom. Depois a gente detona um cachorro-quente e vou pra casa com a Sofia. Vai ser bom ter um tempo a sós com minha irmã.

— Qualquer coisa me liga. — Ele chega a boca perto do meu ouvido e fala baixinho. — Mas acho melhor não ligar porque o bichão — apelido pelo qual um cara da turma atende — anunciou que vai morar com a namorada e combinamos uma despedida de solteiro depois do jogo. Acho que vou até deixar o carro em casa...

— Tudo é desculpa para vocês encherem a cara, né? — Eu rio.
— Para ir morar junto precisa fazer despedida de solteiro?

— Não posso responder por ele, mas eu não moraria com uma mulher que eu não amasse e com quem quisesse *mesmo* dividir minha vida.

— É, tem razão. Papel e cerimônia fazem sentido para alguns, não para outros.

— Papel faz sentido pra você, né? Gosta de livro, logo vai gostar do papel.

— Talvez apenas porque ele registre a história. E, sem dúvida, o que mais importa é a história que está sendo escrita.

O rosto de Léo ainda está bem perto do meu, e sinto seu olhar como nunca antes. Ao longo desses dois anos, já brincamos com nomes de filhos e como seríamos quando estivermos velhinhos, mas nunca falamos seriamente em noivar, casar ou dividirmos uma casa — ao passo que também nunca falamos em nos separar. Fato é que amo o que vivo com ele e nunca senti pressa em ter resposta do nosso relacionamento. Com outros namorados, eu sofria para saber "se iria pra frente", "se daria certo"; com Léo, meu sentimento é de que já é certo, dissolvendo qualquer ânsia pelo futuro.

— Vai lá ficar com os caras, eu vou curtir minhas amigas, faz tempo que não saio com elas. — Dou-lhe um beijinho, sabendo que um bar perto repleto de gente não é o lugar ideal para nos abrirmos quanto aos nossos planos.

Ele se despede da galera e combina com Sofia de levá-la à rodoviária quando ele for visitar nossos pais em Poços de Caldas.

Aproveito a companhia das minhas amigas para não pensar demais no assunto que brotou entre bombom e eu.

Bailarina, quando resolve sair da regra, é destruidora. Comemos cachorro-quente e espetinhos no entorno do estádio e, agora, Sofia está fazendo brigadeiro de panela aqui em casa.

— A menina com quem eu divido o apê é totalmente neurótica com limpeza, não dá pra fazer nada na cozinha que ela já pira com medo de sujar e não ter como limpar. Além disso, é um saco morar com quem é da mesma companhia. Queria diversificar os assuntos, sabe? Conhecer gente nova — conta ela, enquanto mexe a deliciosa massa marrom.

— Em Sampa é fácil arrumar outro lugar, milhares de pessoas dependem de dividir aluguel, já que o custo de vida da cidade é alto.

— É, quando eu voltar, vou ver isso. Mas tem essa remontagem de *Les Noces* agora, um espetáculo com muitos atos e que vamos começar a ensaiar pra valer agora. Só apareço em casa pra dormir mesmo. Ei, você tem que ir a São Paulo me assistir quando estrearmos, é uma peça bem importante e se dá pelo ponto de vista feminino.

— Hum... Já adorei a pegada *girl power*. Ficou com o papel principal, aposto!

— Não, não consegui um papel de destaque dessa vez. A Vivian será a protagonista.

— Ela não era sua melhor amiga? — questiono, tão perplexa que mergulho meu dedo na panela de brigadeiro quente em busca de algo que adoce minhas ideias.

— Uai, ainda é, nunca brigamos!

— Mas não disputaram o mesmo papel? Imagina, são da mesma companhia, fazem a mesma coisa, deve rolar uma competição.

— Justamente por sermos bailarinas entendemos como é o nosso trabalho. Ainda mais quando somos da mesma companhia. Sabendo a dificuldade que é fazer balé neste país, temos que torcer pelo espetáculo. Eu saí exausta da última montagem, não estava no meu melhor momento. Ela se preparou e mandou muito melhor que todas as bailarinas juntas, então mereceu levar o papel.

— Sério? Sem traumas?

— Apenas umas bolhas nos pés, como sempre, mas já estamos acostumadas. Ainda bem que usamos sapatilhas, nossos pés são horríveis.

— Sério, Sofia! Não existe nenhuma rusga na amizade causada pelas disputas internas? Poxa, o papel principal pesa, dá destaque, visibilidade... Você não quer uma carreira no exterior?

O peito de Sofia se enche de ar e se esvazia com rapidez.

— Claro que eu quero ter sucesso em tudo que eu tentar, mas, se eu ficar paranoica como algumas pessoas, a dança deixará de ter sentido. Eu gosto de balé porque acredito que as histórias se contam também por meio da dança, então, eu as danço. Eu amo dançar histórias! Você não gosta de ler? Alguma briga pode ser maior que sua paixão pela leitura?

É coma se uma bola jogada de fora da grande área atingisse em cheio o cantinho superior do gol e alcançasse a rede. Minha irmã de 20 anos marcou um golaço driblando toda minha inútil experiência de vida.

— Você deve ser algum espírito antigo no corpo de uma jovem, só pode. — Eu tento segurar as lágrimas, assim como tento suprimir a verdade: sim, eu deixei algo ser maior que a minha paixão pela leitura.

— A Lívia e eu estamos brigadas. Entramos no mesmo processo seletivo para uma vaga descolada numa editora, e... bem, foi desastroso.

— Não acredito! Logo vocês? E não há nada que você possa fazer? — Ela caminha para a sala segurando a panela com um pano de prato.

— Não sei. Meu desespero de resolver a vida num emprego bom me deixou um pouco cega.

— Cega mesmo. Não imagino você vestindo roupas formais e trabalhando de oito às seis. Ficou louca, Gabi? A Gabilândia funciona em horários imprevisíveis! Você tem uma ideia à meia-noite e passa a madrugada pintando, esculpindo... Quem te garante que será criativa durante o expediente?

— Mas eu preciso me manter, né? — Solto meu corpo no sofá ao lado dela. — Quero ter um bom plano de saúde, comprar uma casa, viajar, ter um carro...

— Já que estamos na vibe futebol, se o Messi jogasse no gol, ele seria o fodão do mundo? Se São Victor não estivesse no gol do Galo, um Cristiano Ronaldo pegaria aquele pênalti aos 46 minutos do segundo tempo numa quarta de final na Libertadores? Essas pessoas descobriram a posição em que jogam, por isso são sucesso e fazem a diferença. Agora, cobiçar uma posição que não é a sua, só vai fazer de você uma cópia.

— Tenho que reconhecer que eu sabia que ser editora não era meu sonho. Mas trabalhar com livros, ter um bom salário e ainda viajar me pareceu um destino seguro. Pelo menos esse processo seletivo me serviu para abrir os olhos em algumas coisas. Já ouviu falar sobre *spirit animal*?

— Aff, me conta daqui a pouco porque agora eu tô uma arara, uma onça pronta pra atacar! Acredita que acabam de me avisar que o menino com quem estou saindo está no Tinder? — Ela aperta o celular com tanta força que eu imagino que ele será destruído com facilidade.

— Às vezes o perfil não está mais ativo. E pode ser fofoca de algum desocupado. Quem é que toma conta assim da vida dos outros?

— Gabriela, para de defender esse traste! Eu sabia que ele me dava uns olés, claro que não faria diferente quando eu viajasse! Agora eu tenho provas pra jogar na cara dele. Bandido! — berra ela.

— Ei, calma! Escuta o que ele tem a dizer antes de apelar. E não toma a panela de brigadeiro só pra você! — Eu puxo seu braço, voltando com o doce para o meio. — O que vocês têm é sério a ponto de poder cobrá-lo assim?

Toda aquela banca de guru que dá mentoria de vida profissional se esvai e, de repente, sou novamente a irmã mais velha que ouve a caçula e tenta dar alguns conselhos.

Papai e mamãe ficariam orgulhosos de nós.

— Sofia, você tem certeza de que é por aqui? Vou acabar enfiando o carro do Léo na lama! Imagina eu ter que ligar para ele avisando que atolei numa estrada fora de Belo Horizonte?

— Relaxa, a xamã me explicou bem o caminho e eu anotei tudo! E para de fazer drama que nem choveu, o chão está batido, e o Léo é gente boa.

— Mas quem terá que lavar o carro depois sou eu!

— Que guaxinim chata! Você devia ser mais agradecida por eu ter passado o dia pesquisando e ter encontrado uma reunião xamanista exatamente hoje! A xamã foi toda doce, aceitando nos receber. E eu até deixei de viajar à noite pra pegar a estrada amanhã, durante o dia e poder vir com você.

— Ah, você também quer saber qual seu animal de poder, por isso veio.

Ela resmunga qualquer coisa e logo encontramos uma portaria com a placa *Gaia*. Já sei que é o lugar. Entramos e estacionamos o carro perto de uma casa simples, mas muito bem-cuidada, com flores ao redor.

— Bem-vindas. — Um homem se aproxima. — A reunião já vai começar, basta descer e ir na direção da fogueira.

Rapidamente sou envolvida por novos elementos da Gabilândia e logo me lanço nessa experiência maravilhosa e energética que a vida está me dando. Toco o ombro de Sofia e agradeço pela ideia ótima de procurar um xamã.

Chegamos a um círculo de pessoas, todas sentadas com a coluna ereta e bem concentradas. Uma senhora com uma saia rosa e uma blusa solta lilás, com alguns colares pendurados, de cabelos longos e um pouco grisalhos presos num rabo, está de pé no centro e diante da fogueira. Nós nos sentamos rapidamente, e não sei se fecho meus olhos para me conectar ou se os mantenho abertos para observar cada segundo disso.

De repente, a xamã toca um tambor e começa uma música com uma pegada meio indígena e asteca, num ritmo envolvente. Ela joga algumas ervas no fogo, que exalam um cheirinho gostoso. Então, entoa uma prece que mais parece um poema pedindo a cura do planeta e a reconexão dos homens com a natureza.

Lágrimas correm livremente pelo meu rosto, como se eu estivesse me desprendendo de sentimentos ruins. Quanto mais ela fala sobre coisas das quais os homens devem se liberar para se elevarem, mais eu me identifico e tenho vontade de chorar.

Aos poucos, fecho meus olhos e me permito viver o momento sem nenhum preconceito ou julgamento. Afinal, estou revivendo uma cerimônia de índios que habitaram esta terra muito antes de mim. Se eu desejo respeito pela tradição japonesa, obviamente valorizarei a cultura do outro. Deveria ser assim com todos.

A xamã agradece a vida e os elementos da natureza, todos representados na reunião. Perco o controle dos meus pensamentos e minha mente me transporta a uma mata virgem, de hálito fresco provocado pelo ar puro, e recheada de folhas verdinhas. Essa mata me lembra... Não, não quero me lembrar de problemas, quero me purificar e tomar decisões certas daqui em diante!

Ir na direção do futuro, às vezes, demanda confrontar o que já passou.

O quê? De onde vem essa voz? Será que foi a xamã que falou algo para o grupo, e, como estou tão absorta na experiência, só me dei conta agora?

Olhe para a situação já vivida, mas olhe de outra forma.

A voz surgiu de novo.

Surpreendentemente, volto à mata por meio dos meus pensamentos. A floresta, que lembra muito a do Hotel Fazenda, não me parece mais tão assustadora. Não me sinto perdida, muito menos ofendida com alguma coisa. E lá está ele: um guaxinim correndo entre as folhas, subindo em árvores e colhendo alguns alimentos. Minha visão se amplia e vejo o bicho manusear de forma sistematizada algumas sementes. Nunca pensei que eles tivessem habilidade com as mãos. Logo, observo formas nas sementes e nas folhas por ele tocadas, como se ele produzisse algo com o que apanhou.

Tuuuum.

Ecoa o tambor que, com um susto, me faz retornar ao círculo onde estamos.

— Você está bem? — pergunta-me Sofia num tom de voz baixinho. — Você parecia estar em outro mundo, chegou até a falar algumas coisas, mas não entendi nada.

— Nossa, estou suando, olha. — Passo a mão pela minha testa molhada. — As outras pessoas perceberam?

— Nada! Ficaram todas iguais a você, só eu que boiei no meio disso tudo.

A xamã pede que nos levantemos e que façamos nosso agradecimento pela experiência. O momento é encerrado e algumas pessoas vão conversar com a senhora.

— Preciso falar com ela, vou esperar todo mundo sair — avisa Sofia, como uma devota desesperada por um milagre.

— Boa sorte, ela está caminhando para cá — anuncio.

Ela nos faz uma saudação numa língua que não entendo e nos abraça.

— Espero que tenham gostado — diz, com um sorriso. — E que voltem para cuidar do espírito.

— Oi, fui eu que fiz o contato por telefone. — Sofia se coloca na minha frente. — Na verdade, eu queria mesmo era ter uma consulta particular com a senhora. É sobre um problema que venho tendo, sabe?

— As perguntas e as respostas advêm do mesmo lugar. O que fazemos aqui é nos conectar com a natureza para equilibrarmos nosso espírito e, assim, darmos rumos saudáveis à nossa existência.

Sofia continua cercando a xamã, certamente para perguntar algo do carinha de São Paulo. Talvez, se eu estivesse no lugar dela, iria atrás da mesma coisa. Cada um age conforme a sua necessidade, e eu não tenho a menor condição de julgar alguém sem antes estar na pele dele. Contudo, o que vivi hoje foi mágico. Com todo respeito à xamã, eu já tive a intuição de que precisava com aquela voz me guiando — no fundo, parecia ser eu

210

mesma numa versão mais elevada. O guaxinim me mostrou algo sobre minha habilidade...

— Médica! Que médica mágica você deve ser!

É ela! A xamã veio até mim e está falando comigo!

— Não, não! Eu não sou médica, minha profissão passa longe disso.

— Então, me diga o que é?

Essa xamã parece ser realmente boa, indo direto ao ponto.

— Meu nome é Gabriela e eu sou artista plástica e visual. Fiquei muito feliz de ter vindo.

— Não disse? Médica! Só que estamos tão acostumados a cuidar só do corpo que, quando surge um médico que trata o interior, ninguém acredita.

— Nossa, é uma definição linda! Fico realmente encantada. É maravilhoso pensar no sentido curativo da arte.

— Sabe, Gabriela, o guaxinim é um animal totem interessante por estar associado aos jogos e às brincadeiras. Muitos usam a representação dele nas comédias, tem um aspecto leve e divertido, que às vezes faz com que ninguém compreenda a profundidade do seu interior. Pouca gente sabe que esse bicho também está ligado às águas porque a limpeza e a purificação são demandas da alma dele. O guaxinim usa da habilidade com as mãos para transformar matéria-prima em uma coisa maior. Você, Gabriela, quando afirma que é uma artista, certamente não manipula apenas objetos, você transmuta emoções. É a sua mágica!

— Estou chorando, mas é um choro bom, viu? — asseguro com o rosto coberto de lágrimas. — É um choro de limpeza, tal como meu animal, né? Mas, me diga, como soube do guaxinim?

— Os animais sempre aparecem e se unem aos homens para celebrarmos a natureza. — Ela pisca o olho. — Quando falo natureza, refiro-me à mãe-terra perfeita e à nossa própria natureza, a matéria da qual somos feitos. O homem é originalmente a soma de seus sonhos, mas se desconfigura pela falta de fé nele mesmo.

Espero que sua irmã volte quando puder. Os ursos são assim mesmo quando jovens, repletos de força e um pouco teimosos. — Ela sorri, se despede, e vai falar com outras pessoas.

Cada pedaço desta história colaborou para que estivesse aqui, hoje, vivendo exatamente isto. Não existe atalho ou caminho errado, tudo faz parte do nosso processo de depuração.

— Descobri minha mágica! — Esfrego as mãos uma na outra. — E eu vou usá-la assim que chegar em casa, porque este guaxinim aqui está doido para trabalhar com as mãozinhas!

Lívia

A primeira coisa que noto quando abro os olhos ao acordar é o gosto ferruginoso na boca. A segunda é que meu quarto está rodando, um cavalo colorido de carrossel.

Ergo a parte de cima do meu corpo e o apoio nos cotovelos. Flashes da noite anterior começam a pipocar na minha cabeça. O jogo, o bar, as canecas de chope, o empate, o beijo... O BEIJO!!!!

Sofro um abalo causado pela descarga de adrenalina e salto da cama impulsionada pelo choque. Então levo o susto número dois ao constatar como estou vestida — melhor dizendo, semidespida. Dessa parte eu não me lembro nadinha.

Que vergonha de mim!

Deprimida, eu me arrasto até o banheiro, onde encontro, no espelho sobre a pia, uma Lívia desgrenhada, com olheiras que fazem jus ao apelido que ganhei de Santiago: urso panda.

Jogo bastante água gelada no rosto, com a intenção de lavar tudo, das marcas de rímel ao embaraço. Quanto mais acordada fico, novas lembranças vão chegando, anunciando o tamanho da mancada que cometi — mais uma no meu extenso currículo.

Depois da declaração desajeitada que despejei sobre meu vizinho e do beijo inesperado, entramos no apartamento, local em que a sessão de amassos se intensificou. Eu sei que não estava raciocinando. Quanto a Santiago, só consigo concluir que ele foi movido por pena acumulada. De tanto ouvir minhas lamúrias sobre falta de sorte no amor, resolveu me dar uma forcinha. Só pode!

Ainda assim, foi a melhor pegação da minha vida. Caímos juntos no sofá, eu sentada sobre as pernas dele, onde os beijos triplicaram de intensidade, fazendo o mundo virar um borrão ao nosso redor. Santiago beija com experiência de quem já fez muito isso na vida. Não é egoísta, tampouco delicado. Seus lábios são uma perfeita mistura de "amor e poder", com um bônus inesquecível: aquela barba por fazer provocando arranhões e arrepios onde quer que encoste.

Suas mãos em meus cabelos também foram um caso à parte. Elas jamais procuraram outro trajeto, embora tenham causado um efeito abrasador, mesmo sem ter descido rumo ao sul.

Porém, em meio ao que já chamo de clímax sexual da minha vida — sem ter nem chegado perto das vias de fato —, eu passei mal. Sim, de verdade! Como? Bom, meu estômago revirou e eu precisei correr para o banheiro e...

O pouco de cor que me deixa minimamente com aspecto humano se esvai de vez. Gente, eu vomitei a alma na frente de Santiago, depois de quase consumir a dele!

— Ai... — resmungo muito deprimida.

Instintivamente penso em pegar meu celular e mandar uma mensagem para a Gabi.

— Não, criatura. Você ferrou com essa relação, esqueceu?

Inspiro todo o ar que me cerca, em busca de uma migalha de dignidade — e de mais detalhes sobre a noite anterior. Por mais que eu me esforce, não me lembro de como vim parar na cama, usando nada além do meu conjunto de calcinha e sutiã da cor cinza de rosas, mesmo tom do vestido de Maggie, em *Pássaros feridos*. Seria algo até romântico se não fosse... grotesco.

De volta ao quarto, vasculho por evidências de que algo mais tenha ocorrido.

— Não — rejeito a hipótese. — Santiago não chegaria a esse ponto por pena. E, mesmo que fosse o caso, não abusaria do meu estado de embriaguez.

Sigo falando sozinha pelo corredor:

— Obviamente, se tivéssemos transado, eu me lembraria. JESUS!!

Meu coração sobe até parar na garganta quando a constatação de que não estou sozinha em casa surge em forma de músculos, cabelos e um olhar azul confuso.

Tento esconder meu corpo de modo desajeitado, trançando os braços sobre meus peitos parcamente cobertos. Evito pensar na parte de baixo, que, por não ter braços o suficiente, ficou à mercê da sorte. Não queria estar sentindo essa vergonha toda!

— O que você está fazendo aqui?

— Você está melhor?

Fazemos as perguntas ao mesmo tempo, num fôlego só. Mas eu não respondo, esperando a justificativa dele primeiro. Meu constrangimento não tem tamanho.

— Passei a noite no seu sofá. Fiquei preocupado com você, achando que poderia precisar de mim.

Posso começar a chorar a qualquer momento. Santiago é um cara especial, raro. Mesmo depois de tudo, consegue olhar nos meus olhos e declarar sua preocupação.

Afundo no sofá antes de enfiar o rosto entre as mãos e soltar um gemido.

— Pandinha...

— Estou com um pouco de ressaca — admito. — Mas é a vergonha que está me incomodando de verdade.

— Vergonha de quê? Por acaso está falando do tempo que passou abraçada ao vaso? Quem nunca? — O tom de voz dele é carinhoso, condescendente.

— Eu... — Tomo coragem. — Eu não deveria ter dito todas aquelas coisas. Foi desonesto da minha parte. Numa situação normal, talvez eu nunca tivesse me aberto daquele jeito com um homem, mesmo se eu sentisse que o interesse fosse recíproco. Sou tão travada! O que fiz ontem foi sacanagem. Você é gay e eu nem sei qual é o tipo de relação que tem com meu grande amigo.

Solto um grunhido estrangulado, agora mais abalada ainda. O que vou dizer ao Fred?!

— Lívia, eu não sou gay.

Ouço a frase, mas demoro alguns segundos antes de assimilar o conteúdo. Honestamente, pode ser que eu tenha entendido errado.

Encaro Santiago, os olhos marejados e cheios de indagações.

— Uai! Então é bi?

— Não sou, nunca fui e jamais tive um caso com o Fred. Somos amigos, como você e a Gabi.

— Mas não pode ser! — Levanto num salto, que nem uma gata que acabou de tomar um choque no pisca-pisca da árvore de Natal. — Claro que você é gay! Você, você, você...

Não encontro argumentos para defender minha afirmação.

— Eu o quê, Lívia?

Santiago segura meus braços. As mãos dele estão frias.

— Eu jamais disse a você que sou homossexual. Você chegou a essa conclusão sozinha e ficou firme na ideia. Além de eu não ser gay, estou completamente apaixonado por você, urso panda.

Ele tenta me abraçar, mas eu me esquivo rápido. Se Santiago não é gay de verdade, então...

— Então eu fui enganada! — grito e me afasto, escondendo-me atrás do sofá para tapar minha nudez. — Você deixou que eu acreditasse nisso! Pra quê? Por quê?

Antes que meu vizinho salafrário tenha a chance de responder, faço isso por ele, cheia de rancor, mágoa e ironia:

— Pra rir de mim pelas costas, suponho. Pra tirar uma onda com a caipira que não dá sorte no amor e, agora percebo, nem nas amizades que arranja. — Dou um tapa na testa, inconformada.

— Eu despi minha vida a você, Santiago, e literalmente também fiz isso, mais de uma vez!

Imagens dos momentos que apareci diante dele em trajes sumários e em posições constrangedoras retornam para atormentar minha mente. Apontei para minha bunda e perguntei a ele se a saia a deixava muito vulgar! Pai do céu!!

— Lívia, não é nada disso!

Eu o corto. Preciso despejar minha raiva, senão vou sufocar.

— Faz semanas que estamos vivendo desse jeito, e eu firme na ideia de que meu novo vizinho, o homem mais lindo do universo, era gay, portanto fora das minhas possibilidades. Se bem que você não se enquadra nos meus padrões de maneira alguma, hétero ou não. — Dou uma volta na sala, dando uma banana mental para o fato de estar apenas de lingerie. — Como pude ser tão cega?! Você é um canalha, Santiago. Um CA-NA-LHA da pior espécie.

— Lívia, pelo Senhor do Bonfim, me escuta um minuto. Eu posso explicar, ursinho.

— Você tem um minuto — aviso; a respiração saindo entrecortada. Mas nada que ele disser vai me convencer, tenho certeza.

— Sim, você foi muito cega. Nunca conheci alguém tão descrente em si mesma. Lívia, o que você tem de inteligente, tem de insegura. Como pode?

Enxugo raivosamente as lágrimas que escorrem dos meus olhos embaçados.

— Lembra quando nos vimos pela primeira vez? Naquele instante você decidiu minha sexualidade só porque eu vim morar no apartamento do Fred.

— E você permitiu que eu fosse trouxa — pontuo.

— Porque não me importava frisar que sou hétero, Lívia! — Santiago eleva o tom de voz, exasperado. Seus olhos estão vermelhos, mas não quero aprofundar nessa questão. — Tenho inúmeros amigos gays, homens e mulheres, e isso não os define para mim. Só gente muito tosca sai defendendo sua sexualidade com armas e escudos empunhados. Naquele momento, ursinho, seu julgamento prévio e instantâneo a meu respeito não me incomodou em nada.

Fungo, por não ter nada a acrescentar. Ainda acho que Santiago foi sacana.

— Mas aí o tempo foi passando, a gente começou a se dar bem, a sair junto, a conversar sobre tudo. E eu me fodi bonito, porque não parava de pensar em você, enquanto você me via como o amigo mais descolado do universo. *Amigo*, Lívia.

— Não justifica. Tivemos inúmeras oportunidades. A verdade podia ter sido colocada sobre a mesa.

— Acabei de colocá-la, não é isso que estou fazendo agora?

Nós dois passamos longos e torturantes segundos analisando um ao outro. Vejo diante de mim um homem que, de repente, acho que não conheço mais.

— Tenho o direito de estar me sentindo enganada, Santiago. Quero que vá embora.

Não aponto a saída, que ele conhece muito bem, porque estou abraçando meu próprio corpo.

— Não faz assim, urso panda. Quero você na minha vida.

Santiago se esforça para me enlaçar. Acontece que sou boa em fugir.

— Admito que agi mal ao adiar esta conversa, Lívia. Mas é verdade, do fundo do meu coração, quando digo que estou apaixonado. Você é a mulher que eu quero comigo.

— Saia. É tudo o que preciso agora.

— Lívia...

Fecho a expressão, frisando a decisão que tomei. Não tenho estrutura para administrar as novidades, não neste momento.

Santiago passa por mim, hesitando ao chegar perto da porta. Ainda bem que, no fim das contas, ele acaba fazendo o que peço e sai. É aí que eu desmorono de vez, logo após dar duas voltas na tetrachave e passar a correntinha. O gesto é uma metáfora do que estou fazendo com ele em relação à minha vida.

Escorrego pela parede até atingir meu bumbum descoberto no chão. Fui cega, fui burra, mas também fui enganada. Ele não podia ter levado tanto tempo para me contar a verdade. Não podia!

No meio do desespero, caço meu telefone pelo apartamento e gravo uma mensagem de voz para Fred, o único amigo que me restou:

 Se você me disser que sabia do meu equívoco com Santiago (fungo), toda a humanidade vai estar perdida para mim.

Em seguida desligo o celular e me dou o direito de curtir a maior fossa da minha vida. Amaldiçoo todos os personagens masculinos encantadores que tive o (des)prazer de conhecer através dos livros. Se existe um culpado por essa minha incompetência para enxergar o sexo oposto com lucidez, dou esse título a eles.

Eu te odeio, *Doutor Jivago*!

Fred não deu atenção para a minha mensagem nem no dia que enviei nem nos outros que se passaram desde então. Para ser sincera, tenho que admitir que nem sei se ele chegou a ouvi-la, o que não me consola de todo modo.

Em contrapartida, Santiago tentou falar comigo diversas vezes. Até plantão na minha porta o cretino fez, mas acabou enxotado como se fosse um cão sarnento.

Entre trabalho, angústia pela falta de notícias da Espaçonave e sofrimento pelo modo como as coisas entre mim e meu vizinho acabaram, terminei mergulhada num projeto que me veio à cabeça do nada. Estar sem falar com a Gabi potencializou este estado deprimente em que me encontro. Tudo isso junto resultou em algo que tem preenchido meu tempo e me feito enxergar com os olhos da memória e do coração.

Acrescento uma foto nova ao arquivo do Word, tomando cuidado para formatar direitinho. Sou muito metódica. Se alguém percebe essa característica minha? Sempre.

Milton Nascimento preenche o silêncio da sala, afirmando que "todo artista tem de ir aonde o povo está". Eu me arrepio toda vez que escuto essa canção.

Aprecio o trabalho, estudando a fonte e decidindo se uso essa ou troco por outra mais rebuscada, quando batidas na porta roubam minha concentração. Se for Santiago, vai ficar a ver navios, porque não pretendo abrir para ele.

Porém, como sou curiosa, praticamente flutuo até o olho mágico e, silenciosamente, espio quem se atreveu a atrapalhar minha obra.

— FRED!!! — exclamo ao mesmo tempo que puxo a porta com força e me jogo sobre meu amigo. Começo a chorar também. — Fred, não acredito!

— Ah, Lili... — É tudo o que ele me diz, enquanto me empurra para dentro do apartamento e me enreda num abraço caloroso. — Como senti sua falta!

Eu sou puro líquido neste instante, incapaz de pronunciar qualquer palavra. Não tinha dado conta de como ando carente de afeto até sentir os braços de Fred em mim.

— Ei, não chore, minha flor. Vai ficar com os olhos inchados.

Consigo sorrir em meio às lágrimas, porque esse é Frederico, espirituoso até nas horas mais improváveis.

— Não importa. Minha aparência é o menor dos meus problemas.

Ele não acrescenta opinião enquanto me guia até o sofá. Talvez eu esteja abalada demais, mas tenho a impressão de que Fred sabe muitas coisas, e pode ser que eu não goste de ouvi-las.

— Você escutou meu áudio? — questiono, um pouco melindrada.

Meu amigo solta um suspiro longo.

— Sim, Lili. Ouvi seu áudio e a história toda, contada em detalhes por Santiago.

Eu me afasto dele, fuzilando-o com meus olhos de metralhadora.

— Então estava a par de que o cretino me fazia de boba? Puta merda, Frederico, você deixou que ele me enganasse?!

— Lívia, para. Vamos conversar com serenidade, amiga. Peço que primeiro me escute e deixe as conclusões para depois. Pode ser?

Relutantemente, assinto.

— Santiago é o cara mais bacana que conheço. Isso é fato. E antes que me interrompa, vou dizer por quê. Passei por muitas situações preconceituosas nesta vida e ainda passo, menos agora, porque sou adulto, muito seguro de mim mesmo. A escola foi a pior fase, em especial no ensino médio. Sofri bullying, fui agredido verbal e fisicamente, enfim, você conhece boa parte da história. Até que Santiago apareceu, daquele jeito de sempre: lindo, confiante, de bem com a vida. Logo todo mundo queria ser amigo dele, ficar com ele, mas o danado preferiu se juntar a mim, não da forma como andou pensando nas últimas semanas. Ele optou por ser meu amigo e deixar subentendido um recado para os preconceituosos. Muitos começaram a espalhar boatos, dizendo que meu novo amigo era tão maricas quanto eu. — Fred acha graça. — Só que ele era do tipo pegador e ficava com uma menina atrás da outra, derrubando as fofocas sem precisar bater boca. Na verdade, Santiago não estava nem aí.

Entendo aonde ele quer chegar, então me adianto:

— Não sou uma babaca. Reconheço as boas intenções de Santiago com você. Mas digerir a omissão dele comigo está muito difícil.

— Lívia, o cara é um ser humano. Todo mundo tem defeitos. Menos eu, claro — brinca Fred; tudo calculado para me descontrair. — O erro dele foi demorar a esclarecer a você o que já era óbvio, vamos combinar.

Eu me empertigo.

— Como assim? O que era óbvio?

— Duas coisas. — Ele me mostra o dedo indicador. — A primeira: ele nunca deu pinta de ser gay, né? Número dois: está caído por você há semanas já.

— Como sabe disso, Sr. Caminho de Santiago de Compostela?

— Porque ele me contou um dia desses, por telefone.

Meu peito infla, mas não sei se o que sinto é bom ou ruim.

— Amiga, converse com ele. Não seja tão dura. Vocês se merecem, e digo isso porque amo os dois e sei que farão muito bem um ao outro.

Fred cutuca minhas costelas, arrancando, na marra, gargalhadas que não brotavam de mim havia um bom tempo.

— Hein? Hein?

— Vou pensar. Antes quero reencontrar minha lucidez. Preciso, mais do que nunca, fazer as pazes comigo mesma, Fred. Acho que só depois estarei pronta para uma relação amorosa de verdade e madura, com quem quer que seja.

— Own, que bonitinha! Minha bebê está crescendo!

Sorrio em meio às lágrimas. Fred é minha sanidade. Que bom tê-lo de volta!

CAPÍTULO 14

Gabi

— Vou aproveitar a cobertura de internet na estrada e baixar um aplicativo de paquera, você vai ver. Aliás, vou baixar logo uns dois, três e socar uma foto lacradora atrás da outra. Tá pensando o que, meu amor? Se ele pode manter um perfil até saber como se dará as coisas entre nós, eu também posso. Direitos iguais! Não nasci ontem! — Sofia finalmente poupa sua voz e nossos ouvidos. Sua respiração bufa como um mamífero de grande porte. — Vou viver a minha vida! Chega! A partir de hoje não vou deixar de aproveitar nada, vou me permitir.

— Vou te mandar para um retiro no sítio da xamã, pelo amor da deusa! Você não vai sair de lá até chegar ao seu estado nirvana! — Eu me viro no banco da frente do carro e fito meus olhos no dela, que está no banco de trás. — Se quer mesmo viver sua vida, pare de pensar um pouco nele. Aproveita a viagem e a companhia dos nossos pais, nós não os vemos sempre.

Ela cruza os braços com sua expressão rígida e vira a cara. De perfil, dá para notar ainda mais semelhanças entre nós duas. Sofia usa os cabelos mais longos e é mais magra do que eu, resultado dos anos de balé.

Léo se mantém calado no meio de tanto falatório, soltando um risinho vez ou outra.

— O trânsito do Centro neste horário é péssimo, ainda bem que saímos cedo — digo mudando o assunto para transformar o clima da nossa despedida. Sabe-se lá quando a verei novamente para outro festival gastronômico e xamanístico.

— Te joguei numa fria, Léo? Vir à noite para cá seria melhor, mas como mudei a viagem para hoje cedo...

— Nada, saímos com tempo. E já estou de férias, sem prova para corrigir. Acaba sendo um passeio.

— Ai, cunhadão maravilhoso, por que os outros boys não são assim? Ei! — Ela se aproxima do banco do motorista. — Se você não estiver fazendo o doutorado no exterior, vai até a São Paulo me ver?

— Do jeito que as coisas vão, é mais fácil ir a sua estreia do que ir estudar fora. Se não rolar neste semestre, ficará impossível, já que tenho que defender a tese no começo do ano que vem.

Alcanço a mão direita de Léo, que está na marcha do carro, e a acarinho. É como se a dor de sua frustração pudesse ser sentida por mim. Sem estar num programa de estudo e sem uma ajuda de custo, fica praticamente impossível passar uma temporada no exterior. Como ele deixaria seus empregos para viver de sonho na Europa?

Dias atrás, quando eu estava afoita com a defesa da dissertação, ele fez contato por conta própria com um professor famoso e de certa influência da Sorbonne, universidade que sempre fez os olhos dele brilharem, falando da pesquisa maravilhosa que ele desenvolve sobre a formação de memória cultural de uma população por meio da linguagem. Escreveu o e-mail todinho em francês linkando seu precioso Lattes e, ao mesmo tempo, mexeu todos os pauzinhos — leia-se seres humanos desinteressados no próprio trabalho, sobretudo em função da atual crise financeira-ética-política das instituições federais — por aqui para articular recursos caso um convite da Sorbonne apareça. O orientador de Léo até que tentou ajudá-lo no começo do doutorado, mas o entusiasmo foi esfriando com o tempo. Assim, ele tem se virado sozinho, ficando bastante frustrado por vezes.

Como quero que ele consiga isso! Céus, como esse homem merece, ainda mais depois de tudo que ele passou no âmbito familiar e profissional. Enfrentou os reveses da vida de cabeça erguida, sem se lamuriar ou desistir de seus sonhos! Essa parte é a que mais me encanta: não importa o quão cinzento o dia está, Léo mantém a fé de que o sol sairá uma hora. Bem, agora só nos resta aguardar e torcer. Que homão da porra! Nem acredito que pego esse cara.

— Adorei tudo, gente! Muito obrigada! Estou louca pra comprar uns pães de queijo e ir comendo no caminho. — Sofia fala assim que o carro encosta na área destinada ao embarque e desembarque de passageiros.

Desço do carro enquanto o pisca-alerta está ligado e abraço Sofia o mais forte que consigo sem que seus ossos sejam esmagados.

— Volte sempre, minha bailarina! Estarei sempre aqui para você.

— Vai lá, guaxinim... Arrasa! Eu te amo.

Acompanho sua partida tão elegante, mesmo em meio ao corre-corre das pessoas que passam pela rodoviária de Beagá.

— Pronto! Lá vai minha caçulinha. — Entro no carro e limpo uma lágrima. — Sabe? Já que está de férias, estamos finalmente sozinhos, e eu tenho um tempinho livre antes de colocar a mão na massa, na tinta e nas sucatas para a mostra...

— Hum, me conta o que pensou...

Convido Léo para ir à minha casa, mas é só uma daquelas perguntas retóricas, já que há dias estamos ensaiando ficar um tempo juntos. Então, ele arranca o carro e partimos para minha casa.

E se fosse a *nossa* casa?

Talvez um novo pensamento esteja ganhando força dentro de mim.

Tem um pouquinho de cerâmica na minha orelha. E também na minha sobrancelha, quase caindo nos meus olhos. A todo custo, tento limpá-la com as costas das mãos. Meus dedos estão cobertos da massa que eu mesma faço e aperto até tomar a forma que desejo. Parece que saio de um treino funcional daqueles de tanto que sinto meus braços, mas a alegria de ver minha ideia tomando forma supera qualquer cansaço. Talvez esta peça seja a maior que já produzi até hoje. Como não tenho referencial de tempo para comparar com outros trabalhos meus, tenho me desdobrado na pesquisa, com a execução e com a compra de matéria-prima.

Limpo o máximo que posso minha garagem sem fazer muito barulho, visto que já está dando dez horas da noite e preciso respeitar o sono dos vizinhos. Cubro a vaga da garagem para proteger a base da minha peça e subo para o meu apartamento.

Em casa, tomo um banho daqueles para aliviar meus músculos e soltar toda sujeira do trabalho. Léo diz que fico linda sujinha de tinta e que deveria até vestir um daqueles macacões jeans enquanto atuo. Talvez eu compre um cheio de bolsos para assentar os pincéis e as pás, mas, por enquanto, lanço mão da velha calça de lycra e das blusas de propaganda que a gente vai ganhando de brinde ao longo da vida. Meus pais até já sabem: qualquer blusinha estampada com uma marca, eles passam para mim.

Visto o pijama de frio que trouxe do Japão, cujos bolsinhos são a própria Hello Kitty. Nunca entendi bem o porquê de pijama ter bolso — deve ser para guardar o sono —, mas eu me sinto tão fofa e aquecida nele que tenho vontade de sair na rua assim. Pelo menos os bolsos me servem para guardar o celular por meio do qual troco algumas mensagens com Sofia e com Léo. Amarro meus cabelos num rabo de cavalo no alto da cabeça e me jogo no sofá para consultar o envio dos materiais que encomendei.

— O conceito é bom, mas ainda falta algo — converso comigo mesma. — Talvez eu devesse conectar mais arte e mídia, criar uma obra sensorial e visual. Está faltando um...

Tuc-tuc-tuc-tuc.

Dou um pulo do sofá me sentindo o próprio Thiago Vaz ganhando o ouro no salto com vara nas Olimpíadas de 2016. Primeira coisa a se pensar: cadê o *tóin*? Segunda: onde está chave? Onde guardei a chave, gente? Vasculho as gavetas do móvel da sala e me lembro de que deixei dentro da minha bolsa. Vou até o quarto atrás da bendita e...

— Puta que pariu! — Devo ter quebrado o mindinho. Não tem condição suportar a dor que lateja no meu pé depois que bati na quina da cama sem proclamar palavras condenáveis.

Quero deitar no chão e chorar, mas o barulho costuma durar pouco. Sendo completamente movida pela minha curiosidade, pego a chave, saio de casa e subo as escadas mordendo os lábios para me certificar de que não vou gemer de dor. Aliás... Eu não estou gemendo de dor. Eu não estou fazendo barulho algum!

Aproximo-me da porta do apartamento e já não sei o que fazer. Será que bato na porta ou simplesmente enfio a chave e abro?

Béeeeein. Béeeeein. Béeeeein.

A campainha do celular que está no meu bolso de Hello Kitty ecoa pelo andar do prédio.

Nada de *tuc-tuc*, *tóin-tóin* ou *béeeeein*. Somos somente eu e o silêncio ensurdecedor na porta do apartamento vizinho.

— Quem é? — A voz de uma mulher sai do outro lado da porta. Imagino que estejam me vendo pelo olho mágico.

Bem, já que não posso contar com o elemento-surpresa na minha abordagem, não tenho razão para meio-termo.

— Me diga você quem é, já que o apartamento está desocupado!

Escuto um cochicho e, então, o trinco da porta gira e a porta se abre.

— Se importa de conversarmos aqui dentro? — Uma mulher vestindo apenas um blusão e com um rosto familiar surge. Não posso deixar de notar um pouco de purpurina nela.

— Quantas pessoas têm aí? Se me atacar, eu vou atacar! — respondo como um meme da internet.

— Somente nós dois. — Ela abre mais a porta e vejo um sujeito alto enrolado numa toalha e com o peito descoberto.

Ah, então era isso? Sabia! Não consigo esconder meu risinho maroto para a moça. Ergo meu pescoço e, na tentativa de ver um pouco mais da situação, visualizo algumas máscaras no chão, estilo veneziana, que cobrem apenas a região dos olhos. Por isso, talvez, tenha purpurina nela. Sigo com os olhos e flagro um tripé com uma câmera e uns fios pelo chão ligados a um notebook.

— Mas que porra é essa?! — pergunto entre dentes para não gritar no meio do corredor.

Num rápido gesto, ela me puxa para dentro e pede que eu faça silêncio.

— Sei que estamos errados de estar aqui, mas eu imploro que me ouça!

— Então manda esse homem se vestir! E não se aproxime muito, eu posso gritar e acordar o prédio inteiro!

— A gente não vai fazer nada, somos pessoas de bem, normais, só temos...

— ... gostos peculiares. Eu li *Cinquenta tons de cinza* — respondo, me lembrando de clássicos que vão desde edições baratas de livros de banca aos sucessos editoriais da literatura *hot*. Realmente, leitor que é leitor mesmo lê de tudo. E gosta. — Olha, não sei quem são vocês, mas estão coiocando em risco a segurança do prédio. Aliás, como entraram aqui?

Ela olha para o parceiro, que permanece mudo, com a expressão aflita como a de alguém que está a caminho da forca. Então, do nada, eu reconheço seu rosto.

— Você trabalha na corretora! Eu te conheço, peguei a chave daqui com você dias atrás.

— Xiiii! Por favor, me escute! Somos casados há anos, assalariados, vivemos uma vida normal, só temos essa fissura em apartamentos desabitados. Nossa rotina é pesada, minha sogra está mal de saúde e foi morar com a gente... Tem ideia do que é morar com uma sogra doente? Nosso filho mais velho já repetiu o mesmo ano duas vezes e talvez leve outra bomba este ano, nossa menina é alérgica a tudo que imaginar, passo meu tempo livre cozinhando coisas sem leite e limpando a casa. Não é certo, mas não estamos fazendo mal a ninguém, estamos? Este é o nosso único escape, entende?

— Vem cá, vocês fazem isso em toda Belo Horizonte? — Subitamente me dá vontade de perguntar se há algum apartamento como aqueles com enormes painéis de vidro disponível. Sei lá, pode ser que a ideia dê uma onda no Léo e a gente possa... Para! Para, Gabriela. — Vocês também gravam? É tipo uma *sexy tape* de invasões em lugares para alugar?

Ambos desviam o olhar sem me dizer uma palavra.

De repente, me dou conta de quão indelicada estou sendo com minhas perguntas. Tudo bem que eles não estão certos, mas a intimidade de um casal não me diz respeito. Qualquer adulto entende isso.

— Vamos esquecer isso. Vou pedir só para não voltarem, pode ser?

— Nossa, nem sei como te agradecer! Vamos embora agora e nunca voltaremos, prometo. — Sinto alívio em seu tom de voz.

— Só uma coisa: vocês começam a filmar bem antes e estão sempre de máscara?

Talvez eu tenha encontrado o *tuc* que faltava nas minhas ideias.

Lívia

Finalmente a Editora Espaçonave se manifesta! Confesso que comecei a me conformar com o fato de não ter seguido adiante no processo de seleção, portanto não esperava mesmo por essa nova notificação, que a equipe de recrutamento chamou de última etapa.

Depois de tudo o que já rolou até aqui, eu me surpreendo com o teor da prova, bem tranquila em comparação às outras. Será uma pegadinha? Tenho sete dias para enviar, por e-mail, uma carta defendendo minha contratação pela editora, ou seja, serei obrigada a argumentar positivamente a respeito de mim mesma, respeitando os critérios da proposta, que tratam de aspectos como: atendimento à norma padrão da Língua Portuguesa, limite de espaço (mínimo e máximo de laudas), veracidade dos argumentos apresentados e coerência.

Inspiro profundamente, nem um pouco motivada a fazer isso agora. Ontem, ao conversar com minha mãe sobre a bagunça que se instalou na minha vida, ela refletiu sobre a possibilidade de eu estar trilhando o caminho errado. "Quem sabe não é o momento de você rever seus planos, filha?", ela me questionou. Não que eu mesma já não esteja envolvida nessa dúvida, mas ouvi-la em alto e bom som de outra pessoa só serviu para reforçar meu melindre.

Em vez de ficar matutando sozinha dentro de casa, lamentando os infortúnios que cismaram em me atingir — tenho feito isso além do limite da normalidade —, decido dar uma caminhada em volta da praça. Apesar de já ter escurecido, ainda é cedo. Acabei de chegar do trabalho e não pretendo me afundar em minha autocomiseração hoje também.

Ganho a rua com uma confiança que há muito tempo eu não sentia. Nada mudou, mas mudou, sim. Contraditório? Demais. Difícil de explicar. No entanto, após tantos acontecimentos perturbadoramente drásticos, é meu dever tomar uma atitude proativa em relação à minha vida. Recuperar minha autoestima é um primeiro passo importante, acho.

Os fones levam música boa aos meus ouvidos, enquanto caminho seguindo o ritmo das batidas. Quero minha mente livre de preocupações, pelo menos agora.

Gosto de observar as pessoas, de imaginar como é a vida delas, onde moram, o que fazem. É nisso que me concentro à medida que completo as voltas em torno da praça. No fim das contas, cada um de nós é apenas mais um ser humano neste imenso universo. Pensando por esse lado, o tamanho de nossos problemas ganha uma proporção tão insignificante. Subitamente escuto a voz do educador Mário Sérgio Cortella numa de suas palestras a que costumo assistir pelo YouTube: "Se você não existisse, que falta faria para o mundo?" Difícil responder...

Minhas passadas vão desacelerando aos poucos. Paro perto de um banco para recuperar o fôlego, ciente de que o fluxo de pessoas na rua já é bem menor do que quando cheguei. É hora de voltar para casa.

Eu me apego à imagem de Santiago, o que tenho feito muito nos últimos dias, e repasso, de novo, toda a nossa história. Talvez eu tenha mesmo exagerado na reação ao saber que ele não é gay. Passei semanas fantasiando com ele, desejando-o secretamente, ainda que ciente da impossibilidade de termos algo mais que amizade. E quando meus sonhos se materializam, com um bônus inclusive — a confissão de que Santiago está apaixonado por mim —, eu o espanto da minha vida.

Preciso consertar essa cagada, se é que dá tempo.

— Oi, Lívia.

Levo as duas mãos ao peito, um ato reflexivo que denota meu susto, como se eu fosse conter as batidas frenéticas do meu coração manualmente.

— Puxa, desculpe se assustei você. — A expressão envergonhada de Eduardo revela seu desconforto. — É que eu te vi de longe e resolvi arriscar uma conversa pessoalmente.

Ele ri, sem graça, e coça a cabeça para enfatizar o constrangimento.

— O que acha de tomarmos um suco ali na esquina?

Meu lado irracional quer se afastar logo e evitar esse diálogo a qualquer custo. Isso porque sou covarde. Ao ser sincera com Eduardo, sei que vou ferir seus sentimentos. Não que eu esteja me achando aqui. Por outro lado, se não houvesse um interesse dele por mim, duvido que ia querer me ver e conversar depois de eu ter me esquivado por mensagens pelo menos uma meia dúzia de vezes.

Mas ele, por mais que seja do tipo carente, merece um ponto-final maduro da minha parte.

— Será rápido — insiste Eduardo, culpa da minha demora em responder.

— Vamos lá.

Faço como os adolescentes: penduro os fones de ouvido no pescoço, demonstrando que a partir de agora minha atenção é toda de Eduardo, que espera chegarmos à lanchonete antes de retomar sua fala.

Peço uma vitamina de abacate, mas logo me arrependo, porque, dependendo do desenrolar da conversa, posso ter dificuldade em digeri-la.

— Lívia, eu fui muito leviano no julgamento sobre nós dois — diz, assim que nos acomodamos no balcão.

— Eduardo, eu...

— Não, espera, por favor. Não quero que se sinta culpada ou coisa parecida. Acho que fui eu que criei expectativas demais, meio injusto com você, para falar a verdade.

Eu apenas o encaro, impressionada com tamanha honestidade.

Percebo que os homens geralmente se inibem quando se trata de falar de suas frustrações sentimentais. A maioria foi criada para ser forte, insensível e magnânimo. Santiago não é assim. Nem Eduardo, pelo jeito.

— Quando te vi na confeitaria, eu estava mesmo interessado em tentar me firmar num relacionamento novo. — Ele coça a cabeça outra vez. — Imaginei que talvez pudesse ser com você, porque gostei do seu jeito.

Sou consumida por uma onda vermelha de calor e embaraço. Não lido bem com elogios. Claro que adoro recebê-los, o que não me impede de sentir vergonha.

— Acontece que não estávamos na mesma sintonia, né?

— Puxa, Eduardo, nem sei o que dizer.

Ele ri, abrindo uma covinha em cada lado de seu rosto bonito.

Nossos pedidos chegam e eu dou uma bebericada na vitamina antes de continuar.

— Não precisa, Lívia. Eu só não queria que as coisas ficassem estranhas. Nem chegamos tão longe assim e pode ser que continuemos a nos esbarrar lá na Favo de Mel. Queria ficar à vontade perto de você, trocar umas palavras de vez em quando, nem que seja sobre o tempo.

Agora é minha vez de sorrir. Ainda bem que o clima está mais leve.

— É claro — assinto. O gosto do abacate fica até mais acentuado depois desse alívio. — Mas acho que vale a pena eu contar que não sou muito boa com esse negócio de relacionamento. Então nem esquenta. Você pode ter se livrado de uma boa.

De repente a expressão de Eduardo muda. Ele enruga a testa e solta um muxoxo.

— Acredito que esteja enganada, Lívia. Não existe uma fórmula para relacionamentos de sucesso. Com alguns casos excepcionais, o restante das relações que não dão certo tem a ver com momento, sintonia, essas coisas. Colocar a culpa em uma das partes às vezes é só a desculpa mais fácil.

— Gostei da teoria. Serve de consolo para gente como eu.

Eduardo bate o copo dele no meu e me dá uma encarada de sobrancelha erguida, uma expressão muito parecida com a do meu pai quando ia começar um sermão.

Passamos pelo menos uma hora jogando conversa fora, e eu compreendo que relacionamentos nem sempre vão caminhar para apenas uma direção. Não deu certo no lado amoroso com Eduardo, mas pode vir a se tornar uma amizade do tipo descontraída, sem muito compromisso, mas satisfatória quando os envolvidos se encontram aleatoriamente ou mesmo depois de combinarem uma saída despretensiosa.

Quebrei mais um paradigma. Estou evoluindo, meu Deus!

Corro para alcançar o elevador, gritando para que a pessoa lá dentro bloqueie a porta para mim.

A vitamina de abacate balança dentro do meu estômago enquanto disparo pelo corredor. Já é tarde e tudo o que quero é estar de pijama no meu apartamento — e planejar uma estratégia para procurar Santiago e tentar me desculpar com...

Ele!

— Boa noite, Lívia.

Segundo susto da noite! Meu coração pode pifar numa dessas.

Santiago me dá passagem, sendo o educado atencioso de sempre, mas não demonstra muita felicidade ao me ver.

Eu, da minha parte, sou puro frenesi camuflado atrás do embaraço. Vontade de enfiar minha cabeça no vaso de planta que a síndica colocou aqui dentro do elevador. No entanto não posso perder esta oportunidade que se materializou diante de mim na forma do cara por quem morro de amores.

— Boa noite.

Meus batimentos cardíacos estão a mil. O primeiro andar passa, em seguida o segundo, e minha língua grudada no céu da boca. Começo a suar.

O pé direito de Santiago — tão bonito, vale ressaltar, enfiado num chinelo preto — bate ritmicamente no piso acarpetado, produzindo um som abafado.

Conto cada uma das batidas, até que sinto que posso explodir de ansiedade. Então solto, em bom som:

— Santi, podemos conversar? — Abaixo o tom de voz, porque até eu me assustei com a altura. — Lá em casa?

Ele faz que sim com a cabeça, os olhos ressaltados, e me segue sem dizer uma só palavra.

Que gastura!

Porém esse aqui do lado é Santiago, e a quem quero enganar? É o sujeito fofo que viu em mim todas as qualidades que nunca aceitei ter.

Assim que entramos no meu apartamento, ele, ciente do nervosismo que me consome, sugere:

— Por que não toma um banho? Enquanto isso, preparo um café forte ou um chá, se preferir.

Ergo o olhar na altura do dele e encontro insegurança, reserva, sentimentos que não combinam em nada com o Santiago que conheci.

Eu me aproximo dele e seguro seu rosto entre as mãos, afundando os dedos em sua barba por fazer. Tão querido!

— Lívia... — Ele solta um suspiro entrecortado; os olhos adquirem um brilho que reacendem a vida que sempre enxerguei neles. *Meu Santiago.*

— Vou tomar um banho. Prefiro o café. E vou ser rápida porque preciso consertar minha besteira logo.

Não espero que ele diga alguma coisa. Eu me refugio na segurança do meu banheiro, a fim de controlar as batidas do meu coração. O momento Katniss Everdeen, empoderada, magnânima, passou depressa. Quando voltar para a sala, terei de reencontrar a heroína que esporadicamente habita em algum recôndito dentro de mim.

Sempre fui eu mesma com ele, não é hoje que vou me transformar em outra pessoa. Se Santiago está mesmo apaixonado por mim, tem consciência de que conheceu esta Lívia Saraiva Monteiro aqui, com seus defeitos e neuras.

Chegou a hora da verdade.

— O cheiro do café está maravilhoso — anuncio meu retorno com essa frase banal.

— O *seu* cheiro que é, Lívia. — Entendi. Santiago não quer o prelúdio. Pulemos direto ao enredo, então.

— Eu lhe devo desculpas. — Dou um passo em sua direção.

— Eu também. — Ele dá outro.

— Fui tão idiota. Tudo bem que você me deixou acreditar que era gay... — Aproximo um pouco mais.

— Você estava no seu direito. Permiti que passasse tempo demais. — Ele chega mais perto.

Agora estamos a um sopro de distância.

— Você estava bêbada, mas acreditei em cada uma das palavras que me disse naquela noite. — Sinto o calor do hálito dele em meu rosto. Fecho os olhos e pulo de cabeça na maravilhosa sensação que é amar esse homem.

Beija eu, beija eu, deixa que eu seja eu. Obrigada, Marisa Monte.

— Eu estava bêbada, mas falei todas elas de coração.

Santiago dá um meio sorriso. Ele encosta seu corpo no meu, de levinho, quase não me tocando. O problema é que estou sentindo tudo, de um calor fora de época à emoção de estar vivendo este momento.

— Você está mesmo apaixonada por mim?

— Sim.

— Que coincidência! Porque eu também.

Encontramos um ao outro ao mesmo tempo. Nossos lábios se grudam, agora conscientes de que farão isso um sem-número de vezes daqui pra frente. Os braços dele me apertam, fundindo-nos numa massa quase única. Caímos no sofá, desajeitadamente, o que nos causa risadas incontroláveis. Tudo em nós é de mais.

— Foi assim que a gente terminou antes. — Santiago me ajeita sobre seu colo. — Só acho que devemos retomar daqui.

Concordo beijando-o com uma intensidade que nunca usei em outros beijos. Minhas mãos descem e sobem por seu peitoral definido, arrancando gemidos não só dele, mas meus principalmente.

Nunca me achei tão bonita, tampouco tão desejada, querida, amada. Desde que meu interesse por meninos desviou a atenção que eu dava irrestritamente aos meus livros e bonecas, sempre me coloquei aquém daquilo que eu merecia. Fui tantas outras Lívias para agradar os garotos e, mais tardes, os homens. Mas jamais agradei a mim mesma. Levantei bandeiras para expressar minha falta de sorte, o que, na verdade, éramos apenas eu e meus temores.

Sentada sobre as pernas de Santiago esculpidas em mármore de Carrara, com ele me adorando como se eu fosse uma divindade mitológica, chego à conclusão de que me desrespeitei muito ao detonar minha autoconfiança.

Ninguém deve se desvalorizar em prol de outras pessoas. Nunca!

— Meu urso panda, você está me enlouquecendo, sabia? Desde que a flagrei de quatro, com aquela saia apertada, no nosso corredor. — Os dedos dele encontram uma brecha na barra da minha blusa e se acham no direito de explorar a pele do meu abdômen.

— Você já me flagrou em tudo o quanto é situação embaraçosa, Santi.

— E eu amei viver todas elas.

— Aposto que sim.

Por um instante, ele interrompe nosso amasso e encosta sua testa na minha. Ambos estamos ofegantes. Depois me olha fixamente, de um jeito que faz meu coração se expandir até não caber mais no peito.

— Não quero que isso entre nós seja algo passageiro — declara. — Não faço joguinhos, Lívia. Se eu amo, eu amo. Está disposta a me aguentar por perto, agora mais tempo ainda?

Estou fixada no "se eu amo, eu amo", mas consigo responder:

— Hum... — Finjo desinteresse. — Vou pensar no seu caso.

— Ah, mas não vai mesmo!

Se isto aqui fosse um romance, o capítulo acabaria agora, permitindo que os leitores chegassem a suas próprias conclusões.

Se fosse...

CAPÍTULO 15

Gabi

Releio a mensagem com calma para checar se não entendi errado. Então, depois de semanas no vácuo, chega um recado do espaço, mais precisamente de uma nave espacial que chacoalhou a minha vida, me convidando para mais uma etapa da famigerada seleção: uma carta para convencer o conselho editorial a me contratar para o cargo. Esse processo está como a franquia do filme *Velozes e Furiosos*, cada hora surge um número ao lado do título. Credo, uma verdadeira *História sem fim* parte quatro mil setecentos e trinta e nove. Justo agora que desencanei do processo por ter me convencido de que não havia sido selecionada pela ausência de respostas! E, claro, depois de uma avaliação sobre meu comportamento na mais recente fase da seleção, concluí que ninguém em sã consciência contrataria uma pessoa que vai chorar na mata, se perder atrapalhando as atividades e bate boca numa prova que deveria ser descontraída.

Pelo menos, essa seleção serviu para me abrir os olhos para quem eu sou e para o tipo de trabalho que quero fazer. Seria bom conseguir o emprego, mas será maravilhoso viver da minha criatividade. É como meu pai costuma dizer, às vezes as coisas pioram um pouco para melhorar depois. Quando eu iria ter a oportunidade de me conhecer tanto e, de quebra, fazer amizade com um guaxinim maroto que me inspira?

Deixo um pouco o notebook de lado enquanto volto para o esboço da peça que estou construindo para a mostra. Como tive um *tuc* no meio do caminho, meu novo verbete para designar *insight*, precisei readequar as medidas da obra, que ficará bem grande, ocupando quase todo espaço que me foi disponibilizado.

Tenho tanta certeza da mensagem que desejo transmitir e do que quero da vida que tenho passado quase doze horas por dia me alternando entre a garagem, na execução da obra, e o meu apartamento, onde estou surpreendentemente concentrada no planejamento da minha obra. Acredite: ter a mente focada — ainda mais em se tratando da minha, que parece ter vida própria e que me leva involuntariamente à Gabilândia — é quase um milagre. Tenho tudo sob controle e estou até registrando as etapas num caderno de produção com fotos para alimentar meu site e documentar o processo. Vai que ganho esse prêmio e jornais ou outros artistas se interessem pela construção da exposição? Sim, estou pensando grande! Estou confiando em mim.

Desde ontem, uma moça que conheci na escola de Belas-Artes da UFMG está me ajudando. Ela é artista plástica com experiência em cerâmica, justamente o que eu procurava para me ajudar a construir tudo a tempo na primeira etapa. Viu, estou até contratando pessoas! Obviamente, os detalhes e a assinatura da obra quem vai fazer serei eu.

Sou tão artista, mas também estou chefona de mim que Lívia ficaria orgulhosa... Ah, Lívia!

Largo meu projeto e volto ao notebook.

Tuc. Já sei o que escrever à Espaçonave.

> Aquele que trabalha com a palavra, em suas mais variadas funções, é também alguém que atua de forma semelhante a quem está num garimpo. Conhecer o terreno, explorar as opções, burilar a matéria até encontrar um tesouro são, a meu ver, a atividade de um editor. O comprometimento com o leitor e com a Literatura demanda muitas vezes esquecer de si, entranhar-se em novas áreas e gastar as

mãos no chão de onde sairá o que será valoroso ao leitor. Um editor colabora com a formação de um público, com as memórias de leitor e com o retrato de uma época, visto que a Literatura condensa o pensamento de determinado período. Entendo, assim, que um editor é alguém que sai à procura do que queremos ver, mas ainda não encontramos; daquilo que queremos ler, mas ainda está sendo escrito.

O editor é aquele que reconhece o valor material, ainda que em estado bruto. Cabe a ele lapidar a pedra que resultará num diamante apto a iluminar a vida de uma pessoa.

Um editor ama a Literatura além dos títulos sensação que ocupam a lista dos mais vendidos. Um editor, claro, tem consciência do que sustenta seu trabalho, mas não se perde por isso por saber do que os livros são feitos: palavras e sentimentos que, unidos, contam uma história.

Para mim, esse é o trabalho de um editor. Função que será brilhantemente desempenhada pela Lívia Saraiva Monteiro, atual assistente editorial da Sociedade dos Livros. Com formação adequada e experiência no mercado editorial, estou segura de que ela fará um ótimo trabalho em assegurar o respaldo do selo e também no avanço dele, garimpando histórias novas e trazendo bons autores à Espaçonave.

Espero revê-los em outros voos.

Com carinho,
Gabriela Uematsu

P.S.: Caso necessitem de um profissional para criação de identidade visual de trabalhos editoriais, estou à disposição. Nesse terreno, serei sua melhor garimpeira.

Penso em digitar uma segunda observação dizendo que deixar os participantes passar fome durante uma prova foi demais, mas estou sem tempo e aperto logo o botão de enviar.

Fecho o notebook e volto ao trabalho que tanta alegria traz a esta guaxinim.

— Pelo amor de tudo que é sagrado, tome cuidado! — berro, tentando não parecer uma artista mandona. Mas é que os carregadores quase colocaram minha peça no chão como se fosse apenas uma trouxa de roupas. — Isto é delicado, levou dias para ser feito. É arte, não uma coisa. — Suavizo meu tom de voz.

Eu agradeço o serviço e me sento no chão para esperar o restante dos meus materiais. Puxo o ar o máximo que posso em meus pulmões e o solto com força a fim de manter a calma. Tenho dois dias, apenas dois dias, para concluir a montagem, dormir bem e ainda estar linda para a abertura da mostra, no sábado de manhã.

Para ajudar meu estado emocional, papai e mamãe chegarão a Beagá na sexta à noite e ficarão hospedados na minha casa, que está pior do que casa com crianças. Meu plano é levá-los para jantar com o Léo e voltar bem tarde para eles só baterem na cama e acordarem no dia seguinte. Isso, é claro, se eu não enlouquecer até lá e concluir todo meu trabalho. Já cogito até pedir ao Léo que saia com eles sem mim, mas temo que ele os leve para comer hambúrguer e depois os convide para o rock. Meu bombom é fofíssimo, trata todo mundo bem, mas não tem muita noção.

Outro dia, no aniversário do bisavô dele, Léo o buscou na saída da missa com a moto do primo. Ficaram até a hora do almoço dando rolê pela cidade. Tem cabimento um senhor com pressão alta ficar sentado numa garupa debaixo de sol? O pior foi que o velho achou um barato e falou aos quatro ventos que Léo é bom piloto. Eu, medrosa que só, só subo numa garupa daquelas para fugir de um ataque zumbi.

Enquanto mensuro o que ainda há para fazer, confiro meu celular e percebo que várias pessoas me marcaram no Twitter. Deixo para visualizar depois; certamente são minhas amigas da Grupa, já que nos falamos constantemente pelas arrobas. Coloco o celular no bolso e converso um pouco com um artista de Porto Alegre que veio participar da mostra.

Nosso papo não dura mais que dez minutos, já que todos estamos aflitos com o tempo e passando pela conhecida tensão pré-evento.

Penso em tirar uma foto mostrando apenas a base da minha intervenção e já convidar as pessoas. Pode ser uma boa divulgação. Confiro o celular e o visor acusa mais de cem menções no Twitter.

Meu coração gela.

Não está normal. Respiro fundo. Deve ser outro ataque *hater* à Grupa ou...

— Bandida! Roberta Criminosa Tavares, vai tomar no...

Tranco os lábios para não proclamar os melhores palavrões que coleciono desde que li *Feliz ano velho*, do Marcelo Rubens Paiva, na adolescência. Corro os tuítes até chegar à raiz do mal.

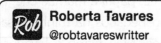

Roberta Tavares
@robtavareswritter
Amigas disputando a mesma vaga. Literalmente.

Como tem bobo para bater palma para outra boba, não? A porcaria da mensagem, embora curta, é amplamente respondida pelos seguidores dessa moça. "Ah? Como assim?", "Explica mais, Rob.", "Coooonta, não faça isso com a gente!", "As mina do blog LA?", "Gabriela e Lívia do LA estão disputando o quê?" são algumas das citações.

Saio do salão para respirar um pouco e, ao vasculhar mais, encontro coisas piores.

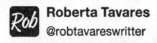

Roberta Tavares
@robtavareswritter
Mercado editorial no Brasil é pequeno, galera.

Roberta Tavares
@robtavareswritter

Na dança das cadeiras dos editores, tudo vaza.

Roberta Tavares
@robtavareswritter

Duas "amigas" que adoravam ostentar a amizade literal na internet disputam a vaga de editor do selo jovem de uma grande editora.

Roberta Tavares
@robtavareswritter

Para algumas pessoas, uma vaga na spaceship vale mais que uma amizade de anos, né, amores?

Roberta Tavares
@robtavareswritter

Fontes quentíssimas me garantiram que o bicho pegou entre as amigas durante a seleção.

Roberta Tavares
@robtavareswritter

Já está na hora da gente repensar o lugar dos blogueiros no mercado, não? Muitos se utilizam do espaço para galgar vagas em editoras.

Roberta Tavares
@robtavareswritter

Se elas fazem isso com elas mesmas, que são tão próximas, imagina o que fazem às outras pessoas? A autores, com suas resenhas viperinas?

Viperina? Plagiou essa palavra de algum lugar, sua naja? Porque seu cérebro de ameba jamais conseguiria empregar tal palavra, aliás, nem escrever um capítulo essa cretina conseguiu sem dar control + C e control + V de sites estrangeiros. Como ela ainda tem seguidores e por que nos odeia tanto? E quem foi o desgraçado que contou a ela o que aconteceu durante a prova? Ô, povo miserável, eu estrangularia todos agora!

Continuo a tortura de ler as mensagens para tentar dimensionar o tamanho do estrago. Para piorar, há várias pessoas comentando que o blog está desatualizado e que há semanas Lívia e eu não postamos fotos nossas juntas. Um à toa na vida ainda fuçou com mais propriedade e garantiu que nós não curtimos mais nenhuma foto sequer da outra, confirmando o babado.

— Acho que é hora de procurar Lívia — assumo em voz alta. Se ela ainda não sabe, logo verá toda essa movimentação, visto que seu perfil no Twitter também foi marcado.

Procurá-la, neste momento, demandará ter conversas que não estou em condições de iniciar. Preciso montar toda minha exposição até sexta às sete da noite, é a melhor chance profissional que tenho nos últimos meses. Sem falar que não quero ser vista chorando aqui. Vão achar que sou uma artista amadora. E não sei como ela me receberia depois de tanto tempo sem nos falarmos. Eu preciso falar com ela depois, *somente depois*, desta exposição. Deus sabe as razões.

— Mas você não pode deixar que falem de vocês assim na internet! Muito menos do blog que mantêm há quase oito anos e investiram tanto para dar certo e construir um público fiel — argumento, como se eu fosse uma mentora de mim mesma.

Respondê-la será como fornecer um balde de pipoca aos seguidores da Roberta Imitadora Tavares que adoram barraco, já que cada semana ela implica com uma pessoa e, por essa razão, não perdeu o séquito mesmo depois do plágio ser exposto.

Então, tenho uma ideia.

Volto ao salão prometendo a mim mesma esquecer o telefone depois que fizer uma última atualização. Posto a foto que planejei com o salão da mostra com uma legenda bem fofa.

> Olá, pessoal, faz tempo que não dou as caras, né?
> Aqui está uma das razões, além da conclusão do meu mestrado. Sou uma das artistas que irá compor a Mostra Artistas Livres, que começa no sábado. Está exigindo esforço, assim como qualquer trabalho criativo e original, mas tem valido a pena! Quem é de BH, não perca! Teremos ótimos artistas expondo.
>
> Em breve posto mais resenhas lá no blog, mas tirei estes dias para trabalhar em outra paixão!

Termino com algumas carinhas. Releio e avalio tirar a parte "trabalho criativo e original" da legenda, pois a alfinetada na copiadora de merda mostrará que li os tuítes. Meu plano é fazer a ocupada demais para se importar. Contudo, acho digno encher a boca para dizer que meu trabalho é legítimo e honesto. Posto e torço para que Lívia faça o mesmo, se mostrando feliz e ocupada, ou que poste algo no blog.

Pelo menos ganharemos tempo até segunda-feira, quando eu vou ligar para a Espaçonave e descobrir quem foi o linguarudo que passou uma informação dessas a terceiros. Aliás, quer saber? Que essa nave se exploda no espaço! Quem essa empresa acha que é para instituir um processo seletivo desses? Estão se achando a última prensa de Gutenberg?

Guardo o celular na bolsa e juro a mim mesma mirar no que me faz bem. Pego o MP4 e coloco a música "Got what you need" da Eve feat. Drag-on. Meu inglês é macarrônico, mas canto mentalmente a versão de um programa de humor: *Agarra o guaxinim, solta a guaxinim, agarra o guaxinim, solta o guaxinim, pega o guaxinim, agarra o guaxinim, pega o guaxinim, agarra... Baibê, baibê, baibê...*

Ainda vou rebolar na sua arroba, querida. Segura esse gingado.

Lívia

— O que você tanto digita nesse teclado? — Santiago se estica e apoia o corpo despido num dos cotovelos, invadindo meu espaço pessoal.

Não que ele não tenha feito isso a noite inteira — invadir meu espaço pessoal, quero dizer, de um jeito muito bom, vale a pena frisar. Valeu passar por cada uma das fases da nossa história para chegarmos aonde estamos agora: juntos e felizes. Reconheço finalmente que relacionamentos não têm fórmulas. O que acaba pesando de verdade para o sucesso deles é estarmos de bem com nós mesmos. Assim fica mais fácil enxergar o outro, com suas qualidades e defeitos, e aceitar conviver com suas diversidades.

— Está editando uma biografia? — questiona ele, agora com o queixo sobre meu ombro, o que me provoca arrepios múltiplos. É muito surreal estar num relacionamento sério com o Santiago. Queria tanto contar a novidade para a Gabi.

— Hum, não deixa de ser — respondo evasivamente. — Mas não é material de trabalho.

— Estou vendo. Essas fotos não são suas e da Gabi?

— A maioria, sim.

Santiago se ajeita até ficar de frente para mim e me encara com uma expressão danada de matreira.

— Urso panda, o que você está aprontando?

Dou um sorriso meio de lado, como se tivesse sido flagrada enfiando o dedo na cobertura do bolo de aniversário da prima chata. Mas revelo o meu plano para ele, dividindo essa ansiedade que cresce um pouco mais a cada dia.

Devo ter surpreendido meu namorado — ainda preciso me acostumar com esse status —, pois seus olhos são puro azul e admiração. Ele retira o notebook do meu colo e reivindica o lugar para si, reacendendo o fogo alimentado sem trégua durante toda a noite passada.

— Sabe qual característica sua chamou minha atenção logo que te conheci?

— Minha habilidade ímpar para cantar e dançar só de calcinha e sutiã na sala do apartamento? — brinco, arrancando uma risada divertida dele.

— Essa foi pura sedução, ursinho. — Santiago beija a ponta do meu nariz. — Mas, além disso, foi perceber como você é verdadeira e fiel a suas amizades. Desde o começo vi que tem um caráter reto, Lívia, e neste mundo tomado por egoísmo e vaidades, conhecer alguém como você, bonita, competente, bem-sucedida e, acima de tudo, íntegra, me fez pensar "segura, porque essa é rara".

A emoção toma conta de mim, e ela se manifesta na forma de lágrimas acumuladas na parte de baixo dos meus olhos.

— A Gabi merece você e tenho certeza de que você também a merece — filosofa ele, como o homem sensível que é. — Passou mesmo da hora de reatarem a amizade. A concorrência por um emprego não pode ser mais importante do que tudo o que vocês duas construíram ao longo desses anos todos.

Dou uma fungada, enquanto balanço a cabeça para a frente e para trás, um movimento frenético de concordância.

— Essa é a minha garota, ou melhor, meu urso panda! — Santiago cobre todo o meu corpo com o dele, demonstrando suas expectativas em relação aos próximos minutos.

— Quando vai parar com esse apelido bobo? — indago, fingindo indignação; a respiração já ofegante.

— Nunca, minha pandinha. Nunca.

Maria Cláudia me chama na sala dela. Interrompo, a contragosto, a leitura de um novo manuscrito. A autora é uma dona de casa, dividida entre as inúmeras tarefas domésticas, que, segundo consta em sua carta de apresentação, não têm fim. A história dela está se desenvolvendo muito bem. Que tesouro!

— Ah, Lívia, oi! Entre, entre. Está muito elegante hoje, como de costume. — Minha editora lança o elogio do mesmo modo que faria se o assunto fosse o tempo ou economia. Ela faz tudo parecer casual.

— Obrigada. — Secretamente sei que não caprichei no visual além do costume. Felicidade faz as pessoas parecerem diferentes.

— Você precisa saber que acabei de fechar na reunião com a diretoria a contratação daquele autor que você recomendou. Queria que recebesse a notícia para que possa entrar em contato com ele.

— Jura?! — Meu coração transborda de alegria. — Isso é... sensacional, Maria Cláudia! Principalmente porque ele é um desconhecido completo.

— Exato. No começo a direção da editora relutou um pouco, justo por causa desse ponto. Acontece que seu relatório está tão elucidativo que acabou convencendo todo mundo.

— Meu... relatório?

— Sim! — Minha editora bate palmas e se aproxima de mim, com um entusiasmo digno de crianças no parque. — Lívia, você imprimiu tantos detalhes naquela ficha que poderia ter convencido a diretoria a assinar qualquer coisa.

— Afe, por que não tentei um aumento de salário? — Faço graça.

— Aí eu acho que já seria demais.

Saio da sala dela me achando a fada madrinha do autor. Posso antever a reação dele ao receber minha ligação. Ficará tão empolgado que concordará com tudo o que eu disser, mesmo se eu não for completamente sincera com ele, o que não vai acontecer de forma alguma.

Já vi muito escritor assinar contratos no calor da empolgação e nem perceber as cláusulas capciosas embutidas no meio do documento. Como esse em questão não tem um agente para orientá-lo, serei bem clara com ele, de modo que decida se o que a Sociedade dos Livros propõe vale a pena ou não. Que a diretoria não descubra.

Quando volto para casa, meu coração está em paz. Expliquei com franqueza os trâmites do contrato para o escritor, que aceitou tudo numa boa — e com lucidez. Não sei precisar quantos "obrigado" ouvi, numa voz carregada de emoção. Jamais me vangloriarei por isso, porque afinal meu trabalho é esse. Mas que dá um orgulho danado descobrir os talentos que vivem relegados ao reduto de seus escritórios, ah, não vou negar!

E se essa for a minha missão?

Envolvida em um milhão de questionamentos, decido que chegou a hora de escrever a carta para a Espaçonave, a editora mais intergaláctica do universo e viajada em processos seletivos de outro mundo.

> Começo este texto com um desabafo: não sei se sou a pessoa mais indicada para o cargo oferecido por vocês. Pode parecer contraditório chegar até aqui e só descobrir isso agora. Talvez meu subconsciente estivesse soltando alertas desde o primeiro momento. Eu só não fui sensível o suficiente para captar as mensagens.
>
> Eu amo os livros e tudo o que concerne aos processos de edição de uma obra, desde o garimpo em busca de uma nova joia literária, passando pela descoberta de um talento, até o lançamento no mercado e a consequente satisfação do autor. Logo, não me vejo trabalhando em outra área. Por outro lado, o mecanicismo é um fator de desmotivação para mim. Não posso permitir que algo tão

visceral e subjetivo, que é a construção de uma história, seja encarado como apenas um produto a ser modelado conforme os anseios do mercado e colocado na prateleira para apreciação e, de preferência, consumo do cliente.

Participar do processo de seleção para o cargo de editora da Espaçonave tem sido um desafio. Pensando friamente, agora entendo a verdadeira intenção de vocês, que é enxergar seu novo colaborador de todos os ângulos possíveis. Porém a concorrência também me fez me ver com um olhar novo, e eu de repente me encontro sob uma perspectiva diferente.

Em toda obra literária percebe-se uma ideologia, uma postura do artista diante da realidade e das aspirações humanas. Não quero deixar de ser sensível a isso. Se para ser uma grande editora for necessário que eu fique cega às subjetividades para "fabricar" livros em vez de acolher histórias e enviá-las ao leitor com a certeza de estar fazendo meu trabalho em prol da arte, abro mão do cargo sem pestanejar.

Desejo que compreendam meus argumentos e desde já agradeço pela oportunidade.

Atenciosamente,
Lívia Monteiro

> Ei, gata, já deu uma olhada no Twitter hoje? Vai lá e depois me conta o que achou do babado. Estou entrando numa cirurgia. Qualquer coisa grava áudio. Beijo!

Como Fred achava que eu iria reagir depois de ouvir isso? Meu dia no trabalho foi de pura ralação, não tive tempo nem de responder a uma mensagem safada do Santiago, por isso não sei nada a respeito das tretas virtuais. Nunca fico sabendo mesmo, de todo modo.

Mas fui picada pelo mosquito da curiosidade e nem ferrando que vou ignorar o suspense lançado pelo meu amigo filho da mãe. Ele gosta de me fazer sofrer.

Quase caio para trás ao me deparar com a quantidade de menções ao abrir minha conta no Twitter. Não tenho o costume de acessar essa rede social, portanto é uma grande surpresa encontrar tantas notificações. Choque maior é constatar do que se trata.

Leio as postagens maldosas da Roberta Tavares, de quem eu nem me lembrava mais, sentindo crescer dentro de mim a vontade de estrangular aquela mulher. Como alguém pode ser tão baixa? O mau-caratismo dela não tem limites mesmo.

Meu primeiro impulso é responder, mas me refreio a tempo. Não vou dar esse gostinho a essa ordinária. Mais tarde publicarei uma resenha nova no blog, de modo que ele será atualizado como num dia normal. Só não faço isso agora para não parecer uma reação instantânea à provocação.

Existe gente muito ridícula neste mundo.

Meu estômago ronca, exigindo minha atenção. Então desisto de ir adiante com a leitura dos tuítes da plagiadora maluca. Porém uma outra postagem pipoca diante dos meus olhos.

Olá, pessoal, faz tempo que não dou as caras, né?
Aqui está uma das razões, além da conclusão do meu mestrado. Sou uma das artistas que irá compor a Mostra Artistas Livres, que começa no sábado. Está exigindo esforço, assim como qualquer trabalho criativo e original, mas tem valido a pena! Quem é de BH, não perca!
Teremos ótimos artistas expondo.

Em breve, posto mais resenhas lá no blog, mas tirarei estes dias para trabalhar em outra paixão!

E não é que a Gabi se assumiu artista de uma vez por todas? Sua participação na exposição prova que ela finalmente deu vazão ao seu talento e resolveu mostrar ao mundo a que veio. Chego a ter um negócio no peito tamanho o orgulho que sinto dela.

Uma brisa desavisada brinca com as cortinas da sala. Eu me concentro nessa imagem, a visão apenas, porque minha cabeça vagueia longe. Não me importaria de engolir o medo de ser rechaçada e ligar para a Gabi agora mesmo, mas farei melhor.

Tenho poucos dias para concluir meu projeto secreto. Só sei que darei um jeito de acabar, nem que precise virar todas as noites de hoje até sábado. Então irei prestigiar aquela que será minha amiga para sempre e coisa alguma vai me impedir de abraçá-la e de me desculpar por todas as mancadas que dei.

Santiago assume o volante, e Fred vai no banco de trás. Eu sou nervosismo puro, mas estou cheia de certeza. É hoje que encerramos esse capítulo absurdo intitulado "Belém, belém, nunca mais fico de bem".

O álbum recheado de histórias pesa sobre minhas coxas, parcialmente cobertas pelo tecido do meu lindo — e novo — vestido de renda cor de champanhe. Quando Santiago me viu assim que terminei de me arrumar, não respeitou nem mesmo a presença de Fred na sala e partiu para cima de mim. Sou obrigada a admitir que ter esse tipo de poder sobre ele faz do meu ego um serzinho muito envaidecido.

— Ei, meu urso panda, vai dar tudo certo — assegura ele, massageando meu pescoço teso. — O livro ficou lindo e expressa tudo o que você e a Gabi representam uma para a outra.

As mãos de Fred pousam sobre meus ombros, transmitindo calor.

— Não tem como vocês duas não reatarem depois disso. E um passarinho me contou que ela também não vê a hora de voltar a ser sua amiga, Lili — revela ele.

— Como sabe disso? — indago sem muita convicção.

— Ora, eu sempre tive minhas fontes, gata.

Santiago dá a partida, não antes de depositar um beijinho cálido sobre meus lábios. Se nada sair conforme tenho planejado desde o começo da semana, pelo menos sei que esses dois homens ficarão ao meu lado para catar meus caquinhos.

Confiança, Lívia! Confiança! Aquela mulher medrosa de antes ficou no seu passado.

Meu corpo parece feito de gelatina e manteiga quando piso com meus saltos de dez centímetros na entrada do local onde o evento acontece. O lugar já está cheio, um ótimo sinal para os artistas que expõem seus trabalhos.

Um garçom passa equilibrando sua bandeja repleta de taças de cristal cheias de espumante. Nem chego a demonstrar o quanto necessito de uma. Santiago lê minha mente e pesca uma taça para mim.

À medida que avançamos para o interior do salão, percebo o quanto as peças expostas são fantásticas, mesmo eu estando num estado meio aéreo. Meu namorado cochicha algo direto nos meus ouvidos, mas não compreendo o que ele diz. Subitamente é como se eu tivesse sido transportada para um universo paralelo, cujo cenário é composto apenas pela escultura em destaque a poucos passos de onde estou.

— Meu Deus... — murmuro. — Que coisa mais linda!

E é neste instante que a artista em pessoa se materializa ao lado de sua obra, com um sorriso franco dirigido especialmente a mim.

Pressinto o retorno de uma certa dupla de amigas que *literalmente* se adoram.

CAPÍTULO 16

Gabi

Nem todas as palavras contidas em todos os livros do mundo conseguiriam traduzir o que sinto agora. Estou de pé diante de uma obra que é fruto do meu esforço e, mesmo simples, ela se destaca no salão repleto de peças bem interessantes. Na minha frente, está um vaso de cerâmica de três metros de altura por quatro de largura com uma pequena fenda por onde as pessoas entram no objeto. O interior da obra imita o coração humano e é iluminado apenas por uma televisão de tubo bem velha com imagens de um casal mascarado entrando em portas diferentes, como se penetrassem na intimidade de alguém, representando a expressão "abrindo o coração". O acabamento da parte interna exigiu uma dedicação minuciosa dos revestimentos de silicone e de materiais reciclados para tratar bem as cavidades cardíacas e os batimentos. Até o barulho de *tum-tum* eu instalei na peça, o que me gerou um dia de estudo para criar a parte elétrica, tudo para ficar bem claro que estamos no coração de alguém.

A parte externa do grande pote de cerâmica é coberta de imagens de reconciliação, tanto famosas e públicas, quanto as particulares, coisas que a gente sabe da vida de quem está perto e da nossa própria. Eu pintei cada uma dessas imagens à mão em referência aos vasos japoneses, lembrando minha família. O mais trabalhoso, no entanto, foi quebrar o vaso depois de pronto e, finalmente, aplicar a técnica, que aprendi na minha viagem ao

Japão — a arte de consertar as peças quebradas com ouro, gerando aqueles famosos vasos com fios dourados.

As horas de trabalho árduo foram muito bem-recompensadas, sobretudo pelo impacto que ela gera nas pessoas que visitam a mostra.

— Estou muito orgulhoso de você, bombom! Arrebentou! — Léo me abraça. — Acho que estão chegando uns visitantes interessados no seu trabalho aí... — Ele tomba a cabeça apontando para o lado esquerdo.

Olho de soslaio e vejo Lívia se aproximar na companhia de Fred e de...

— Ela está de mãos dadas com Santiago? — Meus lábios se abrem.

— É nesta hora que eu levanto uma plaquinha de "eu já sabia". — Ele ri. — Não sei o que rolou, mas o cara estava na dela, tinha certeza! E acredito que ela deva estar louca para te contar a história...

Sorrio para Léo e me solto dele carinhosamente. Viro meu corpo e caminho confiante até minha amiga, que mantém os olhos fixos na obra.

— E aí, gostou? — Coloco-me na frente dela.

— Se eu gostei? Meu Deus, eu estou me sentindo no MoMA, em Nova York, diante de um trabalho tão bem-executado! Puta que pariu, Gabriela Uematsu, a senhorita arrasou! Ainda não entrei e nem vi por inteiro, mas, se não estou enganada, somos eu e você naquela pintura ali. — Ela aponta para o lado direito e superior da peça.

— Bem... Aquilo que é valioso não deve ser jogado fora. Todo processo de criação tem algum erro e as coisas podem se quebrar, deixando defeito no objeto. Não devemos esconder as imperfeições, mas aceitá-las como parte da peça. Aqui, usei essa técnica que reconstrói o que se quebrou com fios de ouro, mostrando que aquilo que é transformado pode ficar ainda mais valioso, porque o que vai colar as peças novamente — eu engasgo — é tão valioso quanto o ouro: é o amor.

Dou uma pausa para respirar e limpar a lágrima que escorre em meu rosto. E também para reverenciar em pensamento meus ancestrais que, meu Deus!, são foda — embora eu acredite que eles não gostariam de ouvir esse termo sendo usado para saudá-los, mas como eles vão entender apenas o sentimento, não a palavra, prossigo: são fodas mesmo!

— Meu plano era fotografar a peça e te mandar para amolecer seu coração. Daí eu pediria desculpas por tudo... — explico.

— Acha que eu não viria à exposição da minha melhor amiga? Sonhei com este dia assim como você, eu não perderia isto. — Ela se aproxima de mim e ergue um livro. — Mas eu entendo sua estratégia, também criei a minha! Achei tudo a ver comemorar nossa amizade literal com um livro.

Ela me entrega um livro muito bem-encadernado com uma foto nossa na capa. Folheio rapidamente e noto que o trabalho foi feito por ela, que escreveu vários textos, inseriu imagens nossas, versos de livros de que gostamos e até os primeiros layouts do blog numa espécie de livro-registro da nossa amizade.

Talvez os livros suprimam a necessidade de fala porque eles têm o poder de sempre dizer algo por nós.

Abro meus braços, e ela corresponde com o abraço mais esperado das últimas semanas. Peço desculpas num tom de voz bem baixinho, e Lívia também pede que eu a desculpe. Juntas, dizemos que está tudo bem.

Juro, posso sentir fios de ouro colando a nossa amizade.

Não se passaram nem trinta minutos e eu já fiz um resumão daqueles à Lívia sobre como a vida andou nessas últimas semanas. Combinamos de sairmos só nós duas para termos uma conversa mais íntima sobre o que aconteceu, já que aqui não é o lugar ideal para ter essa conversa. Também quero muito saber das novidades e, Senhor, já estou me coçando de curiosidade! Não posso dar umas semanas de folga que Lívia já me aparece com um boy que achávamos estar indisponível. Quanta vida pode acontecer em tão pouco tempo?

Embora nossa agitação para colocar o assunto em dia nos faça dar pulinhos pelo salão, a presença de Santiago e Léo nos deixa um pouco inibidas. Deve ser porque há um espaço dentro da gente que só uma boa amizade vai preencher. É incrível encontrar um bom companheiro, se apaixonar e estar numa relação, mas há coisas na vida que só uma verdadeira conversa entre mulheres dará jeito.

Para não monopolizar a Lívia e ser gentil com Fred e Santiago, introduzo os meninos no papo, explicando como funciona a mostra e como criei minha peça.

— Essas imagens, eu consegui com o casal que fazia *tuc-tóin* no apartamento de cima ao meu — comento, deixando Lívia boquiaberta com a descoberta. Fred lamenta não ter feito parte da investigação, enquanto Santiago ri e Léo, bem, ele achou loucura eu ter feito a cópia da chave, mas já deu algumas risadas com a história.

— Essa história pode inspirar, sabia? Apartamentos desocupados podem vir a ser o novo fetiche do momento — comenta Fred.

— Eu também me animei um pouco — confesso baixinho.

— Mas acho que isso só vai acontecer na minha cabeça...

De repente, uma moça baixinha com um microfone na mão se aproxima.

— Ei, você é Gabriela Uematsu, autora desta obra? Pode falar com a gente um minuto?

Rapidamente eu reconheço o rosto que faz matérias para o telejornal da Rede Globo Minas. Coloco-me à disposição e explico o processo de produção da ideia.

— Beleza, vamos gravar — anuncia ela, e o cinegrafista ergue a câmera perto do meu rosto.

E cá estou eu, realizando um sonho fantasiosamente gerado na Gabilândia! Eu sempre quis ter meu trabalho reconhecido tanto pela crítica, mas especialmente pela população. Compreendo artistas que se dirigem a um público elitizado, mas eu quero mesmo é que a arte extraia o melhor de todas as pessoas. Por exemplo, quem vai a um bom show ou a uma exposição como esta sai tão enternecido pelas manifestações artísticas que não vai embora pensando em agredir as pessoas ou dirigir de forma irresponsável. Espaços como este nos humanizam, e eu quero mais é participar deles. Nesse sentido, a televisão tem um papel bem importante.

Depois da gravação, a repórter me avisa que a matéria sairá no telejornal MGTV primeira edição.

— Temos que arrumar um lugar para almoçar com televisão — anuncio. — E as conversas devem ser de respeito, pois os papais Uematsus estão na área.

Aproveito para correr os olhos pelo salão repleto de obras e de visitantes para ver se encontro meus velhos. Desde que chegamos, eles estão batendo papo por aí.

— Postei um videozinho de você dando entrevista — comenta Lívia. — Aliás, já lotei o stories do Instagram de imagens da exibição, mostrando mais a sua obra, claro. Postei no meu particular e no do blog.

Pego meu celular e confiro os vídeos do perfil Literalmente Amigas. Lívia está toda sorridente dizendo que veio a um lugar muito especial neste sábado.

— Para quem ainda não sabe, a Gabi é artista, gente! Olhem só o novo trabalho dela. — Sua fala cobre as imagens da mostra. Depois, ela faz uma zoeira enquanto eu conversava com a repórter, mostrando a sacudida que dou no meu pé direito e evidenciando minha agitação.

— Ah, sua danada! Fez até *boomerang* da minha batidinha de pé! Aliás, por falarmos em internet, acho que está na hora de dar um tapa de luvas numa certa arroba peçonhenta, né?

— Aff, você viu? Como tem gente que ainda dá moral para aquela ridícula! Nem o escândalo do plágio baixou a bola dela! Não sei por que ela cismou com a gente!

— Na hora que eu li aqueles tuítes, quis dizer umas verdades. Mas agora estou tão feliz que não sinto vontade de brigar...

— Muito menos eu! Sem disposição nenhuma para entrar na vibração de raiva dela... E sabe? É exatamente isso que devemos colocar na legenda!

Minutos depois, postamos uma foto nossa abraçadas no perfil do blog e espertamente repostada em nossos perfis particulares do Twitter. Na legenda escrevemos apenas: "Literalmente amigas e felizes."

Especialistas em xeretar perfis alheios para munir tretas internéticas já terão o que fazer. A gente vai continuar aproveitando nosso sábado.

Desculpa aí, mas minha entrevista foi ao ar até na segunda edição do telejornal. E como as pessoas assistem aos noticiários! Tem gente que estudou comigo na pré-escola dizendo que me viu no jornal e que irá à mostra ver minha obra. E pensar que eu fiquei tanto tempo me escondendo da vida, segurando o jogo... Imagine quantas coisas boas eu perderia! Mas também tenho que estar preparada para tudo, tanto para elogios quanto para críticas.

Berná, minha querida professora, foi à exposição no domingo e me mandou um e-mail muito especial, repleto de palavras de admiração e de incentivo. Contudo, fez uma ponderação quanto aos materiais escolhidos para compor a parte interna; segundo ela, há outras opções que conversam melhor com o conceito abstrato do interior. Enfim, são questões que os críticos que estabelecerão os prêmios da mostra poderão fazer, embora para o grande público isso seja irrelevante.

Li e reli a mensagem, respondi com muita tranquilidade e agradeci ao comentário, ficando como um ponto a melhorar nas próximas vezes. Estou feliz pela minha reação adulta e acredito que ela se deve ao fato de eu saber que me superei, que dei o meu melhor e que estou alinhada com um desejo maior. E quer saber? Achei minha obra o máximo!

Levanto da frente do computador depois de atualizar meu site e minhas redes sociais, responder aos e-mails e agendar pagamentos.

— O que virá, agora? — Debruço meu corpo sobre o parapeito da janela da sala que dá para a rua.

Elenco mentalmente as questões superadas até aqui.

Mestrado defendido, obra concluída, mostra em andamento e contas do mês pagas.

Várias arrobas no Twitter falam sobre como Roberta Insuportável Tavares é fofoqueira e mentirosa, sobre como ela se promove em cima de intrigas e brigas, além, claro, de plagiar textos. Uma pessoa até chegou a comentar que nós poderíamos processá-la por calúnia, coisa que Lívia e eu descartamos, mas, como já havíamos ficado acuadas por vários dias com medo de ela nos processar, achamos melhor não desmentir nada e deixá-la sentir um pouco do quão ela é... viperina!

Sofia está feliz com o novo número e posta vários vídeos dos ensaios e da vida em São Paulo. E também já se acertou com o crush, embora ainda ameace fazer perfis em aplicativos para conhecer outras pessoas.

Várias mulheres têm se achegado à Grupa em busca de amizade, de companhia para ir ao estádio e de apoio para luta por uma sociedade mais justa. Espontaneamente, somos procuradas para reportagens sobre o nosso coletivo, o que nos deixa felizes, e também nos torna alvo dos *haters*, mas seguimos unidas e calejadas. Várias pessoas comentam conosco nas nossas redes sociais que nossas ações as motivaram a repensar os xingamentos que dirigiam aos rivais — mas sem deixar de dar uma sacaneada no adversário, afinal, ninguém aqui é santo, né? A zoeira faz parte, mas sem reproduzir preconceitos.

Retomei a amizade com minha melhor amiga, e tudo flui entre nós. No sábado mesmo, almoçamos num restaurante perto da praça da Liberdade, com o Léo, o Santiago, o Fred e meus pais. Mesmo com muita gente em volta, acabamos falando sobre os erros que cometemos uma com a outra, sem mágoas e sem acusações, apenas com aprendizado.

Meus pais foram embora na tarde de domingo, pois não podem se afastar por muito tempo da horta. No sábado à noite, pedimos comida japonesa e passamos um bom tempo conversando com Sofia pelo Skype. Dessa vez, Léo ficou o tempo todo conosco, como se fosse mesmo parte da família. Sinto que também faço parte da dele e tive essa certeza desde que o problema com a tia surgiu. Eles se abrem na minha presença, sem querer aquela privacidade natural, e quase sempre me pedem opinião. Minha sogra até me chama no WhatsApp às vezes, perguntando como estou e me convidando para visitá-la. É como se estivéssemos entranhados um na vida do outro.

As pessoas nos veem com um casal de verdade.

Eu nos vejo com um casal estável. Sondo meu coração e me pergunto o que realmente desejo.

Rapidamente, surge à minha mente a imagem de um dia ensolarado num campo aberto, onde o horizonte se perde de vista. Vejo os rostos dos meus pais, de Sofia, dos familiares de Léo, da Lívia, do Santiago, do Fred, das amigas da Grupa e da turma do Léo. Há uma mesa de madeira, e bem farta, a céu aberto, com uma decoração discreta, mas fofa e romântica. As flores são amarelas e pequenas, combinando com perfeição com o *souplat* dourado e as louças brancas. Ouço risos que se misturam às palavras de bem-aventurança. Os semblantes estão felizes, e eu chego a sentir uma lágrima quente passar pelo meu rosto quando meus olhos encontram os dele: meu companheiro da vida, o Léo. Apenas nós dois, parentes e amigos próximos celebrando a vida num dia feliz. Nos meus sonhos, é assim que seria meu casamento com ele. E ele está certo: eu gosto de papel. Talvez a gente possa ir ao cartório antes ou um juiz de paz possa ir ao nosso almoço campestre.

— Uau, Gabi! Agora você tem um novo sonho. Já sabe o que quer!

Recordo-me da lenda japonesa da princesa Orihime e de seu amado Kengyu. Dizem que os dois, ao se conhecerem, dedicaram-se somente à paixão que sentiam um pelo outro, esquecendo-se das obrigações. Então, foram penalizados pelos deuses, que os transformaram em estrelas que ocupam posições opostas na Via Láctea. Os amantes receberam dos deuses um único dia do ano para se encontrarem, quando se juntam e recebem os pedidos das pessoas. Essa história milenar gerou o *Tanzaku*, tradição japonesa de escrever pedidos em tiras de papéis coloridos e depois amarrá-los em ramos de bambu. Mais tarde, os pedidos são queimados numa cerimônia para que a fumaça leve os desejos até Orihime, que terá um ano para atender aos pedidos, e, então, reencontrar o amado novamente.

Longe de mim atarefar a princesa, ainda mais fora do festival *Tanabata*, data correta para se fazer a cerimônia, mas não consigo deixar de olhar para o céu e fazer o meu pedido. Se a lenda é real, não sei, mas gosto de me sentir amparada pelos meus ancestrais; pela minha cultura e família; isso me confere a sensação de não caminhar só. Assim, pego um pedaço de papel rosa — dentre os vários coloridos que possuo — e escrevo meus votos mais preciosos de uma vida alegre com Léo. Termino desejando que tudo corra para nosso bem. Queimo o pedido e o entrego.

— Foi uma forma brasileira de fazer as coisas, mas sei que me entenderam. — Pisco um olho, tendo a certeza de que alguém, em algum lugar, me ouviu.

As férias de julho estão sendo maravilhosas! Léo finalmente pode descansar depois de todo trabalho do semestre, e nosso tempo junto tem sido tão bom, que temo até sentir falta do nosso contato diário quando as aulas retornarem. São quase dez da manhã e estou fazendo chocolate quente para a gente comer com os biscoitos que mamãe deixou aqui em casa.

— Gabi, Gabi! — Léo surge na cozinha como se fosse o *The Flash*.

— Não corre de meia, pode escorregar! — De repente, noto o celular na sua mão. Subo meu olhar e lá está aquele semblante que eu conheço. Ele está feliz. Muito feliz! E eu estou ficando feliz, absurdamente feliz. — Conseguiu? — É única coisa que consigo dizer.

— Liberaram a verba, bombom! Meu orientador acabou de confirmar. Tenho o convite da Sorbonne e a bolsa! Puta que pariu, tá acontecendo!

Nós nos abraçamos como se fosse um gol do Galo na final da Copa Libertadores de 2013. Parece que finalmente a vida recompensa o Léo depois de tanta perda.

— Parabéns! Estou tão feliz por você!

Ele beija minha testa enquanto segura minhas bochechas.

— Obrigada, bombom! Vou ligar para minha mãe, ela vai ficar louca. Agora tenho que correr atrás de várias coisas, remanejar aulas... O semestre lá começa em outubro!

Outubro. A data torna as coisas reais e, então, a ficha cai. Léo e eu vamos passar um tempo distantes. Como será isso?

Lívia

Esse tempo todo sem conversar com a Gabi me fez enxergar uma série de características a meu respeito. Uma delas é que sou muito imediatista, focada na realização instantânea de tudo o que planejo.

A duras penas aprendi que há a hora certa para a concretização de cada projeto que elaboramos, para cada um dos sonhos vislumbrados. Quando o momento ideal chega, não existe nada capaz de impedi-los de se realizar.

Pretendo levar minha vida de um jeito mais brando daqui em diante. Só tenho 25 anos e às vezes cobro de mim muito além do necessário — ok, não às vezes; sempre. Tomo como exemplo minha melhor amiga, agora tão plena e segura sobre suas metas. Se antes ela estava confusa, acredito que sua hora não havia chegado.

Quero ser como o poema de Cecília Meireles, *Lua adversa*. Até mandei fazer um quadrinho com os versos e pendurei na parede do meu quarto, bem à vista, de modo que eu nunca mais volte a me perder naquela organização xiita na qual vivi por toda a vida.

Tenho fases, como a lua.
Fases de andar escondida,
fases de vir para a rua...
Perdição da minha vida!
Perdição da vida minha!

*Tenho fases de ser tua,
tenho outras de ser sozinha.*

*Fases que vão e vêm,
no secreto calendário
que um astrólogo arbitrário
inventou para meu uso.*

Seco a lágrima que desceu pelo meu rosto enquanto assisto à reprise da entrevista da Gabi. As conquistas dela são motivo de muito orgulho para mim. Por mais que nossa amizade tenha sido testada a ponto de ficarmos sem nos falar por todos aqueles dias, ela é verdadeira demais, como ficou provado tanto no livro que elaborei com as passagens da nossa história, quanto na escultura que foi o grande sucesso da Mostra Artistas Livres.
Zeramos nossos problemas e fortalecemos ainda mais nossos laços.
Assim que a reportagem acaba, sigo apressada até meu quarto. Tenho poucos minutos para me arrumar. Hoje não vai dar tempo de passar na Favo de Mel antes do trabalho — culpa do Santiago, que passou a noite aqui comigo e não me deixou dormir direito. Agora estou sonolenta e com cara de zumbi, enquanto ele pulou da cama cedo, cheio de energia, e seguiu para o museu no melhor dos humores.
Não estou com raiva de verdade. Ultimamente vivo suspirando, encantada com meu mais recente estado de felicidade plena. Não porque agora tenho um homem para chamar de meu. Mas sim pelo fato de estar num relacionamento em que os dois envolvidos se amam, confiam um no outro e se respeitam; tudo isso depois de conhecerem os defeitos de cada um. Sem contar o apoio que Santiago me dá, nunca tentando se impor diante das minhas angústias, só sendo uma voz equilibrada e racional quando me meto em divagações.

Tem sido tão bom... Tudo!

Solto um "ai, ai" sonhador ao me lembrar dos nossos momentos. Somos um casal que brinca, conversa assuntos sérios, tem uma afinidade incrível — Gabi afirma que isso é coisa de vidas passadas — e uma pegada fenomenal.

O vestido cinza de lãzinha que escolho para hoje não condiz com meu atual estado de espírito, tão cheio de cor e brilho. Escolho-o porque é quentinho, além de bonito, mas definitivamente não tem relação alguma com meu humor. Ele desce por meu corpo fazendo cócegas, e eu me surpreendo rindo feito criança tomando banho de chuva escondida dos pais.

A felicidade é mesmo algo muito simples. Nós, seres humanos, que impomos muitas barreiras para alcançá-la.

> Tá combinado nosso happy hour hoje à noite?

Digito apressadamente enquanto desço de elevador até a garagem. A Gabi e eu pretendemos sair mais tarde, só nós duas. Temos muitos assuntos para colocar em dia.

> Óbvio, amiga! Não ouse cancelar. Quero saber cada detalhe dessa história com o Santiago. Ainda não consegui sua versão sobre os fatos. kkkk

> Não sabe da missa a metade. Hehehe

Desligo o celular e o jogo dentro da bolsa. Vou deixar minha amiga curiosa até mais tarde. Existem assuntos que só têm graça quando tratados pessoalmente. A misteriosa Clarice Lispector já falava sobre isso: "Quem eu sou, você só vai perceber quando olhar nos meus olhos, ou melhor, além deles."

— Então Santiago não era gay coisa nenhuma e estava caidinho por você desde o início! — É a terceira vez que Gabi repete essa frase. Seus olhos nipônicos estão arregalados como os da peixinha Dory.

Dou uma balançada no canudinho mergulhado no meu caipi-saquê de frutas vermelhas sem conter o sorriso Colgate que se abre no meu rosto.

— Como você não enxergou isso antes, Lívia? O Léo, por outro lado, notou o interesse dele logo quando o conheceu. Depois dizem que nós mulheres somos mais perspicazes.

— Fui cega mesmo, Gabi. Mas minha defesa se respalda naquela insegurança monstruosa que jamais me abandonava. — A sensação do drinque gelado descendo garganta abaixo é gostosa. — Foi mais fácil acreditar na homossexualidade de Santiago do que me permitir sequer cogitar que ele poderia sentir algo por mim. Sendo assim, a Lívia insegura não precisava se policiar para ser perfeitinha porque o homem em quem estava interessada nunca retribuiria o sentimento.

— E aí, finalmente, você foi você mesma e conquistou o boy magia. Não por falta de conselhos, né amiga? Quantas vezes eu a alertei sobre o quanto você se desmerecia para conquistar a aceitação de seus paqueras? — frisa Gabi, pescando mais um sushi da barca enorme que pedimos.

— Infelizmente há situações que precisam ser vividas para entendermos que estamos fazendo do jeito errado, Gabi. É o tal negócio: é quebrando a cara que as cabeças-duras, e inseguras, aprendem.

— Isso é verdade, porque se aplica à minha vida também.

Brindamos à nossa filosofia, batendo nossas taças com estardalhaço.

Conversamos, bebemos e comemos por horas a fio. De tempos em tempos, nossos celulares vibram, mas prometemos não desviarmos o foco uma da outra. Hoje a noite é só nossa.

Gabi faz um relato detalhado das mudanças que também ocorreram na sua vida durante as semanas em que ficamos brigadas.

É engraçado como nós duas passamos por um amadurecimento de personalidade na mesma época, ainda que separadas.

— Então era esse o lance do *tuc-tóin*?! — Caio na gargalhada quando a Gabi dá mais detalhes sobre o barulho misterioso que a assombrou por tanto tempo. — Não podia ser diferente em se tratando de Gabriela Uematsu, né?

Ela também ri, mas não com a leveza que eu esperava. Certamente há alguma coisa incomodando minha amiga. Penso em questioná-la, porém ela se adianta, desabafando sobre o convite que o Léo recebeu para o doutorado na Sorbonne.

— É um misto de alegria, orgulho, medo e tristeza, Lívia — confessa ela. — Lógico que estou vibrando com essa conquista dele, embora também esteja apreensiva com a distância iminente que nos deixará separados por tanto tempo. O Léo não me convidou para ir com ele, amiga.

A expressão perdida de Gabi me assusta. Talvez seja a primeira vez que a vejo tão insegura em relação ao namoro, sempre um modelo para mim, um exemplo de relacionamento ideal.

— Já estamos juntos há dois anos, ou só estamos juntos há dois anos... — Ela movimenta a cabeça de um lado para o outro, talvez tentando reorganizar as ideias. — Pensei que o próximo passo fosse... Enfim, você sabe.

— Em primeiro lugar, elimina esse "já" e esse "só" da frase, Gabi. Quem falou que existe um tempo adequado para cada fase das relações a dois? Quantas pessoas se casam com um mês de namoro! A vida não vem com um manual. Quem gosta de fórmulas prontas são as tias velhas e os escritores pouco criativos.

Ela consegue sorrir, mesmo derramando seu pranto, a la Vinícius de Moraes.

— Eu sei, eu sei... Mas ainda assim é difícil de entender o que se passa na cabeça do Léo. Tudo indica que a gente se ama; pelo menos, de minha parte, sei que sim. Quanto a ele...

— Também ama você, Gabi. Puxa, isso é mais nítido que imagem de televisão 4K. Provavelmente ele está concentrado na mudança repentina, resolvendo a parte burocrática. Homens são bem assim, compartimentalizam tudo. Daqui a pouco o Léo se toca e vai conversar seriamente com você. — Junto as mãos diante de mim e reviro os olhos, simulando o gesto das donzelas dos filmes de época. — Não esqueça que quero ser madrinha do casamento, hein.

— Amiga, se sair casamento um dia, você pode ser o que quiser, menos a noiva, claro.

Encontro Santiago recostado na porta do meu apartamento quando viro a curva no corredor. Mesmo com a visão meio embaçada pelas três doses de caipisaquê, é impossível não admirar a beleza da imagem. Ele está de bermuda, descalço, mas enfiado numa blusa de moletom, com o capuz jogado sobre a cabeça.

Perco um pouco o rebolado enquanto zero a distância entre nós. Sou uma mulher livre de amarras ao lado dele, mas ser observada tão intensamente pelo pedaço de mau caminho que é meu namorado me deixa um tanto desconcertada sim.

— Afinal, está com calor ou frio? — pergunto ao ficar a um sopro dele.

— Eu ainda não tinha me decidido, mas agora me bateu um calorzão aqui.

Sou embrulhada pelos braços torneados de Santiago, que me saúda com tanto carinho que chego a pensar que sou a pessoa mais querida do mundo.

— Como foi a saída com a Gabi? — Ele sopra a pergunta entre meus cabelos cheirando a fumaça de bar. Nem isso o afasta de mim.

— Como nos velhos tempos.

Refreio o ímpeto de contar a ele as apreensões da minha amiga quanto ao futuro com o Léo. Esse é um assunto de nós duas. Não seria correto expor a outra pessoa, ainda que seja para o homem por quem estou mais caída que galho de árvore depois da tempestade.

— Ainda bem que tudo está no seu lugar, então. Uma amizade perdida, ainda mais por um motivo bobo, deixa sequelas para o resto da vida.

Entramos no apartamento sem nos desgrudar. Que cheirinho bom tem o meu Santiago!

— Estamos bem agora e prometemos vigiar nossa relação para que ela não se desgaste de novo no futuro. — Eu me afasto do abraço, já lamentando a distância que se abre. — Vou tomar um banho rapidinho. Você está todo cheiroso, e eu, eca, exalando o fedor de boteco.

— Tá nada! Fica aqui comigo, vem!

Meu sofá tem vivido dias de cão desde que comecei a namorar. Santiago adora um chamego sobre ele. Não o condeno por isso. Admito que também aprecio a escolha do local.

— Como foi seu dia? — quero saber, mas ele está mais interessado em arrancar minhas roupas.

— O museu está cheio de planos. — É só o que diz.

— Santi, a janela está aberta — alerto, agora que já estou sem o vestido.

— Você nunca se preocupou com isso, urso panda.

— É porque antes eu não ficava me agarrando com ninguém aqui na sala.

Ele beija meu pescoço, provocando arrepios múltiplos em meu corpo.

— Mas gostava de dançar só de calcinha e sutiã — ressalta, sem descolar os lábios de mim.

— O Fred não perderia tempo reparando nisso.

— Mas eu, sim, ursinho.

As carícias se intensificam, e eu desisto de ponderar. Minha mente se prende às sensações que Santiago provoca em mim. Argumentos contra isso? Só se eu for muito doida!

Eu o ajudo a sair de dentro do moletom e que surpresa encontro! Não há outra camisa por baixo, o que muito me anima, afinal emaranhar meus dedos entre a quantidade certa de pelos que meu namorado ostenta no peito tem se tornado meu esporte preferido.

— Posso dormir aqui hoje?

— Não sou eu que vou impedir.

Duas mãos firmes e habilidosas apertam meu bumbum, e é bem nessa hora que alguém decide nos interromper.

Pulo de cima de Santiago assim que escuto o ronco de uma janela deslizando abruptamente ao ser aberta com força, seguido de uma raspada de garganta que me faz recordar os pigarros do meu avô.

— Pelo amor de Deus! Que visão do inferno! Será que vocês não podem ir para o quarto?

— Fred! — exclamo, buscando uma almofada para cobrir meu sutiã preto de renda.

Enquanto isso, Santiago estende os braços no encosto do sofá e arma uma expressão zombeteira.

— E aí, velho? Está entediado?

— Não, apenas preocupado com minhas retinas.

— Ah, não acredito! — Jogo a almofada no chão, esquecida da minha súbita timidez. Afinal, é o Fred! — Vocês dois são ridículos!

Saio marchando em direção ao quarto, mas não chego lá a tempo de não ouvir a última pérola:

— Ainda é possível mudar de ideia, amigo.

Faço o caminho de volta, rápida feito um relâmpago, e boto minha língua para fora, antes de mandar meu amigo para o quinto dos infernos.

— Por que vai sair da cama, ursinho? — reclama Santiago. Depois do espetáculo na sala, com direito a plateia, nós nos restringimos ao isolamento do meu quarto. — Volta pra cá.

— Meu celular apitou, Santi, e é tarde. Pode ser alguém lá de casa.

— Ou um sem-noção mandando vídeo, meme ou boa-noite a essa hora.

— Provavelmente. Acontece que sou curiosa, esqueceu?

Tropeço nos lençóis e nas próprias pernas até chegar ao telefone, enfiado nas profundezas da minha bolsa.

— Não é o WhatsApp, mas uma notificação de e-mail — murmuro.

— Se não for mala-direta...

Mas Santiago não poderia estar mais enganado. Não é propaganda nem coisa alguma do tipo.

— Santi...

Não sei como me expressar diante da surpresa:

> Atenção passageira Lívia Saraiva Monteiro,
>
> Preparada para embarcar na nave mais concorrida do universo editorial brasileiro? Sim, você está convocada para essa viagem única, que é estar à frente de um selo exclusivo para a publicação de livros juvenis interessantes, inteligentes, descolados e únicos.
>
> Depois de um processo criterioso, em que foram levadas em conta todas as características que almejamos para um colaborador intergaláctico, temos a honra de anunciar que você é a candidata que melhor se encaixa em nosso perfil.
>
> Para oficializar sua contratação, é necessário que compareça à base espacial, ou melhor, à sede da empresa na próxima segunda-feira, munida dos documentos listados na relação anexa.
>
> Nossas expectativas com sua inclusão no quadro de pessoal da Espaçonave são as melhores. Portanto pegue logo carona na cauda do cometa e venha ver a Via Láctea conosco. Será um passeio e tanto.
>
> Esperamos você em breve!
>
> Equipe Espaçonave Editora

— O que aconteceu, Lívia? — Nem percebo que Santiago está do meu lado até que ele fala. Deve ter se assustado com minha cara de choque.

— Leia.

Ele gasta poucos segundos para concluir a leitura.

— Puta que pariu! Você passou!

— Sim... — balbucio, pois não consigo ser mais articulada que uma lesma neste momento.

— Você passou, urso panda! — Santiago me abraça. — Está feliz?

— Eu... Sim, claro.

Meu namorado deve ter notado alguma coisa no meu tom de voz, já que se afasta para olhar direto nos meus olhos.

— Não está?

— Não sei — admito. De repente a realidade já não é tão incrível quanto andei projetando. — A Gabi...

— Ela vai ficar muito feliz por você, amor. Desencana disso. Ou está preocupada com outra coisa?

— Não sei, Santi. Talvez eu só esteja perplexa demais por ter sido a escolhida entre tanta gente competente. Ou...

Receio colocar para fora a verdade sobre o que sinto, pois, ao dizê-la, ela se tornará mais real ainda. Mas decido ir em frente:

— Ou agora não tenho mais tanta certeza assim de que ser editora da Espaçonave é o que quero mesmo para a minha vida.

Pronto, está dito.

CAPÍTULO 17

―✻―

Gabi

Uso toda minha agilidade manual de guaxinim para pesquisar editais de arte na internet. A Mostra Artistas Livres fica aberta ao público até o final de agosto, quando sai a premiação, mas não quero me acomodar até lá. Já sinto meu corpo descansado do ritmo frenético das últimas semanas e, para ser sincera, parece que ele até pede por mais trabalho.

Será ótimo me ocupar — assim como meu namorado. Tenho que me vigiar para não tornar este momento mágico em algo triste. Afinal, o que são seis meses, talvez um pouco mais, quando se trata de uma relação tão boa quanto a nossa? Tudo bem que as francesas são bonitas — Nossa Senhora de Akita me defenda! —, mas a companheira dele sou eu! Tenho que confiar no que vivemos nesses dois anos. Além do mais, sendo bem prática, o que eu faria em Paris? Não tenho nenhum conhecido, não sei se trabalharia na área e honestamente não quero atrapalhar o momento do Léo. Acredito que as pessoas têm seus sonhos antes de se encontrarem para viverem um sonho a dois. Eu não serei uma Gabriela feliz se eu não viver a minha história, aquilo pelo que luto há tanto tempo e, agora, finalmente, pareço estar convencida e no caminho certo para isso.

A tela do celular pisca e me chama a atenção.

Eu gargalho sozinha como se estive vendo mais um meme, porque ô trem para me fazer rir. Salvo todos no celular porque sempre há um tuíte oportuno para cada um deles. Lívia me manda uma mensagem avisando que ela foi a selecionada para a vaga da Espaçonave. Eu respondo com dezenas de palmas parabenizando-a e afirmando que eu não conheço pessoa mais capacitada para o mercado editorial.

Do fundo do meu coração, sem nenhum ressentimento ou inveja, estou contente por ela, e sei que Lívia sabe disso. Desse processo, eu sou grata pela oportunidade de me conhecer e ficar amiga do meu guaxinim maroto. Aliás, acabei de conferir minha caixa de e-mails e não havia uma mensagem da editora! Essa Espaçonave se acha mesmo a última carona pra Marte! Que outra empresa faz um processo tão demorado, invasivo e exaustivo como esse, e ainda não dá um retorno final ou um feedback sobre tantas informações íntimas que eles coletaram a nosso respeito?

Troco alguns áudios com Lívia, mas, surpreendentemente, não a sinto feliz. Antes da seleção, eu diria que era a oportunidade da vida dela, contudo, depois de uma história repleta de reviravoltas, acho que talvez o caminho dela não seja esse. Mas quem sou eu para dizer o que os outros devem percorrer? Já tive que patinar no meu próprio barro para descobrir uma trilha dentro de mim mesma.

— Espero que as palavras certas te guiem até seu caminho, Lívia... — falo sozinha, como se ela pudesse me ouvir.

Os colegas que também expõem na mostra são bem legais. A maioria é bem descolada, alto-astral e não se importa de dividir contatos e caminhos neste meio tão fechado. Bosco, um colega que fez um trabalho surrealista incrível, elogiou muito a minha pintura, perguntando se eu tinha mais trabalhos à tinta. Mal sabia eu que estava falando com uma pessoa bem próxima de...

— Yara? Yara Tupynambá?

Artista plástica de seis décadas de trabalho, conceituadíssima, mulher que representa Minas Gerais nas artes, professora da escola de Belas-Artes da UFMG e fundadora de um instituto?

— Oi, Yara! Não sabia que o Bosco tinha te passado meu telefone, que surpresa!

Do outro lado da linha, ouço sua voz me dizer que gostou muito do meu trabalho e do meu Lattes, e que inclusive fui muito bem-recomendada pela professora Berná. Yara me convida para uma conversa em seu ateliê, no bairro Vila Paris.

Sem acreditar nessa surpresa, desligo o telefone e faço dancinhas frenéticas arriscando um quadradinho estilo Anitta e Ludmilla, mas que sai mais parecido com um ovinho. Bem, que se dane! Alguém notou o meu trabalho e é uma baita de uma mulher na arte!

Rodrigo Hilbert que se cuide, pois meu homão da porra faz com que eu me sinta muito mais gata que a Fernanda Lima. Léo está preparando recheios para comermos crepe hoje, num jantar improvisado para nós dois, enquanto termino de estender a roupa no varal da minha pequena área de serviço. Mesmo já sendo noite, resolvi bater à máquina, visto que amanhã irei me encontrar com a Yara Tupynambá e a roupa que uso no encontro perfeito que acontece dentro da minha cabeça está suja.

— Amanhã vou vestir uma blusa branca ao cheiro de carne refogada. Aí eu direi a todos o quanto meu namorado manda bem na cozinha.

— Já abri a janela, bombom, daqui a pouco o cheiro passa. E vamos nos acostumando porque lá em Paris vamos usar bastante a cozinha. Imagina se a gente vai perder a chance de ir naquelas feiras de rua...

— Vamos? — respondo sem esconder o sorriso que se forma em meu rosto.

— A gente sempre falou sobre meu sonho de ir para fora, mas nunca discutimos sobre o que seria depois, né?

— Muita coisa foi acontecendo, a bolsa atrasou e nosso presente sempre muito bom. Talvez isso tenha feito com que a gente evitasse falar sobre... futuro.

Léo acrescenta queijo gorgonzola às pequenas tiras de filé mignon e desliga o fogão.

— Vamos nos sentar e conversar. Depois você se levanta e faz a calda de chocolate. — Ele leva a panela e os pratos com os discos de crepe para a sala. Seu tom leve me deixa mais descontraída. Bem, se ele fosse me dar um fora, ele não me colocaria para cozinhar, né? Ou já mandou o chocolate para eu ter com o que me consolar depois?

Xiii, quieta, Gabriela, deixe de besteira! Se ele não quisesse, não estaria nem aqui!

É o segundo crepe que mando ver enquanto Léo está no terceiro, improvisando um com o molho de queijo com o presunto que estava na geladeira. Sem rodeios ou meias palavras, como lhe é de costume, ele diz o quanto deseja aproveitar a oportunidade na França para estudar, fazer contatos, tentar dar algumas palestras sobre seus artigos e ainda conhecer o país, claro, já que só passeou pela América Latina.

— Quer ter liberdade para viver o seu sonho — arrisco.

— A mesma que tenho aqui. Estamos juntos, mas cada um faz o quer, estamos juntos porque temos vontade. Desde o começo é assim, funciona bem.

— Concordamos muito nesse sentido. Amo a Gabilândia, território exclusivo onde me refaço, me encontro e me descubro. Adoro ficar com as minhas amigas, ter tempo e privacidade com elas. Não quero e não vou abrir mão das causas em que acredito, como meu envolvimento com a Grupa, com nossa atuação no futebol e fora dele por igualdade, e até com o blog, que é totalmente imbuído do desejo de fomentar a leitura. Faço amigos, conheço gente, trabalho...

— Entra no apartamento dos outros e descobre tara de outros casais... — Léo ri. — Eita, Gabi! Se você não existisse, eu teria que te inventar!

— Mas eu estou aqui, bem na sua frente! Amo viver a minha vida, quero ganhar o mundo, mas voltar para casa e encontrar você!

— Dizem que uma paixão dura cerca de dois anos. Passaram-se dois anos, e eu ainda me apaixono por você. Seja pelas suas maluquices ou por como você se supera, como tem se tornado cada dia mais dona de si, mais boa pessoa... Eu não me vejo com outro alguém. De verdade. Adoraria que estivéssemos em outro momento financeiro para irmos a Paris tranquilos. Minha bolsa é curta, terei que encontrar um aluguel que caiba no orçamento e não tenho grana guardada, você sabe. Minha família ainda está apertada, lamento não poder ajudá-los nos próximos meses enquanto estiver fora. Mas eles entendem, estão me dando apoio...

— Claro que estão! — Eu aperto suas mãos. — Todos sabem o quanto se doou e se esforçou pela sua família. E acho que a pior fase já passou, o advogado que contrataram foi ótimo e algumas pessoas, tirando os fornecedores, foram bem compreensivas. Para tudo há um tempo na vida, é hora de pensar nas suas coisas, bombom. Não deve mais adiar esse sonho. Vai sem medo, sem culpa... Se joga!

— Sei que também não está com grana sobrando...

— Mas isso é uma coisa que vou mudar! Já estudei várias aplicações, estou ampliando minhas formas de ganhar dinheiro. Mas, realmente, não dá para viver como uma estudante em Paris. Meus pais até me ajudariam na passagem, se fosse o caso, mas é que...
— Perco as palavras.

— Eu sei — responde ele calmamente.

— Sabe?

Léo me puxa para seu colo e sou acolhida em seu abraço terno.

— Quero ser o homem que inspira os seus sonhos, não alguém que irá matá-los. De que adiantaria te tirar daqui, onde está focada e num crescente profissional? Pode ser que consiga estudar ou trabalhar na área por lá, mas e se não der? Como vamos lidar com sua frustração, e se seis meses for tempo demais longe do seu sonho? E se essa conversa com a Yara Tupynambá mudar sua vida?

— E se sua estada em Paris for perfeita? E se a Sorbonne te contratar e você criar raízes por lá?

— Só vamos descobrir se vivermos.

Lágrimas ardem em meus olhos, mas recebo um beijo consolador de Léo.

Sempre fomos felizes porque vivemos o presente. Não vamos mudar isso agora. Vai que ganho o prêmio da mostra ou consigo alguma oportunidade por lá? As coisas mudam!

Balanço minha cabeça concordando com ele. Ficar desesperada não vai resolver nada, só vai piorar tudo. Ele ainda não se foi e está tudo em aberto. Tudo pode acontecer.

Enxugo meus olhos e o beijo calmamente.

— Chocolate? — ofereço assim que meus lábios soltam os dele.

Parece que eu estava certa sobre o calmante da noite.

Imagine ter a oportunidade de trabalhar com uma artista que você admira, é mulher, mineira e não te decepcionou em nada quando a conheceu pessoalmente. Agora some a essa possibilidade o fato de participar de um importante programa social que ensina arte a jovens em situação de risco. Há alguns meses, alguns adolescentes com muita habilidade e gosto para as artes foram selecionados em abrigos de Belo Horizonte. Conseguiram, então, um fomento para capacitar esse grupo, que tem surpreendido no resultado, seja no trabalho ou no comportamento — alguns alunos têm conseguido extravasar suas dores na pintura de forma tão intensa que notaram até uma diminuição da agressividade.

Alguém ainda é capaz de achar que arte é besteira?

Tenho que tomar cuidado ao subir a escada do prédio para não cair nos degraus enquanto converso ao mesmo tempo com Léo, Lívia e Sofia. Primeiro pela ânsia de acertar as janelas das conversas, depois para tirar as lágrimas dos meus olhos nipônicos: o universo me convidou para um trabalho significativo! Eu tenho lugar no mundo e o que eu faço pode ajudar outras pessoas. Sem falar que uma artista também me reconheceu como artista. Isso é impagável.

Mas tem como nos sentirmos felizes e tristes ao mesmo tempo? Porque é assim que me sinto agora. Estou absurdamente contente pela porta que se abriu, mas também chateada por não ser uma chance na França, perto do Léo. Antes que o peso de todos os exemplares da saga Harry Potter vendidos no mundo caiam sobre minha cabeça, trato de escrever o projeto de uma oficina para esses jovens.

A tarde passa tão rápido quanto o barulho dos meus dedos no teclado. Fecho o arquivo da oficina e deixo para revisar amanhã, quando já abro uma nova página no Word para resenhar o novo livro da série da Elena Ferrante, que li no Kindle nos últimos dias. Termino a resenha e me preparo para a foto em tempo recorde.

— Pensar demais pode ser evitar sentir, Gabriela — digo a mim mesma enquanto visualizo as imagens que fiz na câmera. — Você precisa elaborar isso.

No fim do dia, com algumas lágrimas no rosto, mando o texto para Lívia revisar e a aviso. Enquanto isso, trato de distrair minha mente com algumas amigas da Grupa que já sabem do que venho passando. Todas são absurdamente compreensivas quanto ao que eu passo e algumas já se propuseram a fazer uma vaquinha on-line para me mandar para Paris. Afinal, quem joga para o alto uma temporada francesa de amor? Ao mesmo tempo, transformar a vida de jovens, e ainda me manter no meio artístico convivendo com os melhores, é muito encantador. Sem falar que eu receberei bem por isso, o que me permitirá organizar a vida e me dará calma para outros trabalhos.

A conversa com as meninas me tranquiliza, e logo já estamos falando de outros assuntos, como a droga da diretoria do nosso time, que não traz reforços e deixa nossa zaga bondosa como uma mãe. Contudo, já marcamos a compra de ingressos para o próximo jogo no mesmo portão para assistirmos juntas, como de costume; a paixão pelo Galo não passa, independente das circunstâncias.

Lívia responde à minha mensagem elogiando a resenha e corrigindo apenas alguns pontos. Assim, atualizo o blog e posto a imagem nas redes sociais do Literalmente Amigas.

Sei que ela vai sair com o Santigo hoje, shippo esse casal até nas alturas e não desejo atrapalhar o clima dos apaixonados, mas minha sanidade mental não resiste e envio um áudio daqueles desabafando sobre a angústia de estar dividida entre sonhos.

Então, meu telefone toca.

— Capitu *não* traiu Bentinho. — É ela do outro lado da linha.

Respiro aliviada.

Apenas minha literalmente amiga entenderia o código de segurança que expulsa qualquer paranoia da minha cabeça.

Lívia

Tenho a sensação de que estou triturando nozes com os saltos dos sapatos enquanto acompanho a gerente de Recursos Humanos pelo lustroso corredor da editora Espaçonave. O piso, cuja aparência lembra vidros temperados de grossa espessura, pode não suportar o vigor dos meus passos e vir a rachar a qualquer instante.

Vejam só no que estou pensando!

Do nada vêm à minha mente os conceitos que aprendi sobre o Condoreirismo, mais conhecida como terceira fase do Romantismo nacional, quando a poesia adquiriu um forte caráter social e de defesa de ideais igualitários. O que poderia ser mais desconexo com a situação que vivencio neste exato momento? Porém não é Castro Alves que me assalta subitamente, mas sim a ave símbolo do movimento, o condor. Entre atravessar o corredor de paredes revestidas por um tipo de material que exala sofisticação, gostaria mesmo era de expor a totalidade da minha envergadura e sobrevoar os Andes, alto, sem limites, livre.

Pode ser que eu esteja incomodada com a roupa de hoje, meio apertada na cintura. Ela está restringindo meus movimentos e limitando minha respiração. Rá! Descobri o motivo de eu estar pensando em condores e liberdade.

Ou então...

— Entende? Dessa forma garantimos a satisfação de toda a organização — recita a gerente, cujo nome me escapa, bem como o assunto abordado ao longo de seu interminável falatório.

— Perfeitamente — respondo, prometendo a mim mesma que de agora em diante vou me concentrar mais.

Discretamente, alcanço meu amuleto da sorte no fundo do bolso e o aperto entre os dedos. Não tenho dado muita bola a ele, meu pequeno elefante esculpido em pedra-sabão — presente de um aluno do período do estágio obrigatório em escolas —, mas hoje, ao me preparar para este dia, senti que deveria tê-lo como companhia.

Vai ficar tudo bem, vai ficar tudo bem. Preciso acreditar nesse mantra, afinal eu mesma cavei essa mudança profissional, que me fez abrir mão do meu emprego na Sociedade dos Livros para abraçar o cargo de editora de histórias voltadas para os jovens leitores. Tudo o que sempre sonhei. Né?

— Hoje, durante o Treinamento Introdutório Básico, que nós carinhosamente apelidamos de TIB — ela dá uma risada que lembra o ronco de porquinhos recém-nascidos —, você entrará em contato com toda a nossa filosofia.

— Ótimo.

— Logo em seguida, depois do almoço, viajará pelo universo específico de sua área de atuação. Perdão pelo trocadilho. — Outra risada esquisita.

Passo o dia no meio de normas, regras, manuais, planos, linhas editoriais, logomarcas, enfim! Nada muito diferente de antes. O que existe de mais destoante entre a Espaçonave e minha antiga editora é o tamanho das empresas.

Minha contratação repercute na mídia especializada em literatura, o que torna meu nome um pouco mais conhecido no meio e, consequentemente, me coloca na rota de escritores que almejam a um lugar nas prateleiras. Durante toda a semana tenho recebido e-mails e mensagens de autores em busca de sua primeira publicação. Leio todos eles, de coração, e fico querendo responder, mas sei que não devo. No mundo dos negócios, prospera quem consegue separar o coração da razão, como diz minha nova chefe.

Não sei se acredito totalmente nessa máxima, mas sou obrigada a obedecer às normas da empresa, como aceitar que a linha editorial do selo não é exatamente conforme eu imaginava. Enquanto eu esperava trabalhar com os novos talentos da literatura juvenil, enviando para o mercado histórias instigantes e bem-contadas, terei de lidar com uma celebridade adolescente, com mais seguidores nas redes sociais que todos os jogadores do Cruzeiro juntos, como o carro-chefe do selo. Não me identifiquei em nada com o texto dela e sei que a Espaçonave a quer porque levará muita grana para os cofres da empresa.

No dia que descobri isso, assim que pude, enviei uma mensagem para Santiago, desabafando sobre minha frustração. A resposta dele foi tudo, menos condescendente.

Entendo que a editora queira seguir a lógica do mercado, mas não sei se concordo com isso. Vale tudo pelo lucro? Talvez para o dono do negócio, sim. Mas não para alguém que acredita na magia das palavras, né meu urso panda?

Como lidar com um sonho que começa a desvanecer bem diante dos nossos olhos?

Remexo nas páginas de um original que ando analisando há alguns dias. Eu o encontrei por acaso, garimpando a internet, mas não fiz alarde sobre isso, com ninguém. Gostei muito do enredo e tinha a intenção de começar minha carreira na Espaçonave lançando essa história. Ainda bem que nem cheguei a contatar a autora, porque agora não sei mais o que fazer.

— E então? Está se sentindo bem aqui? — Meus questionamentos se dissipam com a entrada inesperada da diretora.

— Confesso que estou me acostumando. Tudo é novo e diferente e grandioso...

Virgínia para diante da minha mesa e analisa o porta-retratos sobre ela, que emoldura uma foto minha com meus pais.

— Eu desconfiei desde o princípio que seria você a vencedora do processo seletivo. — Ela ganha minha atenção. — Vejo competência em seu olhar e uma paixão rara pela literatura.

— Pensei que não tivessem gostado do teor da carta que escrevi.

— Não! Pelo contrário. Foi autêntica, sem subterfúgios falsos para ser aprovada.

— Obrigada — respondo timidamente.

— Além disso, você contou com uma torcida pra lá de fiel.

Faço cara de desentendida, e isso inspira Virgínia, a poderosa CEO da Espaçonave, a revelar as palavras da Gabi digitadas na carta que deveria ser uma defesa de sua própria contratação.

Que sorrateira!

> Quer dizer que, para você, eu era a pessoa certa para o cargo que agora ocupo? Amiga, o que foi que você fez?

Não espero o fim do expediente para questioná-la. Estou surpresa, chocada, admirada, agradecida, tudo isso junto — e mais um pouco.

Ela não demora a se manifestar:

> Se está falando da carta, fiz o que meu coração mandou. Lívia, em algum momento ao longo da seleção eu acordei para o fato de que você era a mais indicada, sempre foi. Quanto a mim, sabe que minha praia é outra.

> Ai, amiga...

De repente meus olhos decidem chamar minha atenção, porque começam a lacrimejar.

> Você merece seguir sua paixão, Lívia, independente se é sendo editora da Espaçonave ou fazendo outra coisa.

Não respondo a esse comentário, porque tenho quase certeza de que suas entrelinhas dizem mais do que as palavras literalmente escritas.

— Vou sair com um cara hoje, Lili — me informa Fred quando trombamos no nosso corredor. Ele está lindo, todo arrumado para seu encontro.

— Hum, devo me preocupar com a índole do sujeito?

— Meu medo é que ele seja certinho demais.

Nós dois rimos da piada, porque ambos sabemos como Fred vem buscando uma cara-metade que se enquadre em seus padrões de caráter. Resumindo as características, ele espera que seu futuro companheiro seja uma pessoa solidária, que não se coloque em primeiro lugar, tenha princípios e goste de longas caminhadas. Por isso acreditei tanto que Santiago era o cara em questão.

— Preciso correr, pois já estou meio atrasado. A gente vai se encontrar naquele restaurante tailandês novo, sabe? — Ele reduz o tom de voz, como se essa informação fosse um segredo obscuríssimo.

— Depois quero saber os detalhes.

— Torça por mim, gata.

— Sempre.

Eu o enlaço num abraço amoroso e o aperto. Amo esse homem e a felicidade dele significa muito para mim.

— Ei, cara, se não tirar as mãos de cima da minha garota, vou ter que partir pra violência.

Fred ri no meu cabelo, agitando os fios.

— Tô morrendo de medo.

Dito isso, ele se despede de nós, não antes de fazer uma dancinha animada, exaltando seu estado de espírito alegre.

Agora minha atenção é toda de Santiago. Ele cobre o corpo com apenas uma calça de moletom bamba, que lhe cai muito bem, aliás.

— Que cara é essa, ursinho?

— É que você está muito apetitoso hoje, Santi.

Ganho um beijo desestabilizador pelo elogio. Aproveito para deslizar minhas mãos pelo peito descoberto de Santiago, um dos meus esportes favoritos no momento.

— Está chegando tarde — observa ele, enquanto massageia meus ombros tensos.

— É trabalho que não acaba mais naquela editora. — Suspiro, permitindo-me sentir o peso do cansaço.

Santiago entrelaça os dedos nos meus.

— Chateada com a contratação da estrela pop?

— Frustrada. É impossível descartar a sensação de ter me vendido, Santi.

Sem se afastar de mim, ele me acompanha até minha porta.

— O que você realmente quer, Lívia? Tem uma resposta sincera para essa questão?

Eu me enterro dentro da minha bolsa para não ter que me posicionar de imediato. Perco alguns segundos procurando as chaves do apartamento — e racionalizando.

— Acho que... — Engasgo ao entrar em casa, fingindo arrumar os bibelôs sobre o aparador da sala. São miniaturas de budas.

Meu coração grita sua presença em meu peito assim que os braços fortes de Santiago fazem um casulo ao meu redor. Ele encaixa o queixo sobre minha cabeça. É impossível não ser tocada por uma sensação de conforto. Repouso minhas mãos sobre as dele.

— Não quero me enterrar numa empresa que tem grandes chances de fazer de mim uma profissional que parou de sonhar por não acreditar mais no trabalho que exerce — verbalizo, considerando-me a pessoa mais ingrata do mundo.

— E nem precisa disso, ursinho. Quando leio as resenhas que escreve para o blog, quando enxergo a paixão que você emprega ao falar de uma história boa, sei que o universo literário não pode abrir mão de alguém como você. Se a Espaçonave não consegue reconhecer isso é porque não te merece.

Giro nos braços de Santiago para poder buscar, dentro do azul de seus olhos, a fé que ele tem em mim. Entrelaço os dedos em sua nuca, procurando o máximo de proximidade.

— Existe uma vontade que conservo escondida de todo mundo — confesso; o coração ainda mais agitado. — E se eu pudesse fazer a diferença na vida de autores desconhecidos, trabalhando por eles?

— Tipo uma agente?

— Isso. Eu me vejo fácil nesse papel, representando os escritores, apresentando as obras deles às editoras ou mesmo sendo uma conselheira de suas carreiras. — Minha imaginação alça um voo alto. Sou eu de novo dando uma de condor.

— Assim você estaria livre para abraçar apenas as causas em que acreditaria, né?

— Bem assim.

Santiago não diz mais nada, e eu entendo o porquê de seu súbito silêncio. Ele não quer influenciar minha decisão, está respeitando meu momento, enquanto, depois de expor o que venho guardando comigo há tanto tempo, debato comigo mesma.

— Minha situação financeira sofrerá um baque no começo, mas acho que dou conta de equilibrar as finanças. Todo projeto novo é rodeado de riscos...

Os polegares de Santiago massageiam minhas bochechas. Sinto um amor tão grande transitando entre nós que é como se nós dois estivéssemos juntos há milhares de anos.

— E eu já tenho até alguns nomes para iniciar minha empreitada.

— Como a autora daquele original que não sai da sua bolsa?

Meus olhos brilham de alegria mediante a atenção de Santiago com tudo o que diz respeito a mim.

— Você existe mesmo? — indago, dando um tempo nos questionamentos. — Será que não é uma alucinação, uma projeção dos mocinhos da literatura que aprendi a amar?

Sinto duas mãos grandes sustentarem meu bumbum até minhas pernas estarem bem encaixadas em torno da cintura do meu Santiago.

— Se ainda duvida, acho que vou ter que continuar tentando provar minha *humanidade*, ursinho.

— Juro que não vou achar ruim. Tem como dar uma imitada na performance dos mocinhos da Tessa Dare? — provoco, referindo à autora de romances de época que mais adoro.

Santiago arma uma expressão medonha, mas engraçada, e me ataca com um beijo de revirar os olhos. Nem se deu ao trabalho de me responder. E eu? Sequer lembro a pergunta que fiz.

Eu sou boa de garfo. Nunca fui chata para comer. Gosto de experimentar todo tipo de comida que me apresentam e costumo me dar bem.

Mas isso não faz de mim uma cozinheira. Não chego a ser nem mesmo aceitável. Apesar de morar sozinha há anos, minhas refeições feitas em casa são magicamente preparadas pelo belo conjunto de panelas elétricas que comprei na Polishop, parcelando a aquisição em três vezes no cartão. Valeu cada centavo gasto, é bom frisar.

Santiago dorme feito um bebezinho fofo na minha cama e, quando acordar, é certo que estará faminto. Quero agradá-lo, mas esquentar uma lasanha no micro-ondas não é a ideia que faço de um jantar romântico.

A solução se materializou diante de mim na forma de um aplicativo. Num instante movimentei meus dedos sobre a tela do celular e pronto. A comida já está a caminho.

Ainda bem que pelo menos numa questão eu me garanto: aprendi a preparar uma mesa com esmero e tenho os itens essenciais para deixar nosso jantar com cara de restaurante charmoso.

Organizo tudo, cantarolando Caetano enquanto rodopio entre a sala e a cozinha. Quando Santiago aparece, ele me surpreende com a taça de vinho entre os lábios e um sorriso fácil, desses exibidos pelas pessoas felizes.

— Já ia reclamar que me deixou solitário — diz, com a voz rouca de sono, sexy pra caramba. — Ainda bem que mordi a língua antes.

— Gostou?

— Você não cozinha, urso panda. Devo me preocupar?

Minha taça é roubada de mim com a maior facilidade. Admito que ver Santiago bebendo do meu copo me faz sentir um negócio gostoso percorrer meu corpo inteiro.

— Não. Vamos comemorar a decisão que tomei. — Estou corajosa.

Ele só me olha, mas vejo sua aprovação transparecer.

— Se é assim, tenho um convite para você. — Santiago apoia a taça na mesa antes de segurar minhas mãos. Ele está sério.

Impossível evitar a apreensão.

— Viaja comigo. Vamos dar um rolê pelo mundo?

CAPÍTULO 18

Gabi

Os ventos fortes de agosto chegam com tudo. Confirmo com uma pequena caminhada na rua entre um afazer e outro. As calçadas estão mais cheias, assim como o fluxo de carros, mais intenso. Tenho me dedicado à oficina no instituto Yara Tupynambá, o que vem me deixando bem animada. Elaborei uma oficina que vai até o final do ano para os jovens selecionados pelo projeto; as aulas já começaram e a experiência tem sido incrível. Os alunos são tão ávidos pelas novidades que me empolgo e acabo falando muito, passando vários conteúdos extras. Mas conhecimento nunca é demais, né?

Como ainda estou me adaptando e há alguns pontos organizacionais para ajeitar, tenho passado boa parte das minhas tardes no local, sem falar que isso me dá condições de conviver com outros artistas, o que me permite uma troca pra lá de interessante. Outro dia, convidei o Santiago para falar sobre a restauração de uma obra de Cândido Portinari num museu de Belo Horizonte onde ele dá consultoria, e foi incrível. No final, quando íamos embora juntos, ele me agradeceu e disse o quanto a tarde havia sido proveitosa. Contudo, uma frase dita por ele ainda ressoa em minha mente: "Foi mais uma das lembranças incríveis que construí em Belo Horizonte." Então me dei conta de que ele não é daqui e que seu trabalho demanda viagens. Talvez a relação com Lívia o faça estabilizar em terras mineiras. Mas sinto que as correntes de ar que gelam meu rosto neste minuto trazem algo mais, como se elas quisessem introduzir um novo movimento e mudar as coisas de lugar. Porém, pode ser apenas uma projeção da minha situação.

Aperto o nó do cachecol vinho que está no meu pescoço. Espero me isolar do frio que me rodeia.

Volto, então, ao assunto mais gélido que Nárnia sobre o encanto da rainha golpista Jadis. Léo dispensou as aulas que lecionava sem contrato fixo, prosseguindo apenas com a escola particular onde é contratado e conseguiu uma licença para ampliar sua formação. Até lá, ele vai se desdobrando entre as aulas e os detalhes da mudança — que aparentam somar muitas particularidades, visto que, às vezes, Léo some. Não tenho do que me queixar, muito menos razões para desconfiar do meu bombom, mas nos últimos dias ele parece estar demasiadamente ocupado. Aliás, todos estão absortos em suas questões.

Lívia, quem expulsaria minhas paranoias neste momento, está envolvida em sua mudança profissional. Nem ouso cobrá-la, claro, afinal ela assumiu o cargo de editora numa das publicações mais importantes do país. E eu já sei o quão a Espaçonave pode ser exigente em suas atribuições, haja vista sua seleção nada convencional. Não quero ser a amiga chata que despeja problemas e ainda semeia mais um "já pensou se seu boy também precisa ir embora?".

Credo! Que ventania do mal essa que me rodeia!

Melhor correr para chegar logo em casa e me envolver depressa com as minhas coisas. Aliás, meu dia foi ótimo, não tenho razão para deixar essa bad me pegar. *Um dia de cada vez.* Foi assim que Léo e eu combinamos, e foi o que sempre deu certo. Quem mexe em time que está ganhando?

> Gabiiiiiiiiiiiii

> Oiiiiiii

> Vou pegar um ônibus para BH. Posso ficar aí?

> Aconteceu algo?

> Posso ou não ficar aí? Já tem compromisso para o fds?

> Não! Não planejei nada. Pode vir, claro! Só fiquei preocupada.

> Estou ótima. Só quero dar um tempo daqui e este fds não tem ensaio.

> Beleza. Quer que te busque?

> Nem precisa! Chamo um carro e vou sozinha. Vou te dando notícia de tudo. Embarco no ônibus das onze, ok? Devo chegar umas seis.

> Ok, venha com Deus. Beijos.

    Sofia deve ter brigado com o crush, só pode, para ter resolvido voltar a Beagá tão rapidamente. Mas ela me parecia tão calma na mensagem! Se estivesse com raiva, soltaria fogo a cada letra e socaria aquelas carinhas nervosas. Enfim, talvez eu a tenha preocupado à toa com minhas lamúrias, e ela queira ficar um pouquinho comigo. Que mal há nisso? Vai ser bom curtir minha queixa de pertinho e nossos pais ficarão felizes.

    Minutos depois, Léo me liga. Sereno, como sempre, contou como foi o dia e aproveitou para me passar os detalhes da semana. Com certeza, nada mudou entre nós. Alegando cansaço, ele propõe nos vermos amanhã, sábado, já que sua família até pediu uma pizza para ficarem em casa na noite de sexta.

Digo que tudo bem, claro. Um pouquinho de solidão não faz mal a ninguém, sobretudo a quem gosta de aproveitar sua própria companhia.

Desligamos, e aproveito para ler uns artigos na internet que havia salvado ao longo do dia. De repente, a tela do celular pipoca.

Fred criou o grupo Bonde

Fred adicionou você

Fred adicionou Lívia

Fred
Gatas, sei que já temos um grupo só nosso, mas quis criar este para incluir os vossos respectivos boys. O plano é marcar uma saída da nossa turma amanhã, que tal? Acho melhor discutirmos por aqui do que isoladamente. Podem adicioná-los? Bom que já ficamos com um espaço nosso.

Lívia
Eba! Achei ótimo! E sobre amanhã: estamos dentro!

Amores! Oi! Uai, vou ver com Léo sobre colocá-lo aqui e sobre o rolê, ok?
Você não prefere falar com o Santi antes, Lili?

Lívia
Estou ao lado dele! Já perguntei. Hihihi.

Fred
Perguntou mesmo, eu ouvi.

> Puta merda, Fred, você coloca copo de vidro na porta para ouvir os dois? Chocada! Amiga, se defenda!

Fred
Não, amiga! Estou bebericando o vinho deles, tenho um date daqui a pouco.

Lívia adicionou Santiago

Santiago
Boa noite!

> Boa noite, tecla de onde?

Fred
KKKKKK

Lívia
Respeita a gente que somos da época dos chats!

Santiago
E o Léo?

> Vou colocá-lo.
> Ah, a Sofia estará aqui amanhã!!! Santiago ainda não a conhece, é minha irmã!

Fred
Minha bailarina!

Lívia
Nossa bailarina!
Vou colocar os dois, Gabilândia tá com tráfego lento hoje... hehe

Lívia adicionou Sofia

Lívia adicionou Léo

> Ei! Criaram o grupo para armar uma saída sábado à noite. Topam?

Todos, um a um, responderam positivamente. É, parece que o bonde tá formado.

Depois de um dia na companhia de Sofia e de uma pequena guerra de gifs no grupo, que deduzo que nunca mais será extinto, Fred manda um alerta de boca-livre. A mensagem diz que ele consegue nos colocar para dentro de uma superfesta numa mansão no Mangabeiras, bairro nobre de Beagá, onde uma banda bacana de samba-rock vai tocar. Todo mundo imediatamente se animou.

— Já temos o que fazer! Vou me arrumar já que a festa começa cedo. — Sofia se levanta do sofá e vai para o banheiro.

Então meu telefone toca. Não gosto de ver o nome do Léo no visor. Se fosse para combinar de apanhar a mim e a Sofia, ele mandaria mensagem. Se ele ligou, é porque quer me dizer algo. Atendo e não me surpreendo.

— Ô, Léo, eu entendo você precisar furar com a galera, mas avisa lá no grupo, então. Eu não vou me meter nisso — respondo de forma ríspida. — Tá bom. Fale você com a Sofia que virá vê-la amanhã. Eu sei. Tá tudo bem. Boa noite. Beijos. Tá. Tchau.

Não posso negar que um sentimento de raiva totalmente infantil ganha força depois que Léo dá bolo na nossa saída. No grupo, ele disse que uma parte da família está na cidade e não os verá mais antes de viajar, não tendo outra data para se despedir. Tudo bem, somos livres e estamos acostumados a ter nossos programas separados, mas hoje era a saída da turma e ficamos o dia todo falando disso! Custava ele ter se esforçado? Ele nem é próximo desses parentes assim! No fundo, tenho me sentido um pouco para escanteio com a viagem dele para a França. Mas não posso deixar a peteca cair. O jeito é esfriar a cabeça e aproveitar meu sábado.

Sofia se arruma no banheiro ao som de uma playlist que — meu Pai! — parece que ela vai pegar fogo numa pista de dança, enquanto eu me visto de qualquer jeito, já que meu ânimo está como o de uma pessoa que acaba de sair de um velório.

De repente, o interfone berra. Atendo, e Lívia e Fred respondem. Estranho eles não me mandarem mensagem avisando que passariam aqui. Abro para eles subirem e, em pouco tempo, eles surgem animados como quem vai desfilar na Sapucaí e entram no meu apartamento.

— Você vai assim? — O semblante de Fred murcha ao me ver.

— Esse jeans tá muito batido, Gabi — emenda Lívia. — Você colocou uma blusa limpa ou ficou o dia inteiro com ela?

— É uma festa de gala, por acaso? Vocês também não estão lá essa chiqueza toda não — respondo sem esconder meu mau humor. — Ah, que se dane, vamos só sair e beber de graça.

— Não, senhora! Veja se uma artista que dá as caras na televisão pode sair assim? E nem venha me dizer que está desarrumada porque o Léo não vai, que eu sei que você não se arruma para homem. *Girl power* que é *girl power* se arruma para si mesma! Vai se sentir mais poderosa com outra roupa — argumenta Fred.

— Eu às vezes me esqueço de como você sabe ser convincente, Fred! — respondo. — Vou passar uma base, um blush...

— Prega um cílio também, fica lindo em você — sugere ele rapidamente.

— Esse vestido aqui vai ficar ótimo com sua bota marrom. — Lívia já está lá no meu quarto, mexendo no meu guarda-roupa. — Deixa a porta aberta que o Santi está subindo...

Então Sofia sai do banheiro com os cabelos mais lisos do que de costume, mostrando que os escovou, e vai até o quarto onde cochicha com Lívia. Dou conta que o caso pode ser grave. Talvez eles saibam o que a distância de Léo pode me causar e querem me dar um *up*. Melhor entrar na onda, vai que me produzir um pouco mais me anima e me divirto de verdade esta noite?

Chegamos à praça do Papa, região nobre da cidade, rodeada de mansões e de carros que, a essa hora, abrigam casais que querem dar uns beijos mais quentes e aproveitar a vista incrível de nossa linda Belo Horizonte.

— Tem certeza de que está rolando uma festa aqui? — pergunto, desconfiando do silêncio.

— Essas casas são enormes, o barulho não vaza — responde Fred rapidamente.

— Nossa, mas quase não tem carro na rua! — reclamo.

— Quem vem para beber, não dirige. Ou pode ser que a gente tenha chegado um pouco cedo — retruca ele.

— Tá. Vamos logo, espero que tenha umas comidas gostosas, estou morrendo de fome. — Desço do carro e espero Lívia tocar a campainha.

Passamos por uma imensa garagem vazia e subimos uma escada branca vazada, que fica em cima de um jardim com pontos de luz. Chegamos a uma enorme porta de correr de vidro e Lívia, que caminha na minha frente, a abre.

— Está escuro aqui, né? — comento.

Ela coloca a mão sobre as minhas costas e me incentiva a passar para o lado de dentro da casa. Então vejo uma ampla sala vazia, iluminada apenas por algumas velas e...

— Léo? — indago como quem está vendo uma assombração.

Ouço o barulho da porta se fechar e dou de cara com Lívia saindo — mas não antes de ela me abrir o maior riso do mundo que externa sua alegria e uma certa cumplicidade com algo que ainda não sei o que é.

♪ *Fonte de mel*
  nos olhos de gueixa
  kabuki, máscara... ♫

A música "Você é linda" do Caetano Veloso inunda o espaço e passo a ter certeza de que não é uma piração da minha cabeça. Desde quando começamos a ficar juntos, Léo canta essa música para mim, por, entre outras coisas, fazer referência à cultura japonesa.

— Te peguei? — pergunta ele.

— Totalmente! Cheguei a sentir raiva de você. Tudo tem estado tão...

— Xiiii! — Ele se aproxima. — Nos últimos dias, montamos um plano de guerra para falar com o tal Jean-Claude Dominique, ricaço que se livra de impostos dando bolsas para artistas ao redor mundo.

— Pelo menos ele faz algo útil com parte da fortuna dele. Só é louco e arbitrário na escolha, mas... eu tento há três anos, uma hora vai!

— Não vai mais precisar tentar. Já deu.

Meu corpo, que antes balançava quase que imperceptivelmente ao som da música, congela como se recebesse um sopro petrificante. Refaço mentalmente a frase proferida por Léo, enquanto ele tira do bolso um papel.

— Sofia conhecia umas pessoas na Bélgica que ajudaram, Santiago colaborou com uns contatos na Itália e com alguns museus daqui do Brasil, eu pesquisei pela internet e Lívia orquestrou o plano de entregar um dossiê do seu trabalho e o seu projeto de pesquisa, que ela revisou meses atrás e ainda tinha salvo, diretamente para ele. Gastamos todo o nosso francês e... Parabéns, Gabriela, você é uma das beneficiadas da bolsa do Dominique Institut. Pode escolher uma cidade onde o instituto tem convênio com algum museu deles.

— Meu Deus... Eu não acredito que fizeram isso! Como conseguiram? Milhares de pessoas tentam! — Pego o papel para ter certeza de que a notícia é real.

— Sobre como organizamos isso: grupo de WhatsApp. E sobre como conseguimos... Bem, talvez esse sujeito e alguns amigos dele tenham nos achado meio loucos, alguns até nos bloquearam no Facebook. Mas gosto de acreditar que meu francês salvou tudo.

— Hã?

— Enviei junto com o material uma carta. Acho que esse Jean-Claude gosta de manter casais unidos.

— É a coisa mais linda que já fez por mim, bombom. Não sei o que fiz para merecer um homem tão bom como você. — Eu levo a mão a sua barba e acaricio seu rosto.

— Gabriela, você só precisa escolher uma cidade e uma data para ir. Sei que tem seus sonhos, assumiu seus compromissos aqui... Mas quero que embarque comigo nessa, literalmente — ele ri — e como minha companheira. De vida. Tipo... Casados.

— Casados? — Arregalo meus olhos.

— Casados.

— Literalmente casados?

— Literalmente casados.

— Isso é literalmente o que você quer?

— Isso é literalmente o que eu quero.

— Desde quando o conheci, você é literalmente o que eu quero. Seja no cartório, apalavrado, juntado ou no religioso, eu quero passar meus dias fazendo você feliz. Eu te amo, Leonardo!

— Eu também te amo, Gabriela.

Sua mão me envolve e minha boca busca a dele. Beijamo-nos não como se fosse a primeira ou a última vez, mas a única. É o nosso trato: é sempre uma única vez, isso faz com que tenhamos prazer em virar a próxima página da história.

Solto-me dele devagar e encosto em seu peito, ainda sem acreditar na mágica da vida. Então quer dizer que pedidos escritos em papéis coloridos e enviados ao céu em forma de fumaça, quando feitos de coração, são realizados? *Arigatou gozaimasu*, digo mentalmente a quem quer que tenha me ajudado, seja a personagem da lenda ou não.

— Tem uma luz se movendo ali, é uma lanterna? — questiono assustada e me levantando do peito de Léo.

— Sofia, aposto!

— Por isso ela quis vir para BH de uma hora para outra! — Eu abro a janela da sala que dá para o jardim e grito: — Desliga isso, Sofia!

— A gente já pode entrar? — berra ela.

— Era para ter ficado só entre nós, mas não consegui me livrar deles.

— Eu imagino! Agora tudo faz sentido! Mas também, pelo o que contou, todos ajudaram...

— Demais... E essa casa aqui quem arrumou foi o Fred com sua amiga da imobiliária. Isso que dá sair falando de fetiche para as pessoas! Por que acha que eles estão com esse fogo todo? Bom, pelo menos a gente já descolou uns espumantes gelados que estão no porta-malas e encomendamos uns comes. E sabe o que mais? — Ele se afasta e pega um controle remoto. — Comprado ontem no shopping popular.

Um globo começa a piscar na sala sem móveis e luzes de várias cores passam a ocupar todo o ambiente.

— É a nossa festa de noivado?

— Sim, bombom, ainda não temos aliança porque eu sei que minha companheira adoraria dar sua opinião no anel que usaremos pelo resto de nossas vidas, mas os beijinhos eu vou garantir.

Lívia

Agosto é o mês dos ventos; para mim, literal e metaforicamente. Os mesmos ventos que levantam a poeira acumulada dos meses sem uma gota sequer de chuva me movem para novas direções.

Ana Terra dizia: "Noite de ventos, noite dos mortos." Por outro lado, ela também afirmava: "Sempre que me acontece uma coisa importante, está ventando."

Érico Veríssimo é um dos meus escritores preferidos, mas a primeira máxima dos ventos eu descarto. Já a segunda tem toda a relação com o que vivo neste exato momento.

Acrescento mais uma blusa na pequena mala aberta sobre a cadeira da minha escrivaninha. Estou focada no trabalho manual de retirar roupas do armário e dobrá-las para guardar na bagagem, porém minha mente viaja longe, concentrada na guinada que dei na vida.

Eu pedi demissão da Espaçonave. Se estou brincando? De forma alguma. Mas era isso ou ficar presa a um emprego que não atenderia aos meus ideais enquanto editora. Então tomei a decisão e comecei a colocar em prática um novo projeto, que pode dar certo ou não.

— Estamos nesta vida para correr riscos, amiga — argumentou Gabi quando expus a ela a questão. — Viver infeliz é a maior perda de tempo. Portanto temos que buscar sim o que nos faz bem. De mais a mais, nós duas sabemos que os escrúpulos da Espaçonave não são lá muito louváveis, né?

Solto um suspiro longo, sonhador. Ela tem razão. Embora a sociedade tenda a incutir na cabeça das pessoas que ser bem-sucedido é ganhar muito dinheiro e ficar rico, penso que o adjetivo abranja mais a satisfação pessoal e o prazer com o trabalho realizado.

Dobro o último casaquinho — vai que o clima dá uma virada no fim de semana lá no Rio? — antes de partir para a arrumação dos produtos de higiene pessoal e maquiagens.

Daqui a algumas horas tenho de estar no aeroporto de Confins. A Gabi e eu vamos à Bienal do Livro do Rio de Janeiro como convidadas especiais, representando o Literalmente Amigas. Participaremos de um bate-papo com o público sobre a responsabilidade das críticas literárias e os estragos que uma resenha mal fundamentada pode causar.

De lambuja, vou aproveitar para fazer contatos com autores, especialmente com os independentes.

Confiro pela décima vez se meus cartões de visita novos estão na bolsa. Com um design todo bacanudo desenvolvido pela Gabi, encomendei um milheiro de uma vez. Pretendo aproveitar o evento para divulgar minha recente ocupação: agente literária.

— Por que não? Você já trabalha no meio, conhece autores e é procurada por eles, é bem relacionada — enumerou Santiago no momento em que abri o jogo em definitivo. — Se joga, urso panda.

É o que estou fazendo. Irei à Bienal. Em seguida vem o casamento de Gabi e Léo, do qual sou madrinha — coisa linda! —, depois viajarei com Santiago, que me fez um convite irrecusável. Bem, a Lívia de agora não teria coragem de deixar essa oportunidade passar. Já a de antes...

Meu namorado vai prestar consultoria em algumas galerias de arte da Europa. Tudo indica que os serviços vão durar cerca de um mês. Ciente da minha mudança de rota profissional, Santiago se sentiu estimulado a solicitar minha companhia, o que não seria possível caso eu estivesse atrelada a algum emprego fixo.

Eu vou. Bom que tiro umas semanas de descanso antes de me jogar de vez no novo trabalho. E se pintar algo na Bienal, posso muito bem executar a função de agente de qualquer parte do mundo.

O vento lança as cortinas do meu quarto para o alto e alcança meu rosto, onde deixa uma carícia fresca. Inspiro-o profundamente, sentindo-me tão leve quanto ele.

Ainda bem que não sou a Ana Terra, senão temeria sua passagem. Para mim os ventos são de mudanças, de *boas mudanças*, como na música do Scorpions, "Wind of Change"...

> **Gabi**
> Chegamos! Acabamos de aterrissar.

> **Fred**
> Acabamos de pedir um chope.

> **Santiago**
> Beleza.

> **Fred**
> Sim, o chope está uma beleza.

> **Léo**
> Ele estava falando sobre a chegada das meninas no Rio. Que bom!

> **Fred, não adianta disseminar seu fel. E Santi, já tô com saudade... ♥**

> **Fred**
> Ai, ursinho, não aguento ficar longe de você.

> **Gabi**
> Kkkkkk Esse apelido é o maior barato. Tá vendo a criatividade, Léo?

> **Léo**
> Como se bombom fosse muito comum.

Como eu imaginava, o grupo criado para a organização da festa de noivado da Gabi nunca mais foi extinto. Desde esse dia tenho me divertido com as trocas de amabilidades e farpas. É uma graça atrás da outra. Quanto às provocações, bem, fazem parte do espetáculo.

Finalmente o carro preto enviado pela organização da Bienal nos encontra. Gabi faz sinal e entra todo-poderosa.

— Celebridades a bordo — sussurra ela, debochada.

> Nossa limusine chegou, partiu Riocentro!

> **Santiago**
> Juízo, ursinho. Mais tarde a gente se fala. SÓ NÓS DOIS.

> **Fred**
> Aposto que vão tentar aquela coisa de sexo virtual.

> Jesus! #partiu

Estamos hospedadas no hotel oficial da Bienal, com direito a todas as regalias destinadas aos convidados especiais: kit de brindes exclusivos do evento, quarto individual com vista para o Riocentro, paparicação dos funcionários, enfim, só digo que ficamos bem na fita.

— Temos duas horas até nosso evento, Gabi.

— Tempo de sobra para uma cochilada antes de nos arrumarmos.

A gente se despede, mas quem disse que consigo cochilar? Estou acelerada demais, doida para mergulhar no mar de apaixonados pelos livros, exibindo meu crachá poderoso, no qual está escrito em letras garrafais: LÍVIA S. MONTEIRO — BLOGUEIRA E AGENTE LITERÁRIA.

O bate-papo foi maravilhoso. O espaço ficou completamente lotado, cheio de leitores ávidos por informações sobre o mundo da leitura. Tudo bem que muitos aproveitaram o momento para resgatar a treta com a Roberta Tavares, mas felizmente tivemos jogo de cintura para nos livrarmos das saias-justas. Como há gente maldosa pelo mundo!

Mas a maioria dos presentes elogiou bastante a qualidade das resenhas e fez perguntas agradáveis de se responder. Com isso o tempo passou depressa e num minuto tudo acabou.

Bom, pelo menos o evento oficial, porque agora estamos na praça de alimentação, rodeadas por leitores que ainda têm muito o que nos dizer. Quer saber? Melhor momento!

— Lívia, desculpa se estou sendo invasiva, mas sou escritora e soube que você se tornou agente literária recentemente.

Volto minha atenção para uma moça. Seus cabelos são claros na raiz e rosa da metade para baixo. Ela usa óculos de armação grossa e transmite um ar meio intelectual.

— Imagina, não se preocupe. Estou aqui pra isso mesmo. Conhecer autores novos é tudo o que mais quero.

Pesco um cartão de dentro da bolsa e entrego a ela.

— Obrigada. Sou Susana Lisboa. Posso enviar meu manuscrito a você?

— O que você acha de marcarmos um café amanhã? Assim podemos conversar melhor, pessoalmente, e você me fala sobre a história e quais passos já deu na carreira de escritora.

Gabi me lança um sorriso de aprovação. Ela sabe que agora sim estou sentindo uma adrenalina boa com o trabalho que decidi executar.

— Nossa, será maravilhoso — responde Susana, entusiasmada.

Já é tarde quando o público se dissipa. Tudo o que vejo são estandes em perfeita desordem e funcionários exaustos, reorganizando as prateleiras, cientes de que a loucura só está começando. É apenas o primeiro fim de semana de feira e quem já teve a oportunidade de ir às últimas edições da Bienal sabe que é pauleira do início ao fim.

— Não tenho inveja de quem vem todos os dias — comento com Gabi. Meus pés estão doloridos, ainda que eu tenha optado por uma sapatilha sem salto. — É tudo muito legal, mas cansa, né?

— Ai, não sei. Eu até gosto desse caos.

— Como quase todo artista plástico, né? — Sorrio, enquanto meu estômago reclama de solidão. — Gabi, você é a descendente de japoneses mais baladeira que conheço.

— Uai, não tem nada a ver...

— Ei, Lívia! Gabi! São vocês, não são?

Antes que minha amiga tenha a chance de retrucar meu comentário, duas meninas se materializam na nossa frente.

— Sim, somos nós, em carne, osso e fome — diz Gabi, arrancando risinhos nervosos das garotas.

Elas se enchem de entusiasmo e batem palmas, enquanto dão pulinhos sem sair do lugar. Troco olhares com Gabriela, que parece estar tão confusa quanto eu.

— Ai, que emoção conversar com nossas divas, responsáveis pelo começo da nossa amizade! — exclama a loira de bochechas rosadas.

— Vocês e o Literalmente Amigas representam tudo pra gente — completa a morena de cabelos cacheados, com um corte afro maravilhoso.

— Por acaso estamos diante de...

— Tati e Júlia, sim, as próprias!

Então o encontro inesperado vira um festival de abraços, suspiros, risadas, confissões, elogios e mais uma porção de coisas boas, que fazem deste dia um dos mais especiais para todas nós.

Elas explicam que viajaram de Curitiba para o Rio com uma agenda cheia de compromissos marcados, mas a meta primeira das duas era conhecer as criadoras do Literalmente Amigas.

— Vocês são uma inspiração para nós.

Não posso atribuir a responsabilidade do que ocorre em seguida ao vento, porque nem mesmo uma brisa suave corre pelos corredores do aquecido Riocentro. Só sei que ao longo de um olhar trocado por míseros segundos, Gabi e eu chegamos à mesma conclusão, a qual ela expõe sem titubear:

— Tati e Júlia, é uma honra termos duas seguidoras tão entusiasmadas do trabalho que a Lívia e eu temos desenvolvido há anos em prol da literatura. Puxa, falei que nem você, amiga — brinca ela, mostrando a língua para mim. — Mas agora que estamos começando uma nova fase nas nossas carreiras, talvez seja a hora de passar o Literalmente Amigas adiante.

— Oh...

— Não!

As meninas reagem com espanto. Bobinhas. Ainda não compreenderam onde nós queremos chegar.

— Claro que não seremos levianas. Fiquem tranquilas — apaziguo. — O que pensamos foi perguntar se vocês não aceitariam assumir o blog daqui pra frente.

Por um instante elas apenas nos encaram. Mas conforme os segundos passam, a lucidez as atinge, despertando nas duas uma emoção digna de ser registrada.

Há uma mistura de agradecimentos e lágrimas, no meio de inúmeros "eu não acredito". A empolgação desmedida dos adolescentes é algo bonito de se ver. Gabi e eu também fomos assim e espero que nunca percamos a capacidade de nos entusiasmar diante das pequenas conquistas.

Literalmente passamos o bastão. Já era hora. Vivemos momentos incríveis ao longo dos anos em que nos dedicamos ao nosso cantinho literário. Ele foi a causa do estreitamento dos laços que uniram Gabi e Lívia, duas pessoas tão diferentes em tudo, mas com uma característica bastante forte em comum: a paixão pelas histórias envolventes, bem contadas.

— É, amiga, quanta mudança! — comenta Gabi, sentada ao lado do motorista que conduz o carrinho "de golfe" que nos leva de volta ao hotel.

— E o vento faz mais uma vítima — digo, com a cabeça de volta a Ana Terra.

— Hã?

— Estou devaneando. Espero não passar a noite melancólica demais. Porque, mesmo que a decisão de passar o blog adiante tenha sido tomada com toda a certeza do mundo, não deixa de ser um capítulo da nossa história que se encerra.

— Sim, querida, é um ponto final, definitivo inclusive. Mas fortalecerá nossas boas lembranças, você vai ver.

— Definitivamente amigas?

— Para sempre amigas!

— Eternamente — falamos juntas.

— Meninas malucas — resmunga o motorista.

Da varanda do hotel inspiro o cheiro de Lisboa. Engraçado que os lugares tenham seus próprios odores. Desde que aterrissei em Portugal, sinto cheiro de história com agá maiúsculo e lembranças de um tempo que nem vivi. Deve ser por causa da ligação que nós brasileiros temos com os lusitanos.

O bairro Chiado é uma graça, cheio de referências artísticas. Minha foto com Fernando Pessoa, a estátua, que o diga.

Faz três dias que chegamos e eu me sinto plena. É apenas o começo da viagem e sei que há muito por vir ainda, até nosso ponto final, Paris, daqui a vinte e sete dias. Sim, estou contando, porque é quando reencontraremos Gabi e Léo.

Marcamos um encontro a quatro assim que nos despedimos dos noivos e desde então a saudade da minha amiga é uma mistura agridoce. Por um lado, estou feliz por ela, pelo casamento que foi uma verdadeira cena de romance; por outro, a distância é sofrida.

Enfim, faz parte.

E não posso reclamar, porque eu também tenho vivido uma fase incrível. Já fechei dois contratos bem legais para escritores cujas histórias valem a pena ser lidas. Além disso, há outras três na eminência de serem aceitas pelas editoras que contatei.

Quanto à vida pessoal, eu estou...

— Oi, meu ursinho.

Apaixonada.

Santiago chega de repente e me abraça por trás. Seus braços fortes em torno de mim são um calmante natural. Estou viciada.

— Acordou com as galinhas? — Ele beija meu pescoço, fazendo cosquinha com sua barba por fazer.

— No caso, com as gaivotas. — Aponto para o horizonte, onde as aves sobem e descem, num balé quase cadenciado.

— Pensei que fosse descontar as horas não dormidas durante a noite. — Santiago reduz o tom de vez e passa a mordiscar meus ombros. — Você sabe por quê.

— Acho que mais tarde vou acabar me rendendo mesmo.

— O que pretende fazer enquanto trabalho hoje?

— Pensei em dar uma de nativa e sair de bonde pela cidade. Consultei um roteiro e marquei tudo o que quero ver.

Duas mãos mágicas alcançam a barra do meu pijama e se põem a torturar minha pele.

— Vai ao pastel de Belém? — A pergunta sai num sussurro rouco, soprado sobre a pele atrás da minha orelha direita.

— Hum? — Já perdi o fio da meada.

Eu nunca dei sorte no amor. Todos os namorados anteriores foram um desastre total. Mas hoje sei que a culpa não era minha. Embora me faltasse autoestima, os caras eram errados de qualquer maneira.

Quando conheci Santiago, eu não deixei de ser a Lívia insegura. Demorei a me ver como uma pessoa autossuficiente, porém ele soube me entender em vez de se aproveitar da minha instabilidade emocional. Essa atitude fez toda a diferença.

E pensar que o equívoco de achar que Santiago era gay me impediu de cometer as mesmas bobagens de antes. Consequentemente, acabei fortalecida.

Por fim, aqui estou, amando e sendo amada como sei que mereço. Por mais que soe piegas, vivo uma história de amor com um homem e tanto.

— Tenho um tempo ainda. O que acha de me acompanhar no banho? — sugere ele, prestes a nos fazer cometer um atentado ao pudor na varanda do hotel. — Com quinze minutos posso fazer você ver estrelas, linda.

— Convencido — ofego. — Mas vou pagar pra ver.

Sorrindo, meu Santiago me pega no colo e cumpre o prometido. E não é que meu céu tem andado estrelado noite e dia?

CAPÍTULO 19

Gabi

Estou feito boba movimentando o máximo que posso a mão direita, só para manter sob minha vista a aliança dourada de formato fino e arredondado que Léo e eu escolhemos juntos — e também pagamos juntos. Não temos grande soma de dinheiro guardada, e nossas famílias não podem nos ajudar com uma festa de casamento. Contudo, isso não tem tirado a alegria de seguirmos a vida juntos. Nadamos contra as águas sedutoras e consumistas da indústria que os casamentos se tornaram, e mesmo que tivéssemos grana sobrando, não faríamos festa estilo ostentação. Não tem a ver com quem somos, com nossa ideologia e com onde empregaríamos nossa grana. Mas, sim, claro, nós queremos um momento para reunir familiares e amigos mais chegados, além de uma reserva para nos mudarmos com calma. Por falar em mudança, já demos a entrada dos nossos documentos no cartório perto da minha casa, uma vez que a data da viagem está próxima e não temos tempo a perder.

Comuniquei ao dono do apartamento que devolveria o imóvel e, desde então, organizo um verdadeiro bazar on-line de móveis e roupas. Pretendo me desfazer de tudo, recomeçar nesta nova etapa de vida e juntar o máximo de dinheiro que puder para a viagem. Neste processo, a parte mais delicada, sem dúvida, foi conversar com a Yara Tupynambá e com as pessoas do instituto, que me entenderam e até recomendaram vários amigos e locais para visitar em Paris. Eu tratei logo de conseguir um bom substituto para meus alunos queridos e fazer a transição, que contou com uma festinha improvisada de despedida — ah, eu não chorei, imagina. Só saí com a cara rosada feito a Peppa Pig.

— A mostra está chegando ao fim. Mandaram um e-mail hoje pedindo para levarem minha peça para uma exposição em Sergipe, achei o máximo — digo ao Léo enquanto ajeito umas peças numa caixa, já que fechei venda por um aplicativo na internet.

— Gabi ganhando o mundo — comenta Léo enquanto mexe no notebook. — O resultado da premiação já saiu? Uma grana agora seria mais que bem-vinda.

— E eu não sei? Ainda mais agora que tive que dispensar as aulas. Deve sair nos próximos dias. Mas prefiro nem criar expectativa. Não sei se daria tempo de ajeitarmos algo.

— Passamos num supermercado e resolveremos isso! Ainda temos aquele globo de luz de controle remoto, bombom. Dá uma festa e tanto!

— Eu amo meu noivo, meu Deus! — Paro o que estou fazendo e me sento na cama, ao lado dele. — Você descomplica o que minha cabeça teima em dar nó. Eu não poderia me casar com outra pessoa. — Beijo seu rosto. — Vai demorar aí com esse computador ou já podemos partir para as brincadeiras pré-nupciais?

É uma manhã ensolarada de quinta-feira. Como me falta disposição para bater perna na rua debaixo de um sol tão forte, navego em páginas de lojas e de brechós buscando roupa para vestir no meu casamento no civil. Porém, ainda não encontrei nada que me despertasse o sentimento de "é este". Mas, também, o que é que estou buscando?

Então, confiro meu e-mail. E lá está uma notícia não tão animadora. Três de meus colegas receberam a premiação da Mostra Artistas Livres, e o nome Gabriela Uematsu está em quinto lugar na lista segundo a crítica. Entre dezoito colegas, está razoável, ainda mais pelas condições em que realizei minha obra. Tudo bem, meus colegas mereceram. Logo devo receber um parecer crítico e fico com as observações a serem aprendidas para a próxima.

Até que meu telefone toca.

— Gabriela? É a Tereza, da assessoria de imprensa da mostra — diz a voz do outro lado da linha. — Queremos saber se você pode vir gravar hoje para um programa da TV Cultura. Eles vão conversar com os premiados da Mostra.

— Oi, Tereza! Olha, eu não fui uma das premiadas... — respondo sem graça.

— Foi, sim! Sua obra ganhou pelo voto popular.

— Uai?! Teve isso?

— Teve! Não viu os totens que estavam na saída do salão? Os visitantes votavam nas peças que mais gostaram. A sua ganhou, ainda não te avisaram?

— Não! De verdade, não estava sabendo!

— Bom, parabéns! Além do certificado, tem um bônus de dez mil reais. E preciso realmente saber se pode participar da gravação, é a única agraciada pelo voto popular, seria muito importante para a pauta e para a mostra.

Mantenho a voz austera, mas estou balançando o corpo ao som de uma música que está tocando no volume máximo dentro da minha cabeça. É bom demais para ser verdade saber que o que fiz alcançou o coração das pessoas, que produzi uma arte acessível e que estou sendo valorizada por isso! Cara, e essa grana que veio sem eu esperar? Léo e eu já podemos ir ao supermercado! E ainda concederei mais uma entrevista, imagine como meu clipping ficará recheado!

Desligo o telefone já mandando áudio no grupo do Bonde, para avisar a todos de uma vez, enquanto entro no banho a fim de me arrumar e estar a tempo no local marcado para a pauta. Eu e meu guaxinim temos que estar lindos hoje.

Finalmente consigo me sentar e pedir uma água com gás bem geladinha ao garçom que nos atende com um sorriso no rosto. Depois de uma semana exaustiva onde mudei legalmente meu status de solteira para casada, de me desfazer de móveis, cuidar dos detalhes das viagens e cuidar de toda carga emocional que as mudanças trazem, encontrei tempo para me despedir das minhas amigas. Combinamos um happy hour nos arredores da rua da Bahia, na altura da Álvares Cabral. Enquanto espero o horário que finda o expediente da maioria das pessoas e o tempo de deslocamento das meninas, Lívia e eu fazemos uma horinha num café muito especial para nós: o lugar onde Carlos Drummond de Andrade e Pedro Nava, dois escritores que foram amigos, frequentavam. Quando éramos estudantes e mal tínhamos dinheiro para sair, a gente se aventurava por Belo Horizonte seguindo a rota dos dois amigos.

— Eles também tinham uma amizade literal, né? — digo depois de quase me engasgar com a água.

— Como a nossa! Gosto de pensar que somos milhares de pares ao redor do mundo unidos pelos livros.

— Devíamos criar uma máfia, tipo os Illuminatis.

— Nem casada você vai parar de ver essas coisas, né, amiga? — Lívia ri.

— Nunca! Adoro uma teoria da conspiração! E tudo que é estranho me agrada, cada hora o povo descobre uma espécie de ET, eu fico doidinha...

— Se parar para pensar, nós já somos uma rede. Quem vive uma história na imaginação, tem um brilho diferente.

— Tem toda razão! Vamos brindar a isso. E às mudanças, que nos empurram para lugares onde nunca imaginávamos ir. — Ergo o copo com água.

— "Tenho apenas duas mãos..." — Lívia coloca seu copo no alto e diz o verso do Drummond que sempre dissemos uma a outra.

— "... e o sentimento do mundo" — concluo.

Não poderíamos brindar de melhor maneira nossa fase.

Contrariei algumas tradições japonesas, mas estou certa de que a necessidade de me casar com uma pequena pressa foi compreendida pelos meus ancestrais. O mais importante, acredito, é que a memória deles vive em mim, não só em meus traços orientais, mas no profundo respeito que tenho pela nossa cultura e pela compreensão que tenho um papel a cumprir no mundo.

Como o depósito da bonificação caiu quase no dia do nosso casamento no cartório, não tivemos tempo para encontrar um lugar disponível em Belo Horizonte — sendo que só nos restava um fim de semana livre até a data da nossa viagem. Lembrei-me do pedido que fiz nos papeis coloridos, valendo-me da tradição japonesa. Tanta coisa já me havia acontecido, eu não seria deixada na mão no meio do caminho, sendo que o mais difícil já parecia ter sido solucionado. De repente, uma ideia surge em minha mente como mágica. Procuro algumas imagens no Google e as envio ao Léo junto com um áudio comentando minha sugestão. Para minha surpresa, ele foi bem receptivo. Depois de uma ligação, estávamos no sítio Gaia, conversando com a xamã de semblante sereno e riso fácil. Depois de um chá e de explicar nossa situação, ela disse que ficaria feliz de ceder a parte externa do sítio para celebrar a "união de duas almas que já estavam determinadas a se ajudarem nesta peregrinação". Eu até anotei as palavras dela para colocar em alguma pintura para nossa casa; quando bater o desânimo ou as brigas surgirem, vamos nos lembrar que combinamos de nos auxiliarmos durante a vida. Isso dá sentido a qualquer relação.

Movidos por esse propósito, com os papéis já assinados, Léo e eu comemoramos nosso casamento no final do mês de setembro ao som de "Sol de Primavera", do Beto Guedes, e "Coisas da Vida", do Milton Nascimento. O mais incrível é que a parte do sítio que nos foi permitido usar é onde não acontecem os ritos, justamente a parte mais alta, que dá diretamente para um campo aberto. Exatamente como sonhei e pedi aos céus.

Eu prendi parte dos meus cabelos num arranjo florido, deixando metade solta. Meu vestido era rendado na cor pérola, na altura do joelho, com um ar vintage, bem do jeito que eu queria. Léo vestia uma calça e uma blusa social em tons claros e um tênis All Star, bem a cara dele. Entramos com os nossos pais, que nos disseram suas preces e desejos de bem-aventurança. Abrimos a palavra para nossos amigos, que pareciam estar inspirados e nos falaram coisas lindas e profundamente emocionantes. Depois, Léo e eu fizemos nossos votos e trocamos as alianças. Um almoço delicioso e farto nos esperava numa mesa exatamente como planejado. Simples, porém charmoso, nosso casamento foi repleto de emoção e de momentos que estarão para sempre em nossa memória.

O síndico do prédio fez a gentileza de se desfazer das últimas coisas que ficaram em meu antigo apartamento, sendo algumas destinadas à doação e outras que pudessem ficar entre os vizinhos mesmo. Depois que tudo se fosse, a chave poderia ser entregue à imobiliária — talvez a um casal, mas isso já não é da minha conta!

Tudo o que tenho, agora, cabe basicamente em uma enorme mala, uma mochila e uma mala de rodinha dessas que usamos como bagagem de mão. Além, claro, do meu maridão, do meu trabalho e de uma carta de crédito que me garante passagem aérea já comprada, gastos com moradia e alimentação, e cursos que eu mesma irei escolher para fazer em Paris. O primeiro que me matriculei foi um de desenho, cujas técnicas posso melhorar, sem falar que sempre sonhei em ir ao Louvre, sentar diante das estátuas famosas e desenhar como nos filmes a que assistia quando mais nova. Além disso, vou tentar alguns estágios, exposições e me inserir na vida artística dessa cidade que inspira criatividade. Será um desafio, assim como Léo também terá os dele neste semestre. Mas teremos um ao outro — e a nós próprios, pois somos pessoas inteiras, e não metades de alguém.

Papai e mamãe seguem bem a vida em Poços de Caldas. Sofia logo estreia a nova peça. Lívia está feliz com Santiago e com seus rumos profissionais. Estou ao lado do homem que amo vivendo a vida que sempre quis.

É. Talvez esteja aqui o desfecho que sempre sonhei. Mas leitor que é leitor sabe: nunca é o fim. É apenas uma pausa para uma nova história.

Lívia

São onze da manhã, horário de Lisboa. Acabei de fazer uma selfie englobando na foto três elementos imprescindíveis na minha vida: café, literatura e arte.

Estou sentada ao lado da estátua de Fernando Pessoa, bem na parte alta do bairro Chiado, de essência cultural, diante do Café à Brasileira, ícone da relação estreita entre Portugal e Brasil.

Há uma pequena fila se formando atrás de mim, gente que quer ter seu momento com o mais universal poeta português. Eu me despeço dele, não antes de fazer um acordo com Pessoa — na pessoa dele ou mesmo de um de seus heterônimos: ser sempre inspirada para enxergar a beleza das palavras e jamais ser movida pela sedução do dinheiro. Quero que minha assinatura enquanto agente seja a sensibilidade, uma profissional que batalhe pelas histórias nas quais acredite de verdade.

Uma rajada de vento bagunça as pontas do lenço colorido que amarrei no pescoço antes de sair do hotel. Ao me encontrar com a escritora portuguesa, com quem marquei uma entrevista ainda do Brasil, foi a primeira coisa que ela reparou em mim:

— Que bonito! As cores parecem vivas — comentou assim que nos sentamos no sofá de sua sala de visitas. Então ela pediu:
— Pode fazer o mesmo por minha história?

Tive que lutar com um esforço danado para não lacrimejar diante da moça, afinal era um encontro profissional. Mas fiquei extremamente comovida com o pedido.

Fui eu quem deu o primeiro passo, pois li o livro de Catarina Silva — esse é o nome dela — pelo Kindle e me apaixonei pela trama. Descobri que a escritora só havia publicado aquela história no formato digital, na Amazon, sem agente, sem editora, nada além de seu próprio esforço e sua determinação.

Então pensei: "Por que me restringir a autores brasileiros apenas?" Concluí que investir na contramão também seria muito legal, ou seja, apresentar contadores de histórias de outros países, frustrados por não terem alcançado novas praças, como o Brasil.

Agora tenho o original dela nas mãos, com um número absurdo de leitores registrados pela plataforma da Amazon, e a missão de conseguir um contrato interessante para a Catarina.

Vou conseguir!

Certa vez, assisti a uma palestra da Marina Colasanti e compreendi algumas questões que ainda não haviam entrado na minha cabeça. Ela frisou a importância de o autor sempre se reinventar, procurando lugares nunca antes visitados no campo da linguagem — em outras palavras, fugir de clichês. Eu me lembro de que ela usou a expressão "realidade expandida" para justificar sua argumentação ao ressaltar que uma mesma situação pode ser contada inúmeras vezes e parecer diferente a cada ocorrência. Mas cabe ao escritor dar um toque único e poético a sua própria narração.

A Catarina faz isso, bem como os demais autores que represento. Esse tem sido o lema da Lívia S. Monteiro — Agente Literária.

Termino meu café à brasileira, mas fico uns instantes a mais diante da confeitaria para aproveitar o sinal do wi-fi e enviar a foto que acabei de fazer ao grupo do Bonde e ao da minha família.

Imediatamente os comentários pipocam, e um deles, em particular, me sensibiliza mais.

> Filha querida, você sempre foi um orgulho para nós. Tão determinada, certa de seus passos... Mas também era motivo de preocupação. Os pais não querem que os filhos sofram, mas temíamos por você. Quando existe uma cobrança em cima de nós mesmos, a menor falha pode desencadear uma série de transtornos. Por isso achamos fantástica sua mudança de planos. Abrir mão de uma carreira sólida em prol de um sonho pode não ser o melhor dos mundos para a maioria das pessoas. Entretanto para nós, seus pais, significou a certeza de que você, querida, está mais do que pronta para enfrentar qualquer desafio que a vida lhe propuser. Adoramos a foto. Veja se consegue uma com Eça de Queiroz também. Te amamos.

Imagino o tempo que minha mãe levou para escrever esse testamento no celular e ainda teve a sensibilidade de incluir meu pai na mensagem, tão avesso às novas tecnologias. É maravilhoso ter o apoio dos pais numa empreitada que pode ou não dar certo.

Outras famílias talvez tivessem desencorajado a filha que deu as costas para um emprego como o que conquistei na Espaçonave. Deixei para trás um cargo, um plano de carreira, benefícios corporativos para agarrar a chance de construir um enredo bem particular, cuja protagonista sou eu mesma, com o roteiro livre para executá-lo como bem me aprouver.

Sou movida a motivação enquanto me afasto do bairro Chiado, a pé mesmo, aproveitando para turistar mais um pouco. Faço umas fotos esporadicamente, com a câmera do celular, de modo a registrar só o que me desperta mais a atenção.

Peço informações para descobrir onde fica a estátua de Eça de Queiroz, enquanto minha mente retoma os últimos acontecimentos que vivi no Brasil antes de embarcar neste tour pela Europa com Santiago.

O casamento de Gabi e Léo foi pura magia. Em tudo se pareceu com cenas típicas dos romances, desde o lugar onde ocorreu a cerimônia, até o cenário bucólico como um todo.

O tempo contribuiu também para ressaltar a aura singela. Foi um lindo dia de setembro, exatamente como espero que sejam os setembros da vida, cheios de cor, calor e amor.

Santiago, de calça branca e camisa azul-clarinho, estava tão bonito que me lembrou daquelas histórias sobre seres feéricos. Sim, ele parecia um *fae* bem sobrenatural e lindo — certo, essa comparação ficou estranha. Mas não foi sua aparência que me deixou um pouco mais apaixonada por ele naquele dia. Afora tudo o que já sei sobre ele — honesto, amigo, leal, sensível, amante das artes, empático, baiano —, Santiago dá a impressão que escolhe o momento mais propício para mostrar o quanto é adorável.

— Pandinha, um dia a gente vai se casar também, né? Quer dizer, se você quiser... — Ele tropeçou nas palavras, como se estivesse encabulado, o que foi bem fofo.

— Precisa? — brinquei, sabendo que o chocaria. — Não sei se isso é para mim, digo, casamento, aliança, papel...

Mas Santiago não engoliu a isca e foi na minha onda.

— Não precisa, não. Podemos ficar nessa até quando nossos netos forem para a faculdade. — Então ele abaixou o tom de voz, falando próximo do meu ouvido. — E quando sentirmos falta de sexo, marcamos horário para nos visitarmos no apartamento um do outro.

Espantei um passarinho que ciscava aos nossos pés com minha risada alta. Girei o corpo e prendi o olhar de Santiago ao meu.

— Falei sério — frisou ele, entrelaçando os dedos entre minha cabeleira recém-aparada. — Com ou sem papel, vamos ficar juntos um dia, não é?

— É. Quem sabe quando voltarmos da viagem, não queira mudar a vista de sua janela?

Fingi procurar ciscos na camisa dele, só para não ver sua reação. Talvez a insinuação de morarmos juntos tenha acontecido cedo demais.

— Não foi cedo demais.

— Eu me expressei em voz alta?

Todo vermelho do planeta deve ter se concentrado no meu rosto naquele instante.

— Não fique com vergonha, urso panda, ou vou ter que trocar seu apelido para macaco da cara vermelha.

Soquei o peito dele. Precisava ressaltar meu ultraje. Santiago agarrou meus punhos e me puxou para mais perto.

— Quer mesmo que eu me mude para seu apartamento?

— Já moramos praticamente juntos, Santi. E o Fred precisa recuperar a privacidade dele.

— Eu ia começar a procurar um lugar novo para mim, de qualquer jeito.

— Não tem necessidade...

O mês, o dia, a cor do céu, a música de Milton Nascimento, tudo isso fez com que a ocasião se tornasse ainda mais especial.

— Vou ser o melhor colega de quarto que você já teve.

— Nunca tive nenhum.

— Então!

Fui beijada naquele momento, nossos lábios sorrindo e se tocando, uma mistura de alegria e amor.

Suspiro e penso em Fred logo em seguida. Segundo informações, estou a uma esquina do monumento de Eça de Queiroz. Fiz do pedido da minha mãe uma missão.

Meu amigo mais que amado ainda não encontrou seu parceiro ideal. A rotina de um médico como ele repele aqueles que não têm paciência para investir num relacionamento com alguém tão ocupado — na verdade, mais que ocupado: dedicado. Mas eu torço todos os dias para que ele encontre uma pessoa legal, pois se existe um ser humano merecedor de tudo o que há de bom, esse é o Fred.

— Vai sambar com a sua beleza e com o seu Santiago na cara daquelas europeias, amiga! — Foi o conselho que me deu no aeroporto, antes do nosso embarque para Lisboa.

Achei!

Leio a placa "Largo Barão de Quintela" e logo avisto o escritor, em bronze e safadeza com uma mulher nua, de bronze também, caindo sobre ele. Em se tratando de Eça de Queiroz, nada mais que normal.

Faço fotos e selfies, conforme prometido.

Missão cumprida, volto à minha caminhada pela terra de Camões.

Tudo está apenas começando, embora pareça o fim da história. Porém há muito a ser vivido ainda e eu não quero perder o fôlego nem o fio da meada.

Vou apenas passar para o próximo volume da minha história.

EPÍLOGO

Léo

Lembro-me do quanto eu transpirava. Não só porque estava prestes a apresentar meu artigo para um auditório mais cheio do que eu imaginava, mas porque a *gueixa dos olhos de mel* estava lá. Eu já havia topado com ela por algumas vezes, nada muito substancial, mas o suficiente para notar a presença dela — e achá-la gata. Não sei por que cargas-d'água a música do Caetano Veloso me vinha à cabeça quando cruzava com ela pelas ruas da UFMG. Num campus daquele tamanho, como ela sempre atravessava a minha rota? Quando a vi, então, naquele dia, sentada nas primeiras fileiras, a vista quase escureceu. Mas aí eu já estava em cima do palco, o primeiro slide já estava exposto e o silêncio do anfiteatro começava a constranger.

Depois da apresentação, durante o *coffee break*, ela se aproximou sorridente dizendo que havia gostado muito do trabalho. Descobri, portanto, que aquela menina se chamava Gabriela, cursava uma disciplina isolada na Belas-Artes e outra na Ciências Sociais para descobrir o que realmente queria estudar no mestrado. De cara gostei das coisas que ela falava e, principalmente, da forma efusiva como ela se expressava, mostrando um jeito meio, convenhamos, aloprado. Rapidamente me encantei por seu pensamento lógico e sua personalidade maluquinha. Gabi mostrou uma alma desarmada, sem joguetes ou poses. Eu não sabia exatamente o que eu buscava, mas de, de alguma forma, sabia que havia encontrado.

Para minha sorte, tínhamos alguns conhecidos em comum. Ao fim do dia, depois de todas as apresentações, fomos tomar uma cerveja imbuídos pela nobríssima missão cultural e educativa de apresentar as iguarias mineiras aos colegas expositores estrangeiros. Mas que se danasse o petisco de jiló, eu iria aonde ela fosse. Naquela noite, trocamos telefones, e desde então ele está nos favoritos.

Não que tenha sido perfeito de lá pra cá, pois nada é. Toda relação tem seus altos e baixos, mas estamos dispostos a tirar o melhor das situações e seguirmos juntos. A vida já nos deu algumas rasteiras, e quando dei minhas cambaleadas descobri que uma gueixa, além de artista, é também uma guerreira. Mesmo passando boa parte do tempo na Gabilândia — terra batizada por sua família quando ela ainda era adolescente —, Gabi se mostrou uma companheira e tanto. Sem frescura ou drama exagerado, sempre me ajudou a buscar saídas quando tudo que eu enxergava era o fim do túnel.

Para ficar ainda melhor, meu mulherão da porra ainda manja de futebol e é Galo Doido: é ao lado dela que me esgoelo até ficar rouco no campo e que grito "eu acredito". Nós acreditamos. E eu passei a acreditar mais porque ela me faz sempre crer mais.

Há algum tempo, um pequeno tremor acometeu Gabilândia. Da posição em que estava, pude prever a aproximação de um objeto não identificado vindo do planeta habitado apenas por um único ser vivente. Ele cruzou as camadas desavisadas daquele mundo e acertou em cheio a parte mais sensível do pequeno globo. O abalo sísmico deixou uma ruptura que expôs uma falta de estabilidade num lugar que deveria apresentar chão firme — porque a vida já nos mostrou que objetos que voam, andam ou rastejam nos acertam o tempo todo. Cabe a nós termos raiz firme para aguentar os trancos.

O disco voador chegou sedutor com suas luzes cintilantes e ofertas de uma vida linear. Mas o que é um curso de uma viagem ao espaço quando o único caminho a trilhar é o do próprio coração? Coube à gueixa mostrar a valentia de um samurai para recuperar a terra destruída de seu mundo. Sua agilidade ninja de mãos de artista, respaldada — pasme! — por um guaxinim, tratou logo de usar o barro de seu chão dilacerado para construir algo mais interessante — e verdadeiro. Abriu uma trilha no meio de destroços, colando aquilo que valia a pena guardar com fios de compreensão. Uma das reconstruções mais bem-feitas, sem dúvida, foi a do prédio mais atingido pela nave intrusa. Contudo, nem um poder extraterrestre pode dizimar o que foi alicerçado no que a raça humana faz de melhor: história.

Quando minha história com Gabi começou, uma outra já havia se iniciado, e eu a ouvia atentamente dizer como o gosto pela leitura a uniu a Lívia, uma amiga que parece ter sido feita sob medida para ela. Não por serem parecidas, mas justamente por entenderem as diferenças de cada uma e valorizarem as afinidades. Ambas sabem escrever uma história por conseguirem pontuá-la: há momentos que a vida pede a ligeira pausa da vírgula ou uma exclamação feliz. Mas é preciso ter bravura para colocar ponto-final em algumas cenas, quiçá capítulos, e começar outra sentença. Gabriela e Lívia colocaram seus pontos em suas vidas profissionais e afetivas — e também nelas mesmas. Escreveram-se a si próprias como autoras e personagens das narrativas que queriam viver. Depois de se redigirem, grafaram o recomeço de uma amizade muito honesta e bonita ao tom delas. Afinal, essa não é uma amizade literal, onde os obstáculos desafiam o herói da trama só para que ele chegue mais forte ao final?

Se eu fosse o leitor dessa história, elegeria a amizade como a personagem principal. E ah, onde está herói, leia-se heroína, por favor. Desculpo-me pelo lapso, mas a gente aprende a rever o protagonismo das histórias todos os dias. Minha esposa e suas amigas, mesmo sem querer, me auxiliam muito nisso.

— Elas já estão pegando o metrô para nos encontrar. — A voz de Santiago me traz de volta ao restaurante da Champs-Élysées onde estamos tomando um vinho até que as garotas voltem.

— Cara, não sei como aguentam bater perna com este frio.

— E com aquelas botas altas ainda! Saíram há duas horas com a desculpa de comprar comida para a ceia e vão voltar cheias de sacola, aposto.

— Ah, pode ter certeza. É aquela conversa de não ter roupa nova para o ano-novo. — Dou mais uma golada no vinho esvaziando a taça. — Vamos abrir mais uma?

— Pra dar aquela cochilada boa antes de ceia...

— Meu garoto!

Pedimos outra garrafa ao garçom que nos atende prontamente.

— Ao novo ano! — diz Santiago! — E às amizades! Literais, às amizades literais!

— Literalmente! Que mulherões da porra!

— Olha, não sei como fomos ter tanta sorte...

— Coloca sorte nisso! Tanta sorte que a melhor amiga da minha esposa poderia ter arrumado uma mala dos infernos pra namorar!

— Imagina eu ter que passar réveillon com um zé-mané?

— Às literalmente amigas!

— A elas — responde ele.

Brindamos enquanto esperamos nossas companheiras voltarem, sabe-se lá quando, da voltinha.

Eu, Leonardo, fui apenas uma testemunha dessa saga que misturou muita coisa num só romance: amizade e briga, romance que termina e que perdura, espaçonave e mercado literário, tuítes e falcatrua, tradição nipônica e xamanismo, futebol e feminismo, casais em apartamentos desocupados e amigos que ocupam apartamentos alheios e se apaixonam. Uma boa história sempre arremata tudo!

Santiago

Até agora Fred não digeriu o fato de que ele sobrou. Se não está atormentando a Lívia com áudios do tamanho de "Faroeste Caboclo", fica me mandando mensagens sacanas, reclamando porque o deixamos de fora do Grande Encontro dos Jecas em Paris, como ele mesmo intitulou nossa visita à França.

Quem tem a rotina do meu amigo não pode simplesmente dar uma escapulida de vez em quando.

Fred, Fred, Fred, não fosse ele, meu caminho jamais teria se cruzado com o da Lívia, o urso panda que me fisgou bonito, sem fazer o menor esforço.

E ela firme na ideia de que eu era gay, enquanto eu dava todas as pistas possíveis de que eu estava amarrado nela.

Vai ser difícil esquecer a primeira vez que a vi. A cena foi impagável. Lívia dançava só de calcinha e sutiã, como se o mundo fosse só dela. Eu não deveria ter ficado debruçado na janela, contemplando a visão. Eu sei. Mas fiquei hipnotizado pela leveza dela e sua despreocupação, a ponto de nem pensar em conferir os arredores antes de sair bailando quase nua pela sala.

Doida. E linda.

Lívia me olhou de um jeito que era puro embaraço e tons de vermelho, até que decidiu que meu olhar embevecido sobre ela não significava coisa alguma. Afinal, na cabeça imaginativa dela, eu deveria estar interessado no Fred.

No começo eu não me importei com a confusão. Honestamente não me interessa ter que afirmar minha sexualidade, como se isso fosse fundamental para escolhermos de quem seremos amigos. E quanto mais a Lívia acreditava na versão dela a meu respeito, mais próximos ficávamos, de um jeito transparente, sincero — bom, nem tanto assim, se levarmos em conta que a deixei se enganar a respeito da minha orientação sexual.

Deus, como ela é apaixonante! Desde sempre tão segura de seu caminho profissional, embora titubeante emocionalmente.

Ainda que soe meio piegas, ridículo, o caramba, mas eu suspirei pela Lívia desde o princípio, acordado e até dormindo — o que elevou meu sono a uma categoria muito mais empolgante. Também me divertia com suas trapalhadas, coisa que faço até hoje.

Seja de quatro no corredor, provando roupa na minha frente, ficando bêbada por causa do Cruzeiro, declarando-se apaixonada, consciente de que depois se arrependeria, tudo nela sempre foi e será cada um dos motivos que me fazem amá-la exatamente como é.

Sei que amo porque quero que ela seja feliz. Logo, ver a Lívia sofrer enquanto esteve brigada com a Gabi doeu em mim também. Nessa época eu entendi em definitivo a força dos meus sentimentos. Afinal, como dizem por aí: "Amor é dado de graça, é semeado no vento, na cachoeira, no eclipse. Amor foge a dicionários e a regulamentos vários." Acho que é de Drummond esse poema. Sim, é. Bom, eu também me amarro em literatura.

Não temos muito tempo de namoro. Muitas pessoas podem ver meus sentimentos como uma manifestação exagerada do que sinto. Porém nesse curto período sei que quero a Lívia na minha vida por um período ilimitado. Morar com ela será o primeiro passo para uma união definitiva. Espero, de verdade, que ela aceite se casar comigo um dia.

Eu me lembro de todas as primeiras vezes que tivemos até agora. Aquele primeiro beijo há muito tempo contido, despertado pelas palavras embriagadas da Lívia; a primeira briga feia, resultado da "descoberta" da minha sexualidade — essa foi dura, fiquei mal, com medo de ter estragado tudo quando nem havia começado ainda —; nossa primeira noite, começada no sofá da sala e que durou até quase de manhã. Agora a primeira viagem...

Meu celular sinaliza a chegada de uma nova mensagem. As lembranças antigas dão adeus e cedem lugar ao agora, ou melhor, à Lívia de agora, que me manda um aviso:

> Ei, meu Santi, já estamos no metrô.
> Daqui a pouquinho chegamos aí.
> Prepara a minha taça. 💜

Transmito o recado ao Léo, que divide um vinho comigo num restaurante na Champs-Élysées.

Jogamos conversa fora, como se fôssemos amigos há anos. Devemos essa nova amizade às literalmente amigas Lívia e Gabi. Antes de formarmos com cada uma delas uma dupla, um par, um casal, as duas criaram uma relação que transcende todos os estereótipos.

Tiveram seus problemas, passaram por uma fase ruim, como acontece em todo relacionamento, mas sobreviveram e, de quebra, reuniram mais membros para o clube LA.

Além de mim, do Léo e do Fred, lá de longe Júlia e Tati mantêm o legado deixado pelas agora veteranas Lívia e Gabi. Elas abriram portas e, se são modelos para outras meninas, é porque merecem esse encargo.

Diferente de outros formadores de opinião que atraem os adolescentes hoje em dia — lindos, descolados, doutores nas novas tecnologias, mas muitas vezes ocos por dentro —, as duas sempre prezaram pela qualidade do trabalho delas, dando um jeito de equilibrar conhecimento de vida, estudo acadêmico, amor à literatura, dedicação e respeito aos seguidores.

Dá um orgulho danado fazer parte dessa história, que não acabou só porque elas abriram mão do blog. Agora Gabi e Lívia vão protagonizar novos desafios, sem perder a essência.

— É, cara, pelo jeito elas não aparecem aqui tão cedo — comenta Léo, depois de termos brindado às Literalmente Amigas e a tudo que o título representa nas nossas vidas como um todo.

— Isso porque a Lívia disse que já estavam no metrô.

— Não sei como têm assunto para tantas horas juntas.

Esse é um mistério que também me atormenta.

Viro o rosto para apreciar o movimento da rua e através da vidraça do restaurante enxergo a silhueta das meninas. Elas estão gargalhando, o que faz com que as inúmeras sacolas que carregam chacoalhem perigosamente.

Léo segue meu olhar e também as vê.

Lá estão elas, e eu aqui.

Entrei na história muito tempo depois do verdadeiro começo, anos atrás, mas me gabo por ter sido testemunha do, até então, clímax de tudo.

As protagonistas vêm caminhando, alheias ao mundo, mas exibindo a prova de que tudo o que viveram desde a época do Orkut é muito mais forte que desavenças, competições, dinâmicas de grupo ao estilo *No Limite*, fofocas.

De repente elas param e olham para cima, juntas. Daqui não consigo enxergar o que veem, algo que induz a uma gargalhada de dobrar o corpo.

Sem nem sabermos o motivo, Léo e eu rimos também. É o suficiente. A alegria de Lívia e Gabi é também a nossa.

AGRADECIMENTOS

Dividir uma história não é tarefa das mais fáceis, sobretudo quando ela é escrita e deve ser contada de maneira verossímil e compreensível. Contudo, alternar os pontos de vista entre Gabi e Lívia nessa deliciosa narrativa sobre amizade, amor, sonhos e encontros foi uma das experiências mais fluidas e simples de nossas carreiras. Tudo parecia se encaixar: nossas agendas, a escrita, as falas, as reviravoltas da trama e as personagens — que por vezes se misturaram um pouco com a gente. (Não foram poucas as ocasiões que nós, nos inúmeros áudios trocados, nos chamávamos pelos nomes das nossas personagens!)

O livro escrito a quatro mãos foi acompanhado de vários corações. Impossível escrever sobre amizade sem falar das nossas. Nesse sentido, queremos agradecer à parceria profissional recheada de intenções que só as boas amizades têm: obrigada, Lucia Riff, pela confiança e por respaldar nosso trabalho com sua exemplar e sólida carreira no mercado editorial. Eugênia Ribas, obrigada pelo incentivo, pela torcida e pela delicadeza de sempre. Só temos a agradecer a todos da Agência Riff. Que nossa estrada seja doce como os doces das nossas Minas Gerais.

Aos amigos que nos acompanham na carreira, vibrando com nossas conquistas e nos encorajando a seguir adiante.

Eu, Laura, me derreto em gratidão aos amigos e amigas que me oferecem um lugar seguro onde posso ser quem sou, onde posso falar de mim com profundidade, onde posso encontrar forças para me melhorar e ir em busca do que desejo. Obrigada pela alegria e pelo amor que me entregam gratuitamente. Amigas Abigails: nossa convivência é uma dose diária de felicidade, de autoestima e de carinho. A afinidade, o cuidado e a cumplicidade que temos umas com as outras é raro, sou uma afortunada de tê-las (re)encontrado! Agradeço ao coletivo Grupa CAM, citado na história, que realmente existe e do qual faço parte. A convivência com cada uma de vocês ressignifica meu lugar no mundo, abre os meus olhos aos privilégios e às diferenças sociais e me incentiva a ser uma pessoa melhor — e de luta. Obrigada por tudo. (Ah, claro: aqui é Galo!)

Eu, Marina, insisto na máxima batida de que amigos são os familiares que podemos escolher. Tenho o privilégio de ter ao meu lado — nem sempre fisicamente — pessoas que me inspiram, me colocam para a frente, sem condescendências e falsos elogios. Além dos meus entes queridos (pais, irmã, filhos, marido, sobrinhos, cunhados, tios, primos, avós, sogra), não posso jamais deixar de citar as queridas Glauciane, Sídia e Dayanne, amigas que deram para mim um novo significado ao termo amizade. Também preciso agradecer a Jussara Bartolomeu e seu incansável esforço de divulgar o nome Marina Carvalho entre leitores de Ponte Nova e além. Eu devia a ela esse agradecimento desde sempre. Um muito obrigada a todos que me acompanham e torcem por mim. São tantos, o que me deixa lisonjeada e feliz.

Literalmente amigas cresceu com olhos atentos de um grupo muito especial de leitoras que, gentilmente, fizeram suas ponderações sobre a história. Aline Tavares, Ana Cláudia Fausto, Ana Luísa Beleza, Janyelle Mayara, Mayra Carvalho, Rafaela Cavalhero, Thaís Feitosa, Thaís Oliveira, Vivian Mariene Castro e Viviane Santos, obrigada por terem sido nossas literalmente amigas — no sentido bem amplo da palavra! — durante esse período. Partilhar a vida das nossas personagens com vocês foi incrível!

Ana Paula Costa, nossa editora, que encontro providencial! Reconhecer em você um entusiasmo à altura do nosso nos encheu de confiança. Obrigada por embarcar em nossos sonhos literários! Obrigada, Bertrand!

Nosso agradecimento aos blogueiros, leitores e livreiros de todo este imenso Brasil, principalmente àqueles que fomentam a literatura nacional e fazem coro para que nós, escritores brasileiros, sejamos cada vez mais lidos e valorizados.

Estamos, literalmente, em êxtase!

Este livro foi composto nas tipologias Arial, Enjoy the Ride, Faith And Glory
One e Two, Helvetica Neue LT Std, Homemade Apple, ITC Souvenir Std,
Palatino Linotype, Webdings, Wingdings, e impresso em papel offwhite,
no Sistema Cameron da Divisão Gráfica da Distribuidora Record.